Sarah Kleck

Hi, mein Name ist Molly

Das Buch

Molly, die eigentlich Liz heißt, ist unglücklich. Und zwar mit so ziemlich allem in ihrem Leben. Sie hasst ihren Job, ihr Freund hat niemals Zeit für sie und seit sie von der ländlichen Idylle Missouris nach New York gezogen ist, ist sie von ihrer Familie buchstäblich tausend Meilen weit weg. Ganz besonders leidet Molly unter ihrem starken Übergewicht. Doch so unglücklich sie auch darüber ist, wie die Dinge in ihrem Leben laufen, die Kraft und der Wille, etwas daran zu ändern, fehlt.

Wahrscheinlich würde es für Molly ewig so weiter gehen, wäre da nicht das Schicksal, das ihr einen ordentlichen Tritt in den Hintern verpasst. An ihrem dreißigsten Geburtstag geht alles schief, was nur schief gehen kann. Als Molly vor den Trümmern ihrer Existenz steht, kommt sie nicht umhin sich zu fragen: Begrabe ich mich in Selbstmitleid, oder nehme ich mein Leben endlich selbst in die Hand.

Die Autorin

Sarah Kleck, geboren 1984 in Baden-Württemberg, studierte Diplompädagogik, Psychologie und Soziologie an der Universität Augsburg. Heute lebt die Autorin mit ihrem Mann und ihren drei kleinen Töchtern in Bad Saulgau in Oberschwaben.

Mit ihrem Debütroman »Die Verborgene« und dessen Fortsetzung »Die Macht der Verborgenen«, die in den USA unter dem Titel »The Concealed« und »The Revealed« erschienen, konnte Sarah Kleck weltweit über 120.000 Leser begeistern. In dem Bestseller »Weil du die Liebe meines Lebens bist« und »Du bist mein Licht« wagte sie sich nach der erfolgreichen Jugendbuch-Fantasy-Serie auf neues Terrain. Und auch in ihrem neuesten Roman dreht sich alles um die Liebe und das Leben.

S A R A H K L E C K

HI, MEIN NAME IST MOLLY

Roman

EsKay PUBLISHING

Deutsche Erstveröffentlichung
August 2020

Umschlaggestaltung: Johannes Vall
Umschlagmotiv: istockphoto.com

ISBN: 9798672304502

Für Elisabeth.

Danke für alles.

Wir sehen uns auf der anderen Seite.

Das Ziel des Lebens ist Selbstentwicklung. Das eigene Wesen völlig zur Entfaltung zu bringen, das ist unsere Bestimmung.

Oscar Wilde (1854 - 1900)

PROLOG

Ich habe da diesen Traum. Es ist immer derselbe.

Ich sitze ganz hinten im Bus. Wie ich dorthin gekommen bin, weiß ich nicht. Der Bus fährt schon eine ganze Weile. Irgendwann hält er an, die Tür geht auf, jemand steigt aus. Er fährt weiter. Es dauert ein paar Minuten bis zur nächsten Haltestelle. Und wieder steigt jemand aus. Der Bus fährt, hält an, fährt, hält wieder an. Jedes Mal steigt jemand aus. Niemand steigt ein. Die Abstände werden länger. Irgendwann bin ich ganz allein. Ich sehe aus dem Fenster und stelle fest, dass ich nichts wiedererkenne. Hier bin ich noch nie gewesen. Plötzlich gerate ich in Panik. Ich bin in den falschen Bus gestiegen! Ich gehe zum Fahrer, doch er sitzt hinter einer dicken Glasscheibe. Im Inneren hat er die Musik aufgedreht. Er kann mich nicht hören.

Der Bus hält. Ein letztes Mal. *Endstation* leuchtet es mir in roten Lettern von der Anzeigentafel entgegen. Ich steige aus. Ich habe keine Ahnung, wo ich bin. Es wird dunkel.

Nun, ich bin kein Idiot – mir ist schon klar, was dieser Traum bedeutet. Der Bus steht für mein Leben. Dass ich hinten sitze und nicht selbst am Steuer, sagt schon einiges über mich aus. Ich gebe es nicht gern zu, aber im Grunde bin ich jemand, der sich von anderen sagen lässt, was er zu tun hat. Gar nicht mit Absicht, nein. Es war eben einfach schon immer so. Angefangen bei meiner Mutter, die aussuchte, wie ich mich anziehen und mit wem ich spielen soll. Über Meghan, meine beste Freundin an der High-School, die mir vorschrieb, mit wem ich reden durfte und über wen ich mich lustig zu machen hatte. Bis hin zum College, wo meine Kommilitoninnen mir sagten, welche Fächer ich belegen und welche Kerle ich daten sollte. Bei Schulausflügen dackelte ich immer nur den anderen hinterher, stieg in die U-Bahn, von der sie sagten, es sei die richtige. Nie war ich es, die die Karte in der Hand hielt. Nie war ich es, die sagte, wo es lang ging – und bis jetzt ist das auch immer gut gegangen, irgendwie zumindest. Doch nun ist der Punkt erreicht, an dem es eben nicht mehr gutgeht. Alle steigen aus meinem Leben aus, niemand steigt ein. Ich bin allein. Ich habe weder Einfluss darauf, wohin mein Leben führt, noch wie schnell es geht. Der Bus steuert die Endstation an. Unerbittlich. Ich sehe es kommen und kann nichts dagegen tun. Er hält und ich steige aus. Weil ich gar keine andere Wahl habe als auszusteigen. Die Fahrt ist zu Ende. Mein Leben wird zu Ende sein – eines Tages. Und dann stehe ich da. Allein in der Dunkelheit.

Aber keine Angst – das ist nicht *die* Art Geschichte. Ich meine, ich bin erst neunundzwanzig. Mein Leben ist noch nicht zu Ende. Das Meiste hab ich sogar noch vor mir. Außerdem bin ich weder depressiv (zumindest nicht mehr als andere auch) noch selbstmordgefährdet und es ist auch nichts anderes Dramatisches in meinem Leben los. Ich bin einfach nur eine Frau, die an einem Punkt ihres Lebens angelangt ist, an dem sie sich dieser einfachen und doch alles entscheidenden Frage stellen muss:

Bleibe ich hinten im Bus sitzen? Oder bin ich bereit das Steuer zu übernehmen?

KAPITEL 1

Herr, gib mir die Gelassenheit, die Dinge zu akzeptieren, die ich nicht ändern kann, die Kraft, die Dinge zu ändern, die ich ändern kann und die Weisheit, das eine vom anderen zu unterscheiden.

Mein Wecker hat gerade geklingelt und wie immer stehe ich schon beim ersten Mal auf. Ich habe solche Angst zu verschlafen und zu spät zur Arbeit zu kommen, dass ich es nicht wage auch nur ein einziges Mal die Snooze-Taste zu drücken. Das mache ich schon seit Ewigkeiten so. Bloß nicht zu spät kommen, bloß nicht negativ auffallen. Oder überhaupt auffallen – das ist so gar nicht mein Ding. Ich beneide ja Leute, die vor Publikum reden können und dabei so locker und natürlich wirken, dass man den Eindruck gewinnt, sie könnten sich nichts Schöneres vorstellen als von allen angestarrt zu werden. Für mich ist das der blanke Horror.

Ich stehe auf und gehe ins Bad. Der erste Blick in den Spiegel ist, wie soll ich sagen, ernüchternd. Zerknautscht ist das Wort, das mir als erstes in den Sinn kommt. Wasserleiche, das zweite. Ab unter die Dusche. Ein erstes Aufatmen. Ja, das tut gut. Ich verharre noch ein paar Sekunden unter dem dampfend heißen Strahl, dann steige ich aus der Wanne und trockne mich ab. Der zweite Blick in den Spiegel ist schon etwas erfreulicher, aber ich sehe immer noch furchtbar aus.

Okay, versuch zu retten, was zu retten ist.

Ich bürste meine widerspenstige Mähne, putze mir die Zähne, rubble schmierig, wachsartige Mascara Reste, die mich wie einen cracksüchtigen Panda aussehen lassen, von meinen Augen und creme mein Gesicht ein. Concealer, Puder, frische Mascara, Lipgloss – fertig.

Ich werfe einen Blick auf die Uhr. Bis jetzt liege ich gut im Zeitplan. So, nun die Haare irgendwie zu einem Knoten binden – okay. Schon besser. Ganz gut sogar. Beinahe hübsch. Wäre da nicht ... Oh! Gerade fällt mir ein, ich hab mich ja noch gar nicht vorgestellt.

Hi, mein Name ist Molly ... naja, eigentlich heiße ich Liz. Elizabeth, um genau zu sein. Aber alle nennen mich Molly. Der Grund dafür dürfte offensichtlich sein. Seit ich denken kann, bin ich übergewichtig. Ich bin schon dick zur Welt gekommen. Mom sagt immer, dass ich neben den anderen Neugeborenen im Krankenhaus ausgesehen hätte, als würde ich bald eingeschult werden. Haha! Sehr witzig, Mom! Sie lacht sich darüber auch heute noch kaputt. Ich war eines dieser Speckbabys mit den Michelin-Männchen-Armen, denen fremde Omas auf der Straße in die Wange kneifen und Sachen sagen wie: „Du bist aber ein süßes kleines Pummelchen“ oder „Ach wie niedlich – ein richtiger Wonneproppen.“ Ja, das war ich – ein *Pummelchen*, ein *Wonneproppen* (*würg*, allein schon dieses Wort!). Ganz im Gegensatz zu meinem großen Bruder, Max. Sportlertyp. Groß, schlank, athletisch – der geborene Quarterback. Und meine Eltern sind, von dem kleinen Bierbauch meines Dads mal abgesehen, beide normalgewichtig. Einzig Tante Rachel, Dads Schwester, teilt mein Schicksal. Und natürlich Grandma. Sie ist auch immer dick gewesen. So dick, dass sie schon früh an den Folgen ihres Übergewichtes verstorben ist. Ich hatte nie die Chance, sie kennenzulernen. Nur Rachel und ich sind übrig – wir sind die beiden Dicken der Familie Bilton. Rachel ist im Übrigen auch die Einzige, die mich Liz nennt, oder Lizzy. Sie ist ein herzensguter Mensch. Und unheimlich unterhaltsam. Frech, schlau und nie um einen Spruch verlegen. Sie ist Autorin für erotische Frauenliteratur, *Hausfrauenpornos* wie mein Dad zu sagen pflegt, und sogar ziemlich erfolgreich damit. Allerdings bringt dieser Job mit sich, dass sie den ganzen Tag im Sitzen verbringt. Nicht gerade hilfreich, wenn man sowieso schon zu Übergewicht neigt. Und da Tante Rachel schon früher nicht oft aus dem Haus ging, weil ihr so ziemlich alles zu anstrengend war (schon der morgendliche Gang zum Briefkasten brachte sie völlig aus der Puste), sah ich sie in meiner Kindheit nicht annähernd so oft, wie ich es mir gewünscht hätte. Wir telefonierten zwar jede Woche – und tun es heute noch – aber wirklich sehen konnten wir uns eigentlich nur an Geburtstagen, zu Thanksgiving und an Weihnachten. Genau genommen war ich also allein. Und, eines kann ich euch versichern: Es ist alles andere als einfach, als einzige Dicke unter lauter Schlanken aufzuwachsen.

Als ich klein war, mag das ja noch irgendwie süß gewesen sein, auf eine schräge wonneproppige (*würg*) Art und Weise. Es wurde aber immer schwieriger. Hauptsächlich deswegen, weil sich die langegehegte Hoffnung meiner Mutter, „das verwächst sich schon noch“, irgendwann zerschlug. Ich nahm kontinuierlich zu. Von Jahr zu Jahr wurde es deutlicher. Aus pausbackig wurde propper, aus propper wurde pummelig und aus pummelig wurde dick. Wenn Mom mich auf Diät setzte, aß ich heimlich. Wenn sie mir das Taschengeld strich, damit ich mir nach der Schule keine Süßigkeiten kaufen konnte, drückte ich bei Dad so lange auf die Tränendrüse, bis er mir mit einem verlegenen „aber sag das ja nicht Mom“ einen Zehner zusteckte, den ich sofort in Gummibärchen investierte.

Das zog sich dann über meine gesamte Kindheit, die Schulzeit, aka: die wohl schlimmste Zeit meines Lebens – habt ihr eine Ahnung wie gemein Kinder zu anderen Kindern sein können?! –, das College (wo ich dann nicht mehr offen beleidigt wurde, die Leute dafür aber ständig hinter meinem Rücken tuschelten) bis zum heutigen Tag. Hab ich schon erwähnt, dass ich neunundzwanzig bin? Ja, also, ich bin neunundzwanzig.

Jedenfalls, um zum Thema zurückzukommen, meine Eltern haben sich „Molly“ als überaus schmeichelhaften Spitznamen für mich einfallen lassen. Schon als ich noch ganz klein war. In der Schule nannten mich dann schon alle so, sogar die Lehrer. Und als ich aufs College ging, habe ich einfach irgendwie den Absprung verpasst und mich sogar selbst als Molly vorgestellt. Dabei hasse ich den Namen. Aber irgendwie habe ich mich so sehr daran gewöhnt, dass ich ... ach was, ich will euch nicht belügen. Wenn ich ganz ehrlich bin, nutze ich ihn als Legitimation dafür weiter alles in mich reinzustopfen, was mir in die Quere kommt. Ich bin eben Molly. Und eine Molly ist eben mollig. Wobei, *mollig* trifft es nicht ganz. Als ich mich zuletzt gewogen habe, und das ist schon eine ganze Weile her, brachte ich stolze sechsundneunzig Kilo auf die Waage. Bei einer Körpergröße von gerade mal einem Meter zweiundsechzig. Und es ist nicht so, dass ich seit dem letzten Wiegen besonders auf meine Ernährung geachtet oder Sport getrieben hätte, weswegen man diese Zahl wahrscheinlich etwas nach oben korrigieren müsste. Welch ein erbaulicher Gedanke am frühen Morgen. Manchmal erwische ich mich dabei, wie ich mir selbst einrede, dass alles noch irgendwie im Rahmen ist, solange ich unter hundert Kilo wiege. Das ist meine persönliche Schallmauer. Ich denke, das ist auch der Grund warum ich mich so lange nicht mehr gewogen habe. Aus Angst, diese Schallmauer bereits durchbrochen zu haben. Mir ist es lieber, ich weiß es nicht genau, als den Zeiger über die hundert hinausschießen zu sehen. Mein Gott! Wie viele Stunden habe ich damit zugebracht, mir über mein Gewicht den Kopf zu zerbrechen, habe Kalorien hoch- und schöngerechnet, Ernährungstagebücher frisiert und ganze Schokoladentafeln aus meinem Gedächtnis gestrichen, nur um mir jedes Mal aufs Neue meinen Selbstbetrug auf der Waage quittieren zu lassen. Darum habe ich aufgehört mich zu wiegen. Dass ich ein schwerfälliger Trampel bin weiß ich auch so.

Sei‘s drum. Wo war ich stehengeblieben? Ach ja, ich bin immer noch im Badezimmer. Deo, ein Hauch Parfüm. Fertig.

Meine Klamotten habe ich schon am Vorabend rausgelegt. Für mich ist das unumgänglich. Wenn ich mir nämlich erst am Morgen Gedanken mache, was ich anziehen soll, entscheide ich mich drei bis fünfmal um und bin mit meiner Kleiderwahl dann immer noch unzufrieden. Deshalb lege ich mich am Vorabend schon fest, damit ich morgens nicht stundenlang wie ein paralysierter Esel vor dem Kleiderschrank stehe und dumm hineinglotze, nur um festzustellen, dass alles an mir kacke aussieht, um mich dann heulend in der Ecke meines Schlafzimmers wiederzufinden, bevor der Tag überhaupt richtig begonnen hat. Das Heulen spare ich mir üblicherweise für den Abend auf. Wenn ich zurück bin. In meinem Ein-Zimmer Apartment. Allein. Was an den meisten Abenden der Woche der Fall ist.

Chris kommt in letzter Zeit immer seltener vorbei. Einmal muss er länger arbeiten, dann will er mit seinen Kumpels irgendein Spiel sehen, oder er bleibt lieber bei sich, weil er früh raus muss. Dass ich zu ihm komme, will er auch nicht. Er hat das zwar nie so deutlich ausgesprochen und erfindet lieber eine Ausrede nach der anderen. Aber wie gesagt, ich bin kein Idiot.

Chris und ich sind jetzt etwas über ein Jahr zusammen und, um es vorsichtig auszudrücken, es könnte besser laufen. Kennengelernt haben wir uns nach der Parade zum St. Patricks Day letztes Jahr. Ich war mit zwei Kolleginnen unterwegs, die mich, wie mir leider erst im Nachhinein klarwurde, nur mitnahmen, um mich abzufüllen und sich dann über die torkelnde Dicke lustig zu machen. Sturzbetrunken war ich in einen Straßenschacht gefallen – das heißt, ein Teil von mir, ganz hätte ich da nämlich niemals reingepasst. Genaugenommen steckte eigentlich nur mein rechtes Bein im Schacht fest, dafür aber bis zur Hüfte. Unmöglich, da aus eigener Kraft wieder raus zu kommen. Vor allem in meinem Zustand. Jedenfalls standen meine beiden liebreizenden Kolleginnen Amy und Veronica direkt daneben und bepissten sich beinah vor Lachen, als Chris zufällig vorbeikam und mir aus meiner misslichen Lage half. Wir redeten die halbe Nacht, er brachte mich nach Hause, wir hatten Sex und von da an waren wir zusammen. Irgendwie.

Es ist nicht die große Liebe, aber ich mag Chris. Noch mehr als ihn mag ich aber wahrscheinlich das Gefühl, nicht allein zu sein. Auch, wenn ich es die meiste Zeit trotzdem bin.

So, jetzt aber schnell. Ich will nicht doch noch zu spät kommen, nur weil ich mich verquatscht habe. Mühsam quäle ich mich in einen knielangen Bleistiftrock, in dem meine Waden aussehen wie X-förmige Krautstampfer, und eine weiße Bluse, die meine Speckrollen so richtig schön betont. Was hab ich mir gestern Abend nur dabei gedacht? Scheint als hatte ich einen kleinen Höhenflug, weil ich es ausnahmsweise vor dem Schlafengehen geschafft habe, die Erdnussbutter im Schrank zu lassen. Als würde ich allein deswegen plötzlich gertenschlank aufwachen und könnte tragen, was ich will. Das erinnert mich an *Schlank im Schlaf*, eines der unzähligen Bücher, die Mom mir im Laufe meiner langjährigen Diätkarriere geschenkt hat. Gebracht hat es soviel wie all die anderen auch. Nämlich nicht das Geringste!

Ich spüre, wie meine Augen feucht werden – *Nein! Du heulst jetzt nicht! Reiß dich zusammen! Du hast es rausgesucht, also ziehst du es jetzt auch an. Fertig! Das ist der Deal.*

Ich schlucke meine Tränen runter, schwöre mir selbst, heute den ganzen Tag nur Obst und Gemüse zu essen und streife eine lange Strickjacke über. Okay, so geht's. Jetzt fühle ich mich wenigstens einigermaßen wohl. Beim Verlassen der Wohnung rennt mein Nachbar Paul mich fast über den Haufen.

„Sorry, Molly." Er ist wie immer spät dran. Es dauert eben, wenn man sich morgens von Frau und vier Kindern verabschieden muss.

„Alles gut."

„Ich wünsch dir einen schönen Tag."

„Ich dir auch."

Da Paul immer die Treppe nimmt, weil er erstens zu ungeduldig ist, auf den Aufzug zu warten, und dieser zweitens eher an Kohlebergbau erinnert als an ein Wohnhaus und man nie genau weiß, wo er anhält, oder ob er irgendwo zwischen den Stockwerken steckenbleibt, habe ich die klapprige Kabine für mich allein. Zumindest eine Etage lang, dann steigt Mrs. Quinn mit ihrer grunzenden französischen Bulldogge zu. Das Vieh heißt Butterfly und hat ungefähr so viel mit einem Schmetterling gemeinsam wie ich mit einer Prima Ballerina. Versteht mich nicht falsch – ich mag Hunde. Ich mag nur diesen Hund nicht. Er ist abstoßend. Ständig sabbert und rotzt er in der Gegend rum. Wenn er niest, schleudert er eitrigen Schleim quer durch den ganzen Raum. Dreimal hat es mich morgens im Aufzug schon erwischt. Heute habe ich definitiv keine Zeit, mich nochmal umzuziehen.

„Guten Morgen, Mrs. Quinn", grüße ich meine Nachbarin höflich. Ich muss mich richtig in die Ecke quetschen, damit die beiden noch mit reinpassen. Mrs. Quinn sieht aus, als würde sie den nächsten Tag kaum überleben, aber ihren Köter auf dem Arm zu tragen, dafür reicht es. Wie alt ist sie eigentlich? Hundert?

„Guten Morgen", krächzt sie zurück. Butterfly grunzt und furzt gleichzeitig. Na toll, eine Hundefurz im Aufzug. Hastig drücke ich auf den Knopf. Ich muss schleunigst hier raus, bevor sich der Gestank in meinen Klamotten festsetzt.

„Schönen Tag“, wünsche ich, als die Tür im Erdgeschoss endlich aufgeht, und stürme hinaus.

„Ihnen auch, Molly“, krächzt und grunzt es mir hinterher.

Zur Arbeit brauche ich etwa eine halbe Stunde. Westlich entlang des Central Parks geht es zuerst mit der U1 zehn Haltestellen runter bis zum Times Square. Von dort mit der Linie N weiter bis zur Haltestelle 34th Straße-Herald Square. Den Rest gehe ich zu Fuß.

In der U-Bahn habe ich wie immer das Gefühl, alle starren mich an. Ich senke den Blick, scrolle auf meinem Handy herum. Als ich aussteigen muss, quetsche ich mich zwischen den anderen Fahrgästen durch in Richtung Tür.

„Entschuldigung“, piepse ich. „Entschuldigung, darf ich mal? Ich muss hier raus.“ Ich bin freundlich, lächle, versuche keine Umstände zu machen. „Fette Sau“, höre ich jemanden murmeln. Ich ignoriere es. Als ich mich nach draußen gekämpft habe, ziehe ich mein Handy wieder aus der Tasche und öffne die allmorgendliche Nachricht meines Bosses.

Doppelter entkoffeinierter fettfreier Mandelmilch Espresso Macchiato.

Das ist alles. Kein *Hallo*, kein *Guten Morgen, Molly*, nichts. Nur, wie jeden Tag um viertel vor acht, die Bestellung irgendeines komplizierten koffeinhaltigen (oder entkoffeinierten wie heute) Heißgetränkes (oder Kaltgetränkes, je nach Laune des Herren), das kaum mehr etwas mit Kaffee zu tun hat. Aber das bin ich gewohnt. Manchmal glaube ich, mein Boss hat mich nur eingestellt, damit er jemanden hat, den er schikanieren kann. Wie jeden Morgen gehe ich also zu Starbucks – und zwar zu dem, der drei Blocks vom Büro entfernt ist. Es gäbe noch einen nur einen Block entfernt, aber seit mein Boss sich mit dem dortigen Filialleiter in die Haare gekriegt hat, verlangt er sein Heißgetränk (oder Kaltgetränk) aus einer anderen Filiale.

Als ich das Geschäft betrete, zieht mich der Anblick glänzend weicher Donuts, saftiger Muffins, knuspriger Panini und frisch belegter Bagels sofort in seinen magischen Bann.

Oh. Mein. Gott!

Reflexartig knurrt mir der Magen. Für jemanden wie mich ist Starbucks der denkbar schlechteste Ort, um den Tag zu beginnen. Dabei bin ich von Natur aus eigentlich gar keine große Frühstückerin. Ich habe es mir nur irgendwann angewöhnt, weil es immer hieß, das Frühstück sei die wichtigste Mahlzeit des Tages. Und, dass Leute, die nicht frühstücken, eher zu Übergewicht neigen. Nur deswegen habe ich angefangen, morgens etwas zu essen. Mittlerweile hat sich mein Körper so sehr daran gewöhnt, dass der erste klare Gedanke nach dem Aufwachen lautet: „Frühstück!“ Das Problem ist nur, dass ich deswegen mittags und abends trotzdem nicht weniger Hunger habe. Genaugenommen habe ich mir also angewöhnt, eine zusätzliche Mahlzeit zu mir zu nehmen, obwohl ich keinen Hunger hatte, damit ich nicht noch dicker werde, weil Nichtfrühstücker ja tendenziell eher zu Übergewicht neigen als Frühstücker. Das ist wahrscheinlich noch dümmer als es klingt. Seit ein paar Jahren gilt diese Theorie ja ohnehin als überholt und überall wird stattdessen das Intervallfasten propagiert, bei dem man sechszehn Stunden am Tag fastet und acht Stunden essen darf. Ich versuche mir das Frühstücken also gerade wieder abzugewöhnen, damit ich auf diese sechzehn Stunden komme, aber dank meines Boss‘, stehe ich nun jeden verdammten Morgen in dieser Schlange zum Tor meiner ganz persönlichen Hölle.

Nein, heute nicht! Nur Obst und Gemüse!, wiederhole ich mein Versprechen, das in meinem Kopf diesmal eher wie eine Drohung klingt. Oder ein Flehen?

Na los, bring es hinter dich!

Ich schlucke. „Einen doppelten entkoffeinierten fettfreien Mandelmilch Espresso Macchiato für Molly bitte.“ Während ich brav die Bestellung aufsage, lasse ich den Blick über die Köstlichkeiten hinter der Glasvitrine schweifen.

Anfängerfehler! Großer Anfängerfehler!

Ich schlucke erneut. Mein Magen knurrt beharrlich. Ich hätte zu Hause doch eine Kleinigkeit frühstücken sollen. Eine Scheibe Toast und etwas Obst vielleicht. Oder mir zumindest einen Apfel einpacken. Die Versuchung überwältigt mich beinahe.

„Gern. Darf es sonst noch etwas sein?“, fragt die süße Mittzwanzigerin hinter dem Tresen. Ihr Name ist Lisa und sie bedient mich fast jeden Tag. Die langen blonden Haare hat sie heute zu einem Zopf gebunden, ihr Lächeln ist gleichermaßen einladend und unverbindlich.

„Nein, ich ... ähm“, *mein Gott wie das riecht!*

Lisas Lächeln wird noch breiter. Beinahe ermutigend, so als wolle sie sagen, *nur zu, trau dich.*

„Ich ...“

„Ja?“ Ihre Augen strahlen. Sie ist freundlich. Frei von Vorurteilen.

„Ach, wissen Sie was? Geben Sie mir noch einen Räucherlachs Bagel.“ Lachs ist schließlich gesund. Omega-3 und so. Außerdem ist Salat drauf. Das wird mein Mittagessen. Das Frühstück spare ich mir, den Bagel gibt’s zu Mittag und heute Abend mache ich mir eine schöne große Schüssel Salat. Ja, genau so mache ich es. Dann habe ich, wenn ich nur Wasser trinke, gerade mal ... was? Um die achthundert bis tausend Kalorien? Höchstens. Wenn ich von einem Körpergewicht von sechsundneunzig Kilo ausgehe, und ich ziemlich genau eine Kalorie je Kilogramm Körpergewicht pro Stunde verbrenne, mal vierundzwanzig Stunden für den ganzen Tag ... ergibt das dann einen Grundumsatz von etwa ... zweitausenddreihundert Kalorien. Das ist das, was mein Körper im Ruhezustand verbraucht, allein um alle Funktionen aufrechtzuerhalten. Ganz ohne Sport. Wenn ich also nur etwa tausend Kalorien zu mir nehme, bin ich locker tausenddreihundert im Defizit. Zusätzlich könnte ich heute auf dem Heimweg mal ein paar Blocks zu Fuß gehen anstatt die U-Bahn zu nehmen. Oder einen Spaziergang in der Mittagspause machen? Damit packe ich nochmal gut ein- bis zweihundert Kalorien drauf. Angenommen, ich mache das die ganze Woche so, ergibt das ... tausendfünfhundert mal sieben ... über zehntausend eingesparte Kalorien. Siebentausend Kalorien entsprechen einem Kilo Körperfett – das beutetet also, dass ich bis zum Ende der Woche eineinhalb Kilo reines Körperfett verloren haben werde. Dazu noch etwa dieselbe Menge an Wasser, das ausgeschwemmt wird ... dann hab ich, über den Daumen gepeilt ... nächsten Montag etwa drei Kilo weniger. Krass! Das ist echt viel für eine Woche. Vielleicht zu viel? Zu schnell abzunehmen soll ja ungesund sein. Ganz zu schweigen vom Jo-Jo-Effekt. Nur zwei Kilo pro Woche wären da auf lange Sicht vielleicht effektiver. Außerdem hätte ich bei radikalem Zuckerentzug von jetzt auf gleich bestimmt mit

Entzugserscheinungen zu kämpfen. Wie damals, als ich Atkins ausprobiert habe. Es war die Hölle: tagelang Kopfschmerzen, Konzentrationsschwierigkeiten und meine Laune erst! Vielleicht sollte ich es etwas langsamer angehen lassen.

„Und ...“, fängt mein Mund ganz von allein an zu sprechen.

„Ja?“

„Einen ... ähm ... einen Blaubeer-Muffin, bitte.“ Obst muss schließlich auch sein. Außerdem habe ich erst kürzlich gelesen, dass Blaubeeren besonders viele Antioxidantien enthalten. Und die bekämpfen freie Radikale, was wiederum der vorzeitigen Hautalterung vorbeugt. Und – Hallo?! Wer will denn schon Falten im Gesicht?

„U-und ...“

„Ja?“

„Einen Zimt-Donut. Den da, ganz vorne, bitte.“ Zimt kurbelt bekanntlich den Stoffwechsel an. Er soll sogar den Insulinspiegel senken. Win-Win würd ich mal sagen.

„Noch etwas?“

„Nein, das wäre alles ... oder, ähm, doch – einen Karamell-Frappuccino.“

„Extra Flavour?“

„Ja, warum nicht“, ein bisschen Mandelaroma kann doch nicht schaden, oder?

„Schlagsahne?“

Schlagsahne – ich liebe Schlagsahne! „Ähm ... ja“, nuschle ich und allmählich weicht die Euphorie der Verlegenheit.

„Bitte?“

„Ja, mit Sahne“, ich laufe rot an.

„Und Schokoladensirup? Ist gratis zu dieser Bestellung.“

„Gratis?“, piepse ich und schlucke. „Ja, dann. Gern.“

Noch während ich spreche würde ich mir am liebsten die Zunge abbeißen. Was habe ich nur getan? Ich hatte doch einen Plan, verdammt! Wie konnte das passieren? Es hat sich total verselbständigt. Mein fettes Ich hat die Kontrolle übernommen und damit die Pläne meines schlanken Ichs mit einem Schlag zunichte gemacht. Ohne, dass ich es gemerkt habe. Ohne, dass ich hätte eingreifen können. Als hätte ich mich selbst betrogen. Auf einmal fühle ich mich beobachtet. Beschämt blicke ich über meine Schulter – direkt in das Gesicht einer überschminkten Fünfzigjährigen, die mich abfällig mustert, während sie ihren fett- und zuckerfreien Sojalatte entgegennimmt.

„Sammelbestellung“, murmle ich und ringe mir ein Lächeln ab.

„Was Sie nicht sagen.“

KAPITEL 2

Ich bin nicht mehr als ein dicker Hintern, der in einem zu engen Rock steckt.

John Dempsey ist ein fieser Kerl mit unhöflichen Augenbrauen. Die Sorte Mann, die andere gern klein macht, um sich selbst größer zu fühlen. Einer dieser Möchtegern-Hipster im Dreiteiler mit gewachstem Bart und Fensterglas-Brille. Ein echter Kotzbrocken. Um jemanden wie Dempsey würde ich normalerweise einen großen Bogen machen, in diesem Fall gestaltet sich das aber als überaus schwierig. Unglücklicherweise ist er nämlich mein Boss. Was bedeutet, dass mein Lebensunterhalt von ihm abhängt, beziehungsweise davon, wie gut ich mit ihm klarkomme. Ich gebe mir also stets alle Mühe freundlich und zuvorkommend zu sein, selbst wenn er mich, wie letzte Woche, hinter meinem Rücken als „Dampfwalze“ bezeichnet.

„Guten Morgen, John. Hier Ihr Kaffee.“

„Wo ist der her?“ Er sitzt an seinem Schreibtisch, starrt auf den Computerbildschirm und macht sich nicht mal die Mühe, mich anzusehen.

„Starbucks.“

„Welcher Starbucks?“

„Der übliche. Drei Blocks entfernt“, antworte ich mit monotoner Stimme. Dieses Spiel treibt er mit mir fast jeden Morgen.

„Und das soll ich Ihnen glauben?“

„Wieso sollten Sie es nicht glauben?“, frage ich bemüht höflich.

„Weil Leute wie Sie es sich gern einfach machen.“ Schließlich sieht er auf. Und da ist er – der verächtliche Blick, mit dem er mich ansieht, als wäre ihm eben erst aufgefallen, dass ich ein

Gewichtsproblem habe. Die Brauen hat er dabei so weit hochgezogen, dass die dämliche Hipster-Brille auf seiner Nase ein ganzes Stück nach unten rutscht.

Ja, du Idiot, ich bin immer noch fett!

„Leute wie ich?“, frage ich leise. Ich hätte es einfach ignorieren sollen, aber ich kann nicht anders. Obwohl ich über diese unverschämte Bemerkung viel lieber wütend geworden wäre, bin ich verletzt. Es ist wie ein Reflex. Jemand beleidigt mich aufgrund meines Aussehens und ich bin verletzt. Egal wie sehr ich versuche, es nicht an mich heranzulassen – es tut einfach weh. Ich beneide die selbstbewussten Frauen meiner Gewichtsklasse, die sich einen Dreck darum scheren, was andere über sie denken. Auffällig geschminkt, mit pinken oder blauen Haaren, High-Heels und Minirock tragend. Frauen, wie Beth Ditto, Octavia Spencer, Oprah oder Melissa McCarthy, deren ganze Attitüde jedem, der sie schräg ansieht, zuzurufen scheint: „Du kannst mich mal!“

„Ja, Leute wie Sie!“

Ich atme tief durch und erinnere mich selbst daran, dass sich jeder irgendwann vor dem lieben Gott für seine Taten wird verantworten müssen. Auch Dempsey. Ganz besonders Dempsey.

„Das ist ein doppelter entkoffeinierter fettfreier Mandelmilch Espresso Macchiato aus dem Starbucks Ecke 6th Avenue und 31th Street“, wiederhole ich ruhig, stelle ihm den Becher auf seinen Schreibtisch, gehe zu meinem Arbeitsplatz, schiebe mir den ganzen Blaubeermuffin in den Mund und spüle ihn mit drei großen Schlucken Karamell-Frappuccino mit extra Flavour, Schlagsahne und Schokoladensirup herunter, um meinen Frust zu vergessen.

„Mich hat er heute auch schon angepflaumt“, flüstert mir meine Kollegin Jenny durch den Spalt zwischen den niedrigen Trennwänden unserer Cubicals im Großraumbüro zu.

„Worum ging es diesmal?“, frage ich, während ich die letzten Muffinkrümel herunterschlucke und den Donut hinterherschiebe.

„Ich hatte einen kleinen Zahlendreher in der Quartalsbilanz. Da hat er mich gefragt, ob ich blind sei oder einfach nur blöd.“

Traurig wendet sie den Blick ab. Jenny ist nämlich, ganz abgesehen davon, dass sie einer der liebsten und nettesten Menschen ist, die mir je begegnet sind, tatsächlich nahezu blind. Sie leidet unter

Retinitis Pigmentosa, einer angeborenen Netzhauterkrankung, bei der die Photorezeptoren im Auge zerstört werden, was zu einer Sehschwäche führt, die sich von Jahr zu Jahr verschlimmert. Sie trägt eine Brille mit Gläsern so dick wie Flaschenböden und irgendwann, wann genau kann ihr niemand sagen, aber irgendwann, wird sie vollständig erblinden. Dabei ist sie erst siebenundzwanzig Jahre alt. Als ich sie vor ein paar Monaten mal darauf angesprochen habe, hat sie nur mit den Schultern gezuckt und gemeint, dass sie sich darüber keine Gedanken macht, weil sie ohnehin keinen Einfluss auf den Verlauf ihrer Krankheit hat.

„Solange ich arbeiten und mich selbst versorgen kann, will ich mich nicht beschweren“, sagte sie, und während ich Jenny voller Bewunderung ansah, liefen mir die Tränen über das Gesicht.

„Hm“, sage ich betont lässig, da ich weiß, dass Jenny am besten damit klarkommt, die Dinge mit Humor zu nehmen. „Scheint als wird schon wieder keine von uns Mitarbeiterin des Monats.“

Jenny lacht. Und ich beiße in meinen Räucherlachs Bagel.

Nachdem ich es geschafft habe, mir meinen gesamten Tagesumsatz an Kalorien schon zum Frühstück reinzuziehen, falle ich in ein Loch. Am liebsten würde ich heulen. Oder kotzen. Ich hasse es schwach zu sein! Warum kann ich nicht einmal ein bisschen Disziplin aufbringen? Nur ein kleines bisschen. Warum tue ich mir das selbst nur immer wieder an? Jedes, wirklich jedes Mal, fühle ich mich danach schlecht. Warum kann ich nicht anders, als zu essen, bis nichts mehr da ist. Es ist wie ein Rausch. Wie eine Sucht. Scham und Ekel packen mich. Ich spüre, wie mir das Fett in Ringen über den Rock quillt. Drauf geschissen! Vielleicht war es nötig. Vielleicht muss es erst schlimmer werden, bevor es besser werden kann. Manchmal braucht es erst den Super Gau bevor sich wirklich etwas ändern kann. Wie die feierliche letzte Zigarette, bevor man das Rauchen endgültig aufgibt. Der Kalorien-Overload – und morgen fange ich ganz von vorne an. Ein strenges Gesundheits- und Schönheitsproramm. Mit Salat und Sport und Gesichtsmasken und allem was dazu gehört. Wie Phoenix aus der Asche werde ich ...

Ein lauter Knall unterbricht mich mitten in meiner inneren Wandlung. Dempsey hat mir einen Stapel Akten auf den Schreibtisch geworfen.

„Rufen Sie die an. Bis heute Abend. Und vergessen Sie nicht unser neues Produkt zu erwähnen. Nur für Premium-Kunden, sagen Sie das dazu."

Noch etwas benommen nehme den Stapel in Augenschein. Die alle? Bis heute Abend? Das schaffe ich niemals! Doch anstatt meinem Boss genau das zu sagen, lächle ich nur kleinlaut.

„Sprechen Sie mit mir!", genervt wedelt er mit den Armen vor meinem Gesicht herum. „Comprende?"

„Ja, verstanden", erwidere ich.

„Und halten Sie sich an das Skript", lautet seine letzte Anweisung. Dann verzieht er sich wieder in sein Büro.

Ich hasse meinen Job, habe ich das schon erwähnt? Falls nicht: ICH HASSE MEINEN JOB!

Aber, halt. Ich hab euch ja noch gar nicht erzählt, was ich überhaupt mache.

Nun, ich betreibe Kaltakquise für die Außenstelle einer Versicherungsgesellschaft in Korea Town. Was genau ich da tue? In einem Satz zusammengefasst: den ganzen Tag abgewiesen werden. Neben Kaffeeholen besteht mein Tätigkeitsschwerpunkt nämlich darin, den lieben langen Tag Leute anzurufen, die ich nicht kenne, um ihnen Versicherungen zu verkaufen, die sie nicht brauchen. Wer selbst schon einmal so einen Anruf erhalten hat, kann sich sicher vorstellen, was ich meine. Niemand, wirklich niemand, möchte am Telefon eine Versicherung abschließen. Zumindest niemand, der voll zurechnungsfähig ist. Und schon gar nicht bei jemandem, den er nicht kennt. Oft legen die Leute einfach auf, manchmal beleidigen sie mich vorher noch. Einmal hat jemand mit einer Trillerpfeife in den Hörer gepfiffen. Danach hatte ich für drei Tage ein Klingeln im Ohr. Zwei haben gedroht mich umzubringen, sollte ich es wagen noch einmal anzurufen und schon vierunddreißig Mal bin ich sexuell belästigt worden. Massiv belästigt.

Doch in der Regel bleiben die Leute freundlich, die Telefonate fallen meist recht kurz aus – „Nein, danke", „Ich bin schon gut versichert", „Mein Schwager ist Versicherungsmakler" und so weiter und so fort. Diese Gespräche sind für gewöhnlich vorbei, bevor ich überhaupt die Gelegenheit hatte, das *Produkt* (so nennt man in unserer Branche den unnützen Mist, den man den Leuten aufschwatzen soll) genauer zu erklären. Die durchschnittliche Gesprächsdauer beträgt zehn Sekunden bis fünf Minuten – es sei denn man hat einen L.S.C. in der Leitung. Noch nie gehört? Nun, L.S.C. steht für *Lonely Senior Citizen.* Einsame, alleinlebende, alte Menschen. Die Vergessenen unserer Gesellschaft. Oft sind es Kriegsveteranen, Witwen oder Sozialhilfeempfänger, von Krankheit gezeichnet und von der Familie im Stich gelassen. L.S.C.s sind um jede noch so kleine Abwechslung in ihrem trüben Alltag dankbar. Besonders die, die aufgrund ihres Gesundheitszustandes oder der allgemeinen körperlichen Verfassung nicht mehr imstande sind, das Haus zu verlassen. Jene, die nicht mehr erleben, als das, was das Fernsehprogramm hergibt. Und genau diese Leute bilden „unsere Hauptzielgruppe“ wie Dempsey es ausdrückt. Ihnen sollen wir das Geld aus der Tasche ziehen. Herzallerliebst, nicht wahr?

Hat man einen L.S.C. in der Leitung, kann sich so ein Verkaufsgespräch locker über eine Stunde hinziehen. Mein persönlicher Rekord liegt bei zwei Stunden vierundfünfzig Minuten. Ziemlich lange, oder? Aber rein ökonomisch gesehen, lohnt es sich dennoch so viel Zeit zu investieren, denn in neunundneunzig Prozent der Fälle schließt der L.S.C. dann auch eine Versicherung ab. Mindestens eine. Manche lassen sich am Telefon unsere gesamte Produktpalette andrehen. Von der Haftpflicht-, über die Unfall- und Hausratversicherung, bis hin zur obligatorischen Altersvorsorge (Altersvorsorge! Das muss man sich mal vorstellen!) sind die betagten Kunden dann bestens abgesichert. Das kann man so machen. *Kann,* wohlgemerkt. Wenn man nur skrupellos genug ist. Für ein bisschen Gesellschaft, oder jemanden, der ihnen einfach ein paar Minuten zuhört, sind einige dieser Menschen zu vielem bereit. Auch unnötige Versicherung abzuschließen. Sind sie nicht total verarmt und können nicht einmal den ersten Monatsbeitrag aufbringen, zahlt sich das in der Regel auch aus. Die Firma generiert mit den L.S.C. den Großteil ihres Umsatzes. Cash – das ist das einzige Mittel, um meinem Boss ein Lächeln ins Gesicht zu zaubern. Und seinem Boss. Und dessen Boss. Ich hingegen fühle mich, nachdem ich einem sechsundsiebzigjährigen

Witwer aus New Jersey eine Glasbruchversicherung angedreht habe, einfach nur beschissen. Ganz ehrlich: Es gibt Tage, an denen habe ich Angst in der Hölle zu landen, für das, was ich hier tue. Warum ich es trotzdem mache? Die Antwort ist so einfach wie traurig: Niemand sonst wollte mich einstellen.

Als ich nach New York kam, musste ich schon bald feststellen, dass die Realität nicht besonders viel mit meiner Vorstellung vom Leben im Big Apple gemein hatte. Eine Wohnung in einem angesagten Viertel mussten wir uns schnell aus dem Kopf schlagen. Wir? Ach ja, das hab ich noch gar nicht erzählt. Wenn ich *Wir* sage, meine ich meine beste Freundin Meghan – ich korrigiere, meine *ehemals* beste Freundin Meghan – und mich. Aber dazu komm ich noch. Die einzig bezahlbare Wohnung, die nicht völlig heruntergekommen war, fanden wir im Manhattan Valley. Nicht gerade die allerbeste Wohngegend und manche Straßen sollte man in der Dunkelheit besser meiden, aber ab Ecke Amsterdam Avenue und 108th Street durch die Nähe zur Columbia University hauptsächlich von Studenten besiedelt. Wir zogen also ins Valley – und machten uns von dort aus auf Jobsuche. In Meghans Fall bedeutete das, dass sie von morgens bis abends sämtliche Bars an der Wall Street abklapperte, um einen Investment Banker aufzureißen. In meinem Fall, dass ich von einem Vorstellungsgespräch zum nächsten tingelte. Ich fuhr mit der U-Bahn von einem Ende der Stadt bis zum anderen, verbrachte unter dem peinlich berührten Blick irgendeiner High-Heels tragenden Vorzimmerdame Stunde um Stunde in Wartebereichen, nur um jedes Mal aufs Neue abgewiesen zu werden.

„Es tut mir leid, dass Sie so lange warten mussten, aber Mister Soundso kann Sie heute leider nicht mehr empfangen."

„Vielen Dank für Ihr Kommen, wir melden uns bei Ihnen."

„Es tut uns leid, aber die Stelle ist bereits vergeben."

„Leider entspricht ihr Profil nicht ganz dem, was wir suchen."

„Weiterhin alles Gute für Sie."

Ablehnung sämtlicher Form und Art. Ich kenne sie alle.

Nach Wochen ergebnislosen Bewerbungsmarathons mit allabendlichem Frustfressen, hatte ich die Schnauze voll. So konnte es nicht weitergehen. Ich war schließlich nicht nach New York gekommen, um meine mühsam zusammengekratzten Ersparnisse aufzubrauchen – ich war hier, um ein neues Leben anzufangen. Und zu einem geregelten Leben gehört nun mal ein Job. Ich schraubte meine Ansprüche herunter, durchstöberte sogar die billigen Annoncen im *Pennysaver* und stieß schließlich auf die Anzeige der AWK Ensurance Agency in Korea Town, die, wie sich herausstellte, einfach jeden einstellten. Und zwar aus dem ganz einfachen Grund, dass es fast niemanden gibt, der diesen Job länger als ein paar Monate durchhält. Nicht mal meine beiden gehässigen Kolleginnen Amy und Veronica (der Straßenschacht am St. Patricks Day, ihr erinnert euch?). Und zwar nicht nur, weil der Job einfach beschissen ist. Der Arbeitsplatz selbst trägt das Übrige dazu bei. Denn, falls ihr euch ein schickes Bürogebäude vorstellt – Fehlanzeige. Ein heruntergekommener Bunker im Schatten des Empire State Building. Zu erreichen über einen gruseligen Hinterhof zwischen der Einfahrt eines Parkhauses und einem schmuddeligen Diner mit defekter Beleuchtung. Auch, wenn mein Boss am Telefon gern so tut, als wären unsere Büros *im* Empire State Building – die Sonne sieht man hier den ganzen Tag nicht. Die Schreibtische, Bürostühle und Schränke sind alle Second-Hand aus irgendwelchen Geschäftsaufgaben, und von der Wäscherei im Erdgeschoss wabert ständig dieser beißende Chemiegeruch durchs Treppenhaus. Wir haben nicht mal eine richtige Heizung. Und als Sahnehäubchen obendrauf wäre da noch John Dempsey, der einem jeden Tag das Leben zur Hölle macht.

Ja, ich habe mir das alles anders vorgestellt, als ich nach New York gezogen bin, aber, wenn ich so darüber nachdenke, passt schon irgendwie alles zusammen. Wahrscheinlich habe ich es einfach nicht anders verdient. Denn, so gern ich mir den Entschluss, nach New York zu gehen allein auf mein Konto buchen würde – als einen selbstbestimmten Akt der Befreiung, der Selbstverwirklichung. Metamorphose! – so ist das leider nicht gewesen.

KAPITEL 3

Soll es das gewesen sein?

(Eineinhalb Jahre zuvor)

„Pack deine Sachen, wir gehen nach New York!“ Meghan, seit der High-School meine beste Freundin, stürmte aufgeregt in mein Büro.

„New York?“, fragte ich skeptisch. „Willst du Urlaub machen? Ich weiß nicht, ob Carter mir so kurzfristig frei ...“

Meghans vieldeutiges Kopfschütten ließ mich verstummen.

„Kein Urlaub?“, fragte ich, und mir schwante schon, was als Nächstes kam. Meghan war schon immer impulsiv gewesen und hatte eine gefährliche Neigung zu Kurzschlussreaktionen.

„Kein Urlaub“, bestätigte sie meinen Verdacht. Beklemmung machte sich in meiner Brust breit, als Meghan sich über meinen Schreibtisch beugte, ihre Hände auf meine Schultern legte und mir mit hypnotischem Blick direkt in die Augen sah.

„Du und ich – wir ziehen nach New York!“, verkündete sie voller Überzeugung.

„Wir tun ... WAS?“

„Ich hab alles schon ganz genau geplant“, wild gestikulierend begann sie, in meinem Büro auf und ab zu gehen. Den Blick in eine glorreiche Zukunft gerichtet. „Na ja, *geplant* ist vielleicht zu viel gesagt, aber ich hab schon eine ganz genaue Vorstellung davon, wie es sein wird. Fürs Erste mieten wir uns eine kleine Wohnung etwas außerhalb, aber später, wenn wir ein paar Monate gearbeitet haben, ziehen wir direkt in die City. SoHo, Midtown oder die Upper East Side mit Blick auf den Park. Das heißt, sollten wir uns bis dahin nicht schon richtig heiße Wall-Street-Kerle geangelt haben. Dann hat sich das mit dem Arbeiten sowieso erledigt." Sie wandte sich wieder mir zu. „Du und ich Molly, wir beide im Big Apple – das wird großartig! Groß-Art-Ig!"

„Was redest du denn da?" Ich konnte nur den Kopf schütteln. „Ist es etwa wegen Josh? Du musst dich mit der ...", ich stockte, überlegte kurz, wie ich es am besten ausdrücken sollte, ohne sie zu verletzen, „... der neuen Situation eben erst anfreunden. Ist ja klar, dass du nicht einfach weitermachen kannst, als wäre nichts gewesen. Immerhin wart ihr elf Jahre zusammen. Das steckt man nicht einfach so weg."

„Es ist nicht wegen Josh", sagte Meghan leise, und ich konnte sehen, dass allein der Klang seines Namens ihr einen Stich versetzte.

„Du machst gerade eine harte Zeit durch. Und jetzt reagierst du ein bisschen über. Das ist ganz normal."

Sie schüttelte den Kopf.

„Ich bin sicher, du findest jemand anderen, der ..."

„ES IST NICHT WEGEN JOSH!", brüllte sie plötzlich.

Ich erschrak so sehr, dass ich zusammenzuckte. „Okay."

„New York war schon immer mein Traum", fuhr sie fort, sobald sie sich wieder im Griff hatte.

„Meinetwegen, aber dann mach doch erst mal ein paar Tage Urlaub dort. Nimm dir eine kleine Auszeit. Sieh dir alles in Ruhe an. Und wenn du dann immer noch dort leben willst, dann tu es. Du solltest die Sache nur nicht überstürzen."

„Aber genau darum geht es doch! Sich frei zu machen von Zwängen, frei von Konventionen. Etwas zu wagen. Voller Mut und Zuversicht." Sie holte tief Luft. „Ein Leben lang verbringen wir in ein und demselben tristen Trott. Ich habe es satt! Ich will endlich mal was Neues sehen. Endlich mal was erleben! Und du solltest das auch wollen, Molly."

Ich lächelte nachsichtig. „Am besten schläfst du nochmal darüber, und wenn du mor-" Ich hatte noch nicht ausgeredet, da packte sie mich grob an den Schultern.

„Ich meine es todernst!"

Jetzt machte sie mir Angst. „Au, du tust mir weh", ich wand mich aus ihrem schmerzhaften Griff.

„Denk doch mal nach“, lenkte Meghan ein und schlug plötzlich sanftere Töne an. „Ist es das, was du aus deinem Leben machen willst? Im Vorzimmer eines Kleinstadtbürgermeisters zu hocken und Telefondienst zu machen?“ Ihre Worte klangen zynisch, fast schon verächtlich. „Hm?! Ist es das, was du mit deinem Leben anstellen willst? Was du einmal deinen Enkeln erzählen willst?“ Sie machte eine theatralische Pause. „Ich war vierzig Jahre lang die Sekretärin des Bürgermeisters von Farmington, Missouri“, ahmte sie, wenig schmeichelhaft, meine Stimme nach, ehe sie mit normaler Stimme fortfuhr. „Ist es das? Hm? Oder willst du den kleinen Scheißern nicht lieber erzählen, dass du dich, ohne zu zögern, in ein Abenteuer gestürzt hast. Dass du mutig warst, alles auf eine Karte gesetzt und dabei dein großes Glück gefunden hast.“

Ich schluckte. „Aber ...“

„Nichts aber! Keine Ausreden mehr.“

„Ich ...“

„Molly, was hast du in deinem Leben bisher Großartiges erlebt?“

„Na ja, ...“

„Trau dich! Geh mal ein Risiko ein! Ich meine, wofür soll man sich denn an dich erinnern? Willst du nicht die sein, die es aus diesem Kaff raus geschafft hat? Willst du nicht die sein, über die die Leute eines Tages sagen: Molly, ja, das war die, die nach New York gegangen ist und richtig Karriere gemacht hat. Ich wünsche, ich wäre wie sie – DAS sollten die Leute über dich sagen.“ Meghan hielt einen Moment inne, dann sah sie mir tief in die Augen.

„Jetzt mal ehrlich, Molly. Das Aufregendste, was du erlebst, ist die Taco-Happy-Hour jeden Mittwochabend bei Barney’s.“

Autsch – das tat weh. Aber nicht nur, weil es gemein war, was sie gesagt hatte – sondern, weil es die Wahrheit war. Meghan hatte mich eiskalt erwischt. Wie oft hatte ich schon von einem Abenteuer wie diesem geträumt. Einem Abenteuer, das ich höchstens aus einem meiner Bücher kannte. Wie oft hatte ich schon davon geträumt, alles hinter mir zu lassen, neu anzufangen. Sein zu können, wer immer ich will.

„Mach endlich was aus deinem Leben!“, brachte Meghan es auf den Punkt. „Komm mit mir nach New York.“

Zwei Wochen später, ich hatte gerade die beiden letzten Koffer auf den Rücksitz meines alten Honda Civic verladen, war es Zeit, auf Wiedersehen zu sagen. Der Abschied war tränenreich. Besonders meine Mutter hatte damit zu kämpfen. Sie freute sich für mich, aber sie kann eben nicht besonders gut mit Veränderungen umgehen. Konnte sie noch nie. Und ein Einschnitt wie dieser – bisher hatte ich keine zehn Minuten von meinem Elternhaus entfernt gewohnt, und nun würde ich tausend Meilen weit wegziehen – war für meine Mutter sehr schwer zu verkraften. Klar, während des Studiums war ich auch weg gewesen, aber auf absehbare Zeit. Sie hatte gewusst, dass ich nach meinem Abschluss wieder zurück nach Hause kommen und den Job beim Bürgermeister annehmen würde, den mein Dad mir über seine Kontakte im Gemeinderat organisiert hatte.

Dieser Abschied war anders. Ich hatte nicht vor, je wieder zurückzukehren – außer zu Besuch, versteht sich. Und wenn mein, oder besser gesagt Meghans Plan aufging, musste ich das auch nicht.

„Wir sehen uns an Weihnachten. Spätestens“, versuchte ich Mom zu beruhigen und wartete, bis sie sich ausgiebig geschnäuzt hatte. „Ihr könnt mich ja besuchen, sobald wir uns eingerichtet haben.“

„Ah ha ha ha ha ha“, heulte Mom an meiner Schulter.

„Jetzt muss ich aber los“, setzte ich zwischen zwei ihrer herzzerreißenden Schluchzer an und löste mich von ihr. „Meghan wartet schon seit einer halben Stunde.“

Dad übernahm bei Mom und drückte mir einen kratzigen Bartstoppel-Kuss auf die Stirn.

„Pass gut auf dich auf, meine Große“, sagte er, während Mom ihm das Hemd vollweinte.

„Mach ich.“

„Mach's gut, Schwesterchen“, Max, extra mit seiner kleinen Familie gekommen, um mich zu verabschieden, zog mich in eine feste Umarmung.

„Wiedersehen, Molly, du wirst uns fehlen!“ Charlotte, Max‘ Frau, küsste mich auf die Wange. Mein kleiner Neffe Teddy war gerade auf dem Arm seiner Mutter eingeschlafen.

„Dich werde ich ganz besonders vermissen, kleiner Mann“, sagte ich und küsste das schlafende Baby auf die Stirn. Nun, da es wirklich soweit war, musste auch ich das eine oder andere Tränchen verdrücken. „Macht's gut, Leute."

Während ich hupend wegfuhr, überkamen mich ernsthafte Zweifel. Und es sollte nicht das letzte Mal gewesen sein. Denn kurz nachdem wir den Mietvertrag unterschrieben hatten, stellte sich heraus, dass Meghan praktisch mit nichts nach New York gekommen war. Ganze dreihundertzweiundvierzig Dollar – das war alles, was sie nach der ersten Woche New York noch besaß. Beinah hätte ich laut losgelacht, als ich daran dachte, wie sie mich an unserem ersten Abend in der Stadt, ganz in *Sex-and-the-City*-Manier, schick zum Essen ausgeführt und einen Cosmopolitan nach dem anderen spendiert hatte. Nun konnte sie nicht mal ihre Hälfte der Miete aufbringen. Der Großteil aller Kosten blieb also an mir hängen. Wohnung, Nebenkosten, Lebensmittel – ich bezahlte so gut wie alles. Und nett wie ich war, nahm ich es nahezu kommentarlos hin. Noch hatte ich finanziell ein ordentliches Polster. Als Angestellte der Stadt hatte ich in Farmington gut verdient, und der Verkauf meiner alten Karre hatte weit mehr eingebracht, als ich erwartet hatte.

„Du bist ein Schatz, Molly. Ich wüsste gar nicht, was ich ohne dich machen würde."

Unter der Brücke schlafen? Zurück nach Hause und wieder bei deinen Eltern einziehen? Dich prostituieren? Such dir was aus!

„Das ist aber nur geliehen! Ich zahl dir jeden Cent zurück – ich bestehe darauf."

Was du nicht sagst ...

Und wieder plagten mich Zweifel. Hatte sie mich wirklich nur gefragt, ob ich mitkomme, weil sie jemanden brauchte, der sie aushielt? War ihr ergreifender Vortrag über Abenteuer und Selbstverwirklichung nur Mittel zum Zweck gewesen? Und ich dumm genug, darauf hereinzufallen? War ich für Meghan nur ein prall gefüllter Geldbeutel? Nicht ganz, wie ich schon bald darauf feststellen durfte. Oder genauer gesagt: nicht nur. Denn ich erfüllte noch einen Zweck: Ich war die dicke Freundin, die auf dem viel zu schmalen Barhocker neben ihr saß und sie noch besser aussehen ließ, als sie es ohnehin schon tat. Wie zu unseren besten High-School-Zeiten. Damals war mir das zwar durchaus bewusst gewesen, aber ich hatte es in Kauf genommen. Meghan war eines der hübschesten und beliebtesten

Mädchen der ganzen Schule gewesen – und das war der Preis für ihre Freundschaft. Ich bin sicher, dass sie mich mochte, aber ich kann mir auch vorstellen, dass es durchaus seinen Reiz hat, unter seinen Freundinnen als absolut konkurrenzlos zu gelten. Für Meghan eine angenehme Begleiterscheinung. Damals wie heute. Lange war das Thema vom Tisch gewesen, denn in den vergangenen elf Jahren waren High-School-Prinzessin Meghan und Quarterback-Schrägstrich-Abschlussballkönig Josh das absolute Traumpaar gewesen. Und, so klischeebeladen die Konstellation auch gewesen sein mag, die beiden waren wirklich glücklich gewesen miteinander. Sie haben sich geliebt – liebten sich wahrscheinlich noch immer. Aber irgendwas musste schiefgelaufen sein. Enttäuschte Erwartungen? Unvereinbare Lebensplanung? Das Gefühl, etwas verpasst zu haben, weil sie so früh zusammengekommen waren? Ich weiß es nicht. Aber seit Meghan und Josh sich getrennt hatten, verging kein Tag, an dem sie nicht von ihm redete.

„Josh hat das auch immer so gemacht."

„Josh stand total auf diese Band."

„Josh mochte es am liebsten, wenn ich die Haare offen trage."

„Josh hat seinen Kaffee auch immer schwarz getrunken."

Josh hier, Josh da – ganz ehrlich: ich konnte es nicht mehr hören. Am liebsten hätte ich sie geschüttelt.

Aber jetzt bin ich abgeschweift. Worauf ich eigentlich hinaus wollte: So lange Meghan und Josh ein Paar waren, musste ich nicht mehr neben ihr hocken wie der Misthaufen neben dem Rosenstock, um diesen noch strahlender erblühen zu lassen. Doch nun, da sie in New York auf Männerjagt ging, war es, als wären wir wieder sechzehn. Abend für Abend überredete mich Meghan – oft hart an der Grenze zur Erpressung – mit ihr auszugehen. Nach der anstrengenden Jobsuche, hockte ich mich also stundenlang in irgendwelchen In-Cafés und Clubs den Hintern platt, in denen arrogante Wall-Street-Broker sich ihren After-Work-Drink genehmigten, während sie sich selbst beweihräucherten. Nirgendwo habe ich mich in meinem Leben mehr fehl am Platz gefühlt als in diesen Clubs. Meine Bedenken, an einem solchen Ort – und unter dieser Art Männer – die große Liebe zu finden, ignorierte Meghan.

„Meinst du nicht, du hast ein bisschen zu oft *Pretty Woman* gesehen? Ich meine, sieh dir diese Typen doch mal an! Der hier prahlt seit einer halben Stunde damit, dass er heute sechs Leute gefeuert hat. Der da drüben reibt sich ständig an der Nase rum, seit er vom Klo zurück ist." Ich senkte die Stimme. „Und der direkt hinter mir lässt wirklich keine Gelegenheit aus, sich ausgiebig am Sack zu kratzen. Kannst du dir ernsthaft einen von diesem Primaten als den Vater deiner zukünftigen Kinder vorstellen?"

Sie wollte nichts davon hören. Meghan hatte eine märchenhafte Zukunft für sich geplant, und die sollte an genau diesem Ort beginnen.

Ein paar Wochen später, ich war drauf und dran, ihr zu sagen, dass ich es satt hatte, meine Abende in diesen unsäglichen Clubs mit diesen arroganten Typen zu verbringen, hatte ich meinen Zweck schon erfüllt. Meghan hatte sich einen stinkreichen, gutaussehenden Broker aufgerissen. Und von diesem Moment an war ich abgeschrieben. In unserer Wohnung (die ich bezahlte), ließ sie sich kaum noch blicken. Nur noch hin und wieder zum Schlafen, Duschen und sich umzuziehen. Wenn ich sie anrief, ging sie nicht ran, und auch meine WhatsApp-Nachrichten beantwortete sie oft erst Tage später.

Sorry, ich hab deine Nachricht erst jetzt gelesen. Benjamin hat mich zum Skifahren nach Aspen eingeladen. Aspen! Ist das nicht irre?!

Sorry, ich kann leider nicht. Benjamin und ich verbringen das Wochenende mit Freunden in den Hamptons.

Sorry, ich hab leider keine Zeit. Benjamin und ich gehen shoppen.

Sorry

Sorry

Sorry

Benjamin

Benjamin

Benjamin

Irgendwann gab ich es auf und beschloss, mich auf mich selbst zu konzentrieren. Ich fand einen Job (den ich hasste), ging mit Kolleginnen aus (die sich nur über mich lustig machen wollten) und lernte einen Mann kennen (Chris, der mich aus dem Straßenschacht befreite). Meghan meldete sich nur bei mir, wenn sie etwas brauchte.

Bist du so lieb und holst mein Kleid aus der Reinigung?

Wundere dich nicht, ich hab mir heute Morgen deine goldenen Ohrringe geliehen.

Kannst du bitte meine Mom vom Flughafen abholen? Ich schaff es nicht rechtzeitig.

Meine Freundin war in dem Leben angekommen, das sie sich immer erträumt hatte. Für mich war darin kein Platz vorgesehen. Ich war schon soweit, das zu akzeptieren, als ich eines Abends nach Hause kam und sie zu meinem Erstaunen weinend auf der Couch vorfand.

„Meg! Was ist los? Was ist passiert?“ Sofort ging ich zu ihr und legte den Arm um sie.

„Er ... e-er“, schluchzte sie.

„Ja?“

„Er ... er ist ... er ist ver-hei-rat-et.“

„Was?!“

„Er h-hat eine F-Frau. Und zwei K-Kinder“, fuhr sie mit bebenden Lippen fort.

Mir blieb der Mund offenstehen. „Und das hat er dir seit – wie lange seht ihr euch?“

„Fast v-vier M-Monate“, heulte Meghan.

Ich verschluckte mich fast an meiner eigenen Spucke. „Ihr trefft euch seit vier Monaten, und er hat dir verschwiegen, dass er eine Frau UND Kinder hat?“

„Ja-a-a-a-a“

Ich reichte ihr ein Taschentuch. „Und wie hast du es rausgefunden?“

„Sie hat auf seinem Handy angerufen“, schniefte sie, „und als ich rangegangen bin, hat er es mir aus der Hand gerissen und zu seiner Frau gesagt, das sei nur die neue Sekretärin gewesen. Danach hat er mich angebrüllt, was mir einfällt, einfach an sein Handy zu gehen.“

„Und dann?“

„Dann hab ich ihn angebrüllt, wieso zum Teufel er mir verheimlicht hat, dass er verheiratet ist.“

Ich nickte zustimmend. „Wie hat er reagiert?“

„Na wie wohl? Er hat sich entschuldigt und versucht, mich ins Bett zu kriegen. Hat mir jede Menge Komplimente gemacht.“

„Tatsächlich? Und dann?“

„Er sagte, ich solle mir darüber nicht den Kopf zerbrechen und dass wir doch Spaß zusammen hätten und ich die Zeit einfach genießen soll. Die hier ...“ Meghan zog den Halsausschnitt ihres Shirts ein kleines Stück runter und eine schimmernde Kette mit glitzerndem Anhänger kam zum Vorschein, „hat er mir geschenkt. Als Wiedergutmachung.“

Ich musterte sie ungläubig. „Und du hast sie angenommen?“

Meghan stutzte. „Ja, wieso denn nicht?“

Ich konnte es nicht fassen. „Du schläfst wissentlich mit einem verheirateten Mann und lässt dich mit teurem Schmuck darüber hinwegtrösten?“

„Was soll das denn heißen?“, keifte Meghan.

„Genau das, was ich gesagt habe. Oder findest du es etwas okay, eine Affäre mit einem verheirateten Kerl zu haben? Was glaubst du denn, wie es seiner Frau dabei geht? Und seinen Kindern?“

„Sag mal, auf wessen Seite stehst du eigentlich?“, jetzt wurde sie laut. Neue Tränen sammelten sich in ihren Augen.

„Auf gar keiner. Ich finde das nur nicht in Ordnung.“

„Ich ja auch nicht.“

„Dann hast du Schluss gemacht?“

Sie schluckte sichtbar und zögerte eine Sekunde, ehe sie verkündete: „Ich habe ihn vor die Wahl gestellt. Sie oder ich.“

Ich verkniff mir einen weiteren Kommentar und fragte stattdessen, was er dazu gesagt hatte.

„*Ich soll meine Frau verlassen?* hat er gefragt, *deinetwegen?* Und dann fing er an zu lachen.“

„Oh."

„Er sagte, dass ich da wohl etwas missverstanden hätte. Dann nannte er mich *Mäuschen*, drückte mir einen Kuss auf die Stirn und sagte, es sei doch nur Sex, und ich solle es nicht unnötig kompliziert machen." Sie vergrub das Gesicht in den Händen und begann erneut zu heulen. „Ich hab gesagt, dass ich das nicht kann. Und dann hat der Typ echt noch die Nerven mich zu fragen, ob ich ihm einen blase. Zum Abschied."

„Und?"

„Was und?"

„Hast du es getan?" fragte ich neugierig.

Da fuhr sie herum und funkelte mich zornig an. „Das tut doch überhaupt nichts zur Sache!"

Jep – sie hatte es getan. „Oh man ...", war alles, was mir dazu einfiel. Das *ich hab's dir ja gleich gesagt*, das mir schon auf der Zunge lag, verkniff ich mir. Hatte sie echt geglaubt, an der Wall Street die große Liebe zu finden? Das kommt davon, wenn man sich auf so einen Typen einlässt. Jetzt saß sie da – mit Marilyn-Manson-mäßig verschmierten Augen und schniefte.

„Und ... was hast du jetzt vor?", fragte ich nach einer Weile.

„Ich gehe zurück zu Josh", eröffnete sie mir unumwunden.

„Was?"

„Seit ich hier bin, schreibt er mir ständig, wie sehr er mich vermisst und dass die Trennung ein großer Fehler war."

Mir fiel die Kinnlade runter. „Du ...du gehst wieder nach Missouri?", fragte ich perplex.

„Er will mich zurück."

„Aber ... aber das kannst du nicht machen!"

„Wieso nicht? Ist doch mein Leben."

„Aber ... aber ich bin doch nur deinetwegen mit nach New York gekommen. Und jetzt, wo ich endlich einen Job habe, soll ich wieder gehen? Ich habe gerade erst jemanden kennengelernt!"

„Na, das ist doch schön, Molly", erwiderte Meghan ungerührt. „Du hast es geschafft."

„Dann soll ich hierbleiben? Allein?"

„Das ist ganz dir überlassen“, fertigte sie mich ab. „Und was heißt *allein*? Du sagtest doch gerade, du hättest jemanden kennengelernt, oder?“

„Ja, aber ...“

„Du bist fast dreißig, Molly.“ Eben noch in Tränen aufgelöst, klang Meghan plötzlich kalt und überheblich. „Es ist Zeit, dass du Verantwortung für dich selbst übernimmst. Ich hab’s echt satt, deine Entscheidungen für dich zu treffen.“

Und so trennten sich unsere Wege. Nach allem, was ich für sie getan hatte, ließ sie mich einfach sitzen. Keine Entschuldigung, kein Wort des Dankes. Von dem Geld, das sie mir schuldet, ganz zu schweigen.

Meghan ging zurück nach Missouri, und ich blieb allein in New York.

KAPITEL 4

Was zum Teufel mache ich hier eigentlich?!

Zurück zu meinem Schreibtisch.

Ich sehe mir den Aktenstapel, den Dempsey mit hingeknallt hat, genauer an. Es ist eine Liste mit Namen, Geburtsdaten und Anschriften der Leute, die ich nun nach und nach abtelefonieren soll. Die Kombination aus hohem Alter, mittlerer bis guter Wohngegend und dem Geschlecht weiblich ist statistisch gesehen am erfolgversprechendsten. Je höher das Alter, desto besser. Die Wohngegend gibt darüber hinaus schon einen Anhaltspunkt über die Vermögensverhältnisse des Kunden. Sie sollte gehoben, aber nicht zu nobel sein. Alte Leute mit sehr viel Geld sind für gewöhnlich nicht besonders einsam, zur Not erkaufen sie sich Gesellschaft. Diese Leute schließen keine Versicherungen am Telefon ab.

Zu ärmlich dürfen die Wohnverhältnisse aber auch nicht sein, die Raten wollen ja schließlich bezahlt werden. Nicht reich, nicht arm, gerade liquide genug, damit die monatlichen Abbuchungen keine Fragen aufwerfen.

So zumindest der Idealfall. Das Spektrum potentieller Kunden ist jedoch breit gefächert. Und auch heute ist die Mischung bunt. Ich nehme das Script aus der obersten Schublade des Rollcontainers unter meinem Schreibtisch, setzte leise seufzend mein Headset auf und wähle die erste Nummer.

„Ja?“, meldet sich eine abgehetzt klingende Frauenstimme.

„Guten Tag, spreche ich mit Mrs. Prett?“

„Ja. Wer ist da?“

„Mein Name ist Molly Bilton von AWK Ensurance.“

„Aha", erwidert Mrs. Prett wenig begeistert. Im Hintergrund kreischt ein Kleinkind.

„Sie sind Kundin bei einem unserer Partnerunternehmen", lese ich vom Leitfaden ab – was so viel bedeutet wie: Wir haben ihre Kontaktdaten gekauft – „und ich rufe an, um Ihnen exklusiv ein Produkt vorzustellen, das eigens für Sie ausgewählt wurde."

Was für ein Bullshit ...

Ein zweites Kind fängt an zu brüllen. Sofort muss ich an meine Nachbarn Faye und Paul denken. Bei denen zuhause geht es auch immer so zu.

„Was? Entschuldigung, Sie müssen etwas lauter sprechen."

„Ich rufe an, um Ihnen exklusiv ...", beginne ich von Neuem.

„Es tut mir leid, ich kann Sie kaum verstehen", brüllt Mrs. Prett in den Hörer, in dem verzweifelten Versuch den Tumult im Hintergrund zu übertönen.

„Ein Produkt, das eigens für Sie ausgewählt wurde."

Ach ja, bevor ich es vergesse: Bei besagtem Produkt handelt es sich um eine *Insassenunfallversicherung*. Seht ihr, wie ich mit den Augen rolle? Seht ihr es? Eine *Insassenunfallversicherung* ist nämlich etwas, das so unnötig ist wie ein Kropf. Wer ein Auto hat, hat für gewöhnlich auch eine Haftpflichtversicherung. Und die tritt auch ein, falls der Fahrer einen Unfall verursacht und dabei andere Fahrgäste verletzt werden. Auch ohne Insassenunfallversicherung. Ganz abgesehen davon besitzt in New York nur ein Bruchteil der Bevölkerung ein Auto. Schon allein, weil es viel zu wenig Parkplätze gibt – vom Stau will ich gar nicht erst anfangen. In der Rush-Hour sind die Straßen oft komplett dicht. Dazu kommen noch die unzähligen Baustellen – jedenfalls, eine der Grundvoraussetzung, um die Insassenbullshitversicherung an dem Mann (oder die Frau) zu bringen, ist der Besitz eines Fahrzeuges. Manhattan und die angrenzenden Distrikte fallen da schon mal weg. Ich konzentriere mich also auf New Jersey, Long Island und Connecticut. Wo auch Mrs. Prett zuhause ist.

„Was sagten Sie, für wen Sie anrufen?"

„AWK Ensurance", wiederhole ich geduldig.

„Dann geht es um eine Versicherung." Es ist keine Frage. Es ist eine Feststellung. Und Mrs. Prett sagt es in einem Ton, der klar macht, dass sie nichts abschließen wird. Weder heute noch sonst irgendwann.

Vollkommen egal, was ich versuche oder an welchem Zweig unseres *Leitfadens zur situativ flexiblen Gesprächsführung* (ja, so heißt das Ding) ich mich entlanghangle. Warum ich mir da so sicher bin? Es ist dieser misstrauische Unterton. Das „Ich habe dich durchschaut" zwischen den Zeilen. Und dieser leise mitschwingende Vorwurf – als wolle sie sagen: „Hörst du nicht, dass ich Wichtigeres zu tun habe?!"

Ich will mich gerade für die Störung entschuldigen und das Gespräch beenden, als ich merke, dass Dempsey mir im Nacken sitzt. Mit verschränkten Armen steht er hinter mir. Ich seufze leise und werfe einen Blick auf den Leitfaden.

Zeigt der Kunde Interesse? – Ja – Gehen Sie näher auf das Produkt ein.

Zeigt der Kunde Interesse? – Nein – Sprechen Sie Persönliches an.

Okay.

„Wie ich höre, haben Sie Kinder?", frage ich freundlich.

„Ja, zwei", erwidert Mrs. Prett und man hört ihr an, dass sie das Gespräch nur aus reiner Höflichkeit noch nicht beendet hat.

„Dann ist ja ganz schön was los bei Ihnen zuhause."

„Kann man so sagen."

Dempsey positioniert sich jetzt direkt in meinem Blickfeld und deutet mit einer ungeduldigen Geste an, dass ich zum Punkt kommen soll.

„Da geht bestimmt auch mal was zu Bruch, im Eifer des Gefechts, oder?", schlängele ich mich zum Thema zurück. Vielleicht lässt sie sich ja eine Haftpflicht aufschwatzen? Oder Glasbruch?

Begleitet von dem langgezogenen Jaulen eines Hundes, der offenbar gerade von einem der beiden Kinder drangsaliert wird, höre ich Mrs. Prett tief Luft holen.

„Miss – wie war noch mal Ihr Name?"

„Bilton. Molly Bilton."

„Miss Bilton, Sie scheinen eine wirklich nette Person zu sein, aber meine Familie ist bereits bestens versichert. Und, nehmen Sie es mir nicht übel, aber ich kenne Sie nicht, und jemandem, den ich nicht kenne, kann ich nicht vertrauen. Also, vielen Dank für Ihren Anruf, aber ich habe kein Interesse."

Dempsey glotzt mich an. Aber er kann die Augen noch so weit aufreißen – da ist nix zu machen. Ich schlucke. „Okay. Entschuldigen

Sie bitte die Störung. Alles Gute für Sie und Ihre Familie“, sage ich und meine es auch so. Als ich auflege, ziehe ich automatisch den Kopf ein.

„Was ZUM TEUFEL war das denn?“, fährt mich Dempsey auf der Stelle an. *„Entschuldigen Sie die Störung?!* Sind Sie noch ganz dicht?!“

„Sie hatte keine Zeit. Die Kinder haben im Hintergrund geweint und ...“

„Das ist mir doch scheißegal! Sie werden fürs Verkaufen bezahlt und nicht, um sich fürs Anrufen zu entschuldigen!“

„Sie hätte sowieso nichts unterschrieben.“

„Und woher wollen Sie das wissen?“ Die Augen zu Schlitzen verengt, beugt er sich über meinen Schreibtisch. „Sind Sie etwa eine Scheiß-Hellseherin? Haben Sie unter Ihrer scheußlichen Bluse etwa eine Glaskugel versteckt?“

Er kommt mir so nahe, dass ich reflexartig zurückweiche. Zähnefletschend bläst er mir seinen sauren Atem ins Gesicht, reckt mir drohend den Zeigefinger entgegen.

„Muss ich Ihnen etwa Ihren Job erklären?“, presst er zwischen zusammengebissenen Zähnen hervor. Seine Nasenflügel blähen sich auf. „Sie haben nicht ein einziges Produkt erwähnt!“

In meinem Inneren rumort eine Mischung aus Angst und Wut. Ich weiß nicht, zu welcher Seite es kippt. Ob ich gleich in Tränen ausbreche oder meinen Boss am Kragen packe – die Chancen stehen Fifty-Fifty. Meine Lippen zittern, als ich den Mund öffne, um ihm zu erklären, dass man mit ein bisschen Menschenkenntnis, ein wenig Empathie und etwas Gespür für die Situation sehr wohl einschätzen kann, ob eine Kunde generell interessiert ist oder ob man nur seine Zeit verschwendet. Da es aber keinen Sinn hat, mit einem cholerischen Vollidioten wie ihm zu diskutieren, sage ich nichts. Die Wut lässt nach. Resignation nimmt ihren Platz ein.

„Was? Hat es Ihnen etwa die Sprache verschlagen?“

„Ich ... ich ...“, suche ich nach den richtigen Worten. Irgendwelchen Worten.

„Ich, ich, ich“, äfft er mich nach. „Der nächste auf der Liste! Na los! Und wagen Sie es ja nicht, Mittagspause zu machen, ehe Sie nicht mindestens einen Abschluss vorzuweisen haben! Comprende?“, poltert er und knallt die Glastür zu seinem Büro so fest zu, dass sie noch in den Angeln bebt, als er schon am Schreibtisch sitzt.

Ich sehe auf und ernte reihum mitleidige Blicke. Manche wirken erleichtert. Es hätte jeden treffen können. Wie früher im Französischunterricht, wo jeden Montagmorgen ein anderer zum Vokabeltest an die Tafel zitiert wurde. Heute bin ich die Glückliche.

Jenny stellt mir ein Glas Wasser auf den Schreibtisch und schenkt mir einen aufmunternden Blick.

„Du hast Recht", flüstert sie.

„Womit?", frage ich und nehme dankbar einen Schluck. Mein Mund ist ganz trocken.

„Du wirst wohl wieder nicht Mitarbeiterin des Monats."

Unwillkürlich muss ich lächeln. „Den Eindruck habe ich auch."

„Guten Tag, mein Name ist Molly Bilton von AWK Ensurance. Ich rufe an, um Ihnen unser neuestes Produkt vorzustellen, das exklusiv für unsere Premium-Kunden entwickelt wurde."

„Premium-was?", brummt der Herr am anderen Ende der Leitung.

„Exklusiv für Premium-Kunden. Es handelt sich um eine ..."

„Was soll das heißen? Exklusiv."

„Nur ein ausgewählter Kundenkreis kommt in de-"

„Sag mal, willst du mich verarschen?"

„Nein, Sir."

„Glaubst wohl, ich bin bescheuert? Hä?!"

„Nein, Sir, ich ..."

„Du willst wohl Ärger, was?"

„Nein, Sir. Wirklich nicht. Sie sind seit Jahren Kunde und ich ..."

„Glaub ja nicht, dass ich auf diesen billigen Trick hereinfalle! Was glaubst du eigentlich, wer du bist, mich mit so einem Mist zu nerven? Hä? Pass bloß auf, du hinterhältige Schlange!"

„Sir", starte ich einen neuen Versuch bei dem offenbar verwirrten Mann. „Mein Name ist Molly Bilton und ich bin von AWK Ensurance, einer Versicherungsagentur aus Manhattan."

„Ich hab's gewusst! Ich hab's immer gewusst!"

„Was denn, Sir?" *Ach, was frage ich überhaupt ...* Ich überlege schon, wie ich mich meines Gesprächspartners entledige, ohne, dass mein Boss etwas davon mitkriegt als er richtig in Fahrt kommt.

„Ihr wollt mich fertig machen! Ihr kleinen Scheißer habt es auf mich abgesehen! Aber da habt ihr euch mit dem Falschen angelegt! Ihr kriegt mich nicht kaputt. Scheiß-Schlitzaugen! Ich mach euch fertig! Sie wissen, wo ich bin und holen mich hier raus. Und wenn sie kommen, liegt hier alles in Schutt und Asche! Hörst du? Ihr werdet brennen! Brennen werdet ihr!“

Mein Blick huscht nervös hinüber zu Dempseys Büro. Als er gerade nicht hersieht, schmeiße ich den Wüterich kurzerhand aus der Leitung. Das führt nirgendwo hin, selbst wenn ich seine wirren Beschimpfungen über mich ergehen lasse. Er tut mir leid, dieser arme, verwirrte Mann. Was für ein trauriges Dasein. Gefangen in den Schreckensbildern seiner Vergangenheit. Wahrscheinlich ist er ganz allein, hat niemanden, der nach ihm sieht. Wie wohl sein Alltag aussehen mag? Ich bin gerade dabei, mich in meinen Gedanken zu verlieren, als Dempsey plötzlich aufsieht. Hastig wähle ich die nächste Nummer.

„Ja?“

„Guten Tag Mr. Schafer, mein Name ist Molly Bilton, ich rufe im Auftrag der AWK Ensurance an. Ist es richtig, dass Sie kürzlich ein Auto zugelassen haben?“ So steht es jedenfalls im Bemerkungsfeld neben seinem Namen.

„Ja“, es klingt mehr wie eine Frage. „Ich wohne etwas außerhalb, und da brauche ich ein Auto“, setzt er nach, als müsse er sich dafür rechtfertigen.

„Wir arbeiten eng mit der Zulassungsstelle zusammen“, lüge ich, denn auch seine Daten hat die Agentur illegal erworben. „Und möchten Sie daher gern informieren, wie Sie sich und Ihre Mitfahrer optimal absichern können, insbesondere im Hinblick auf die spezielle Gesetzeslage des Staates New York.“ *Bullshit!*

„Spezielle Gesetzeslage?“

Nur, um das klarzustellen: Ich bin eine von Grund auf ehrliche Haut. Menschen derart zu belügen, bereitet mir fast körperliche Schmerzen. Und dabei ist es nicht nur die Lüge selbst, es ist die Absicht, die dahintersteht. Doch vor allem ist es die Selbstverleugnung, die es braucht, eine solche Lüge über die Lippen zu bringen. Was ich hier tue, Tag für Tag, steht all meinen Überzeugungen entgegen. Und das macht mich kaputt.

„Ähm ...“ Da es heute das erste Mal ist, dass ich so weit komme, muss ich auf dem Leitfaden nachsehen.

Stellt der Kunde eine direkte Nachfrage – antworten Sie allgemein.

„Als Fahrzeughalter können im Schadensfall Entschädigungen bis in die Hunderttausende auf Sie zukommen“, antworte ich ausweichend. Na ja, das ist wenigstens nicht ganz gelogen.

„Oh“, er klingt, als hätte ich ihm richtig Angst gemacht.

„Ergänzend zu Ihrer Kfz-Haftpflichtversicherung möchte ich Ihnen daher gern die Insassenunfallversicherung vorstellen, mit der Sie und Ihre Mitfahrer den bestmöglichen Schutz genießen“, lese ich weiter ab. Mann, wie blöd ich mir dabei vorkomme. Insgeheim hoffe ich, dass er die miese Tour durchschaut und einfach auflegt.

„Mit unserer Insassenunfallversicherung sind Sie die Sorgen um eventuelle Schadenersatzansprüche endgültig los.“

„Heißt das, Sie kommen im Schadensfall für alles auf?“

„Genau. Sollte es bei einem Mitfahrer zum Schaden kommen, haften wir vollumfänglich.“ Wieder gelogen – denn vorrangig wird die Haftpflichtversicherung zur Kasse gebeten. Ich jedenfalls habe noch keinen Fall erlebt, bei dem die Insassenbullshitversicherung auch nur einen Cent hätte springen lassen.

„Und was soll das kosten?“, fragt er vorsichtig.

„Das ist das Beste“, lese ich weiter ab. „Die Beiträge belaufen sich auf gerade mal einundzwanzig Dollar im Monat.“

„Okay“, ich höre ihn ausatmen. „Das muss ich aber erst mit meiner Mom besprechen.“

Ich stutze. „Mit Ihrer Mom?“

„Ja, sie überweist mir monatlich, was ich für die Uni brauche.“

„Dann studieren Sie noch?“ Schnell suche ich in der Namensliste nach seinem Geburtsdatum. Er ist gerade achtzehn geworden. *Herr im Himmel ...*

Ich beiße mir auf die Unterlippe und schließe die Augen.

„Hallo? Miss? Sind Sie noch da?“

„Ja, ich ...“ ich muss mich räuspern. „Auf welches College gehen Sie?“

„CCNY. Aber ich wohne bei meinem Onkel in Jersey. Mit Zug und U-Bahn wäre ich jeden Tag vier Stunden unterwegs. Deswegen haben Mom und ich uns für das Auto entschieden. Da brauche ich nur zwei Stunden."

Oh Gott, ich lande in der Hölle ...

„Wann sind Sie hergezogen?", frage ich und merke wie meine Augen feucht werden. Zum einen vor Scham, zum anderen aus Mitgefühl für diesen lieben Jungen, der das erste Mal weg von Zuhause ist, beginnt, sein eigenes Leben zu leben, seinen eigenen Weg zu gehen. Aber auch vor Rührung über die offensichtliche Liebe zwischen einer Mutter und ihrem Kind, die sich den Herausforderungen des Lebens gemeinsam stellen.

„Vor drei Wochen."

Wieder schließe ich die Augen und schüttle den Kopf.

„Miss?"

Ruckartig atme ich ein. „Wissen Sie was? Jetzt finden Sie sich erst mal zurecht, kaufen all die Bücher, die Sie fürs Studium brauchen, und gehen ein bisschen aus, wie es sich für einen Freshman gehört. Und wenn Sie sich eingelebt haben, melde ich mich einfach wieder bei Ihnen. Okay?"

„Aber ...", er klingt verwirrt, „was ist, wenn ich bis dahin einen Unfall habe?"

„Sie haben doch eine Kfz-Haftpflicht für Ihr Auto, oder?", frage ich leise und schirme meinen Mund mit der Hand dabei ab.

„Ja", sagt er, „aber ..."

„Dann ist das vollkommen ausreichend."

„Ist es?"

„Ja, ist es."

„Aber Sie sagten doch ..."

„Vergessen Sie, was ich sagte. Die Haftpflicht deckt alle Schäden ab."

„O-okay", erwidert er zögerlich.

„Ich wünsche Ihnen alles Gute fürs Studium. Willkommen in New York!" Und dann lege ich auf. Zeit durchzuatmen habe ich nicht. Bis zum Mittag ist es nicht mehr lange hin und bis jetzt habe ich gar nichts. Ich tippe die nächste Nummer. Diesmal werfe ich vorher einen Blick auf das Geburtsdatum. Der Kerl ist zweiundfünfzig. Alles im grünen Bereich.

„Hallo?"

„Guten Tag, mein Name ist Molly Bilton von der AWK Ensurance. Spreche ich mit Mr. Tempton?“

„Tust du. Wie kann ich helfen?“ Er klingt freundlich. Vielleicht wird das ja heute doch noch was.

„Mr. Tempton, ich rufe an, um Ihnen unser neuestes Produkt vorzustellen.“

„Produkt?“

„Ja, exklusiv für Premiumkunden.“

„Premiumkunden?“, ich kann beinahe hören, wie er die Stirn runzelt.

„Ja, genau.“

Er schnaubt. „Du willst mir eine Versicherung verkaufen.“

Er hat es durchschaut. Ich warte ab, ob er noch etwas ergänzen will, bevor ich die Karten auf den Tisch lege, um ihn in seinem Misstrauen zu bestätigen, da spüre ich Dempseys Blick auf mir ruhen. Durch die Glastür seines Büros beobachtet mich der Mistkerl mit Argusaugen. Ich sehe noch, wie er einen Knopf auf der Telefonanlage drückt, dann leuchtet an meinem Telefon ein kleines rotes Lämpchen auf. Er hat sich zugeschaltet. Mein Boss hört mit. Ja, ganz recht. Um seine Mitarbeiter zu kontrollieren, ist er sich für nichts zu schade. Das macht er ganz offen und ohne jegliches Unrechtsbewusstsein. Am liebsten würde ich einfach auflegen, aber ich habe mir für heute schon genug Ärger eingehandelt. Dass er mich nochmal vor versammelter Mannschaft runtermacht, verkrafte ich nicht, also lege ich mich ins Zeug.

„Ich möchte Ihnen die Vorteile unseres Produkts darlegen“, erwidere ich. Im Übrigen die Standardantwort auf diese Art der direkten Nachfrage.

„Aha“, macht er, und ich höre ihn tief ein und ausatmen. „Du klingst nett. Wie wäre es, wenn wir das in einem persönlichen Gespräch machen? Komm doch einfach heute Abend bei mir vorbei. Dann sehe ich mir in Ruhe an, was du anzubieten hast.“

Ich schließe für einen Moment die Augen und fasse mir an die Stirn. *Oh nein! Nicht so einer – bitte nicht so einer!*

„Wenn Ihnen das lieber ist, kann ich für Sie gern mit einem unserer Außendienstmitarbeiter einen Termin vereinbaren.“

„Warum kommst du nicht selbst vorbei, Schätzchen?“

„Ich ... es tut mir leid, Sir, aber ich bin ... ähm ...“

„Wie ist nochmal dein Name?“

„Molly, Sir“. Meinen Nachnamen verschweige ich. Intuitiv. Wer sagt, dass dieser Perversling nicht noch Nachforschungen anstellt und irgendwann vor meiner Tür steht?

„Molly“, wiederholt er. „Süße kleine Molly.“

Bei seinen Worten zieht sich meine Magen in einem einzigen Krampf zusammen. Ich werfe einen Blick hinüber zu Dempsey, der den Mund zu einem süffisanten Grinsen verzieht. Wenn ich das Gespräch jetzt beende, bin ich dran. *Freundlich bleiben*, sage ich zu mir selbst, *freundlich aber bestimmt.*

„Wie gesagt, für Termine vor Ort haben wir eigens Mitarbeiter, die Ihnen unsere Produkte bei Ihnen zuhause vorstellen und im Detail erklären.“

„Bei einem Gläschen Wein können wir alles ganz in Ruhe durchgehen“, übergeht er meinen Vorschlag einfach. „Na, was meinst du, Molly?“ bei der Art wie er meinen Namen ausspricht, läuft es mir eiskalt den Rücken runter.

„Wie gesagt, wenn Sie einen Termin bei einem unserer Außen-“

„Ach, jetzt zier dich doch nicht so. Warum kommst du nicht einfach her, Molly?“

„Tut mir leid, Sir, aber dafür stehe ich nicht zur Verfügung.“

„Zur Verfügung?“, wiederholt er mit einem Hauch Empörung. „Nicht doch, Molly.“

Wieso sagt er ständig meinen Namen?

„Wir reden doch nur. Alles halb so wild.“ Er lacht anzüglich. „Aber ..., wenn du mir deine süßen, kleinen Titten zeigen willst, habe ich nichts dagegen.“

So, jetzt reicht's!

„Leben Sie wohl, Mr. Tempton.“

Ich werfe Dempsey einen wütenden Blick zu, reiße mir das Headset vom Kopf und mit ihm das Büschel Haare, in dem es sich verfangen hat, und stürme zur Toilette. Auf einmal bin ich wieder das dicke, picklige Mädchen, das sich zum Heulen im Klo versteckt. Auch, wenn der Anlass diesmal ein ganz anderer ist, das Gefühl der Demütigung bleibt das gleiche. Es macht keinen Unterschied, ob mich ein Perverser auffordert, ihm meine Titten zu zeigen, oder ob die anderen Kinder sich in der Pause einen Spaß daraus machen, mich zu drangsalieren. Es fühlt sich an wie damals. Und dabei hatte ich mir geschworen, dass es nie wieder so sein würde. Warum tue ich mir das nur an?

„Molly?“, klopft es nach einer Weile zaghaft an die Tür. „Ist alles in Ordnung?“

Ich schniefe und wische mir die Tränen aus den Augen. „Ja“, erwidere ich und muss mich räuspern. Meine Stimme klingt ganz zittrig. „Es ist nichts. Bin gleich soweit.“

Nachdem ich mich ausgiebig geschnäuzt habe, quetsche ich mich durch die schmale Kabinentür.

Jenny seufzt, als sie mir verschmierte Mascara vom Auge wischt. „Ist ein harter Morgen.“

Kaum, dass wir zurück sind, stürmt Dempsey wütend aus seinem Büro.

„Wo waren Sie so lange?“

Geht's noch!? Er hat doch live mitbekommen, was passiert ist.

„Auf der Toilette“, antworte ich, da jegliche Erklärung offenbar überflüssig ist. Und aufs Klo wird mal ja noch dürfen, oder?

„Auf der Toilette? Achteinhalb Minuten lang?“

Wie bitte? Stoppt dieser Verrücke etwa die Zeit?

„Sie brauchte nur eine kurze Pause, okay?!“, brüllt Jenny unseren Boss an, bevor ich die Gelegenheit habe, etwas zu erwidern.

Dempsey starrt sie ungläubig an. Als könne er es nicht fassen, dass jemand wie sie es wagt, ihm Kontra gibt. *Ihm!* Und das vor der gesamten Belegschaft! Zugegeben, auch ich bin von Jennys Auftreten überrascht. Sie ist normalerweise nicht der Typ dazu. Dass sie mich nun verteidigt, macht mich unheimlich stolz. Dafür hat sie sicher all ihren Mut zusammengenommen.

Dempsey klimpert noch zweimal dämlich mit den Wimpern, dann scheint er den Schock überwunden zu haben. „Eine Pause?“, brüllt er. „Eine *Pause*?“ Als er statt auf mich nun auf Jenny losgeht und sie mit seinem sauren Kaffeeatem einhüllt, bekomme ich sofort ein schlechtes Gewissen.

Du hättest dich nicht einmischen sollen, Jenny.

„Glauben Sie etwa, ich bezahle Sie fürs Pause machen? Hä? Glauben Sie, ich bezahle Sie dafür, dass Sie sich auf dem Klo gegenseitig Zöpfe flechten? Hä? Glauben Sie das?"

Jenny schluckt sichtbar. „Nein", erwidert sie mit zitternder Stimme und fummelt an ihrer Brille herum. Als er ihr noch näherkommt, weicht sie unwillkürlich zurück.

„Nächstes Mal", zischt er zwischen zusammengebissenen Zähnen, „ziehe ich Ihnen das vom Gehalt ab. Comprende?"

Jenny nickt.

„Comprende?", brüllt er, und Jenny zuckt zusammen.

„Ja, verstanden", fiept sie, und ich kann an ihrer Stimme hören, dass sie kurz davor ist, in Tränen auszubrechen. Drei ewige Sekunden starrt er sie noch mit seinem irren Blick an, bis er endlich von ihr ablässt – und sich erneut mir zuwendet.

„Und *Sie*", Dempsey kräuselt die schwulstigen Lippen und mustert mich abfällig, „sollten nicht so empfindlich sein."

„Es tut mir leid. Kommt nicht wieder vor", wende ich sofort ein.

„Das will ich hoffen", und wieder muss ich das selbstgefällige Grinsen ertragen, das er jedes Mal aufsetzt, bevor er etwas wirklich Gemeines sagt.

Na los, raus damit! Sag es einfach! Bringen wir es hinter uns, du Bastard!

„Das bisschen Erotik hier am Telefon ist wahrscheinlich alles, was Sie überhaupt kriegen. Seien Sie also lieber froh um die Aufmerksamkeit."

Habe ich schon erwähnt, dass mir hin und wieder Zweifel kommen, ob es richtig war nach New York zu gehen? Ja? Das hier ist so ein Moment.

Atme durch, Molly. Du brauchst diesen Job! Heute Abend lässt du dir ein Bad ein, bestellst eine Pizza und machst es dir gemütlich.

Ich schlucke all die Wut und Traurigkeit runter, setze mein Headset auf, und das Spiel beginnt von vorn.

„Ja?", wispert eine kraftlose Frauenstimme in den Hörer.

„Guten Tag, Mrs. Langley, mein Name ist Molly Bilton von AWK Ensurance. Sie haben vor sechs Monaten eine Zahnzusatzversicherung bei uns abgeschlossen, und ich rufe an, um mich zu erkundigen, wie zufrieden Sie damit sind."

„Zufrieden? Mit was denn?“ Ihre Stimme klingt heiser und zittrig. Ich sehe auf der Liste nach. Kein Wunder – sie ist siebenundachtzig Jahre alt. Was tue ich hier nur?

„Mit der Zahnzusatzversicherung, die Sie vor einem halben Jahr abgeschlossen haben“, ich spreche so laut, dass die Kollegen sich schon zu mir umdrehen.

„Zahn-was?“

„ZAHN-ZU-SATZ-VER-SI-CHER-UNG“

„Ach das. Ja, ja. Ja, ja.“

„Sehr schön. Ich rufe an, um Ihnen ergänzend ein weiteres attraktives Produkt vorzustellen ...“ Und so weiter und so fort. Bla, bla, bla. Ich lese praktisch alles, was dann folgt von unserem super Leitfaden ab. Ich drehe Mrs. Langley unsere Standard-Zusatzversicherung *Premium Plus – Komfort im Alter* an. Ja, in dieser Branche wirft man mit Superlativen nur so um sich. Aber auch wenn es nach etwas ganz Großem klingt, verbirgt sich dahinter nichts anderes als eine Altersvorsorge für Senioren. Klingt unlogisch? Ist es auch. Das ist nämlich eine Versicherung, mit der man fürs Alter vorsorgen soll, wenn es dafür längst zu spät ist. Die Leute zahlen in der Regel bis zu ihrem Tod ein, ohne je auch nur einen Cent zu bekommen. Die *Premium Plus – Komfort im Alter* jubeln wir fast jedem unter. Sie ist mit rund sieben Dollar im Monat für den Kunden recht günstig, bringt aber über die Masse an Abschlüssen den Großteil des Jahresumsatzes der Firma ein, da das Geld nur in eine Richtung fließt. Nämlich rein.

„Sehr gut, dann schicke ich den Kurier bei Ihnen vorbei, damit Sie den Vertrag auch gleich unterzeichnen können.“

Dafür landest du in der Hölle, Molly!

„Wen?“

„Den KURIER mit den UN-TER-LA-GEN.“

„Ja, ja. Ja, ja.“

„Herzlichen Dank, Mrs. Langley. Und einen schönen Tag noch.“

„Ja, ja. Ja, ja. Ihnen auch eine gute Nacht.“

Ich lehne mich zurück, kneife die Augen zusammen und reibe meine Schläfen mit Mittel- und Zeigefinger.

„Mittagessen?“, fragt mich Jenny.

Ich nicke erschöpft und nehme meine Tasche. Mein schlechtes Gewissen erdrückt mich beinahe. Jetzt brauche ich dringend etwas, um mich aufzumuntern.

„Wie wär‘s mit einem Burger?“, fragt Jenny.

„Du sprichst mir aus der Seele!“, antworte ich.

KAPITEL 5

Ist es essbar? Dann her damit!

Diäten. Ich kenne sie alle. Und wenn ich sage alle, dann meine ich auch alle. Jede einzelne. Low Carb, Low Fat, High Fat, Saftfasten, Heilfasten, Intervallfasten, Weight Watchers, Kohlsuppe, Kartoffel, Glyx, Trennkost, Keto, Atkins, Apfelessig, Ayurveda, Rohkost, Schwitzkur, Schlafkur, Ernährungsprotokoll, Akupunktur, Verhaltenstherapie, Hypnose, Beten.

Ich habe alles ausprobiert. Geholfen hat nichts. Im Gegenteil. Je entschlossener mein Vorhaben, desto tiefer der Fall. Wie heute. Nach dem Räucherlachsbagel-Zimtdonut-Blaubeermuffin-Frappuccino-Frühstück, das eigentlich für den ganzen Tag hätte reichen sollen, habe ich nun, keine drei Stunden später, einen Cheeseburger in der Schnauze. Einen Doppelten. Mit extra Bacon. Und Pommes. Selbstverständlich. Dazu, wie es sich gehört, eine Cola. Die mit Zucker, das Light Zeugs soll ja so ungesund sein.

Ganz toll, Molly!

Soulfood nennt sich das – Essen für die Seele, um sich besser zu fühlen. Je größer der Burger, desto besser fühle ich mich, dachte ich. Bei den ersten drei Bissen stimmte das auch noch. Gutes Essen schaffte es bei mir noch immer die Leere in meinem Inneren zu füllen. Wenigstes einen Moment lang. Aber jetzt folgt der unangenehme Teil. Mit jedem Bissen rücken sie mir näher auf die Pelle: meine beiden alten Kumpel – Selbsthass und Scham. Verstärkt von den Blicken der anderen Gäste. Schon wieder starren mich alle an. Angewidert, als wollten sie sagen: „Guck dir die Fette mal an. Die hat es gerade noch nötig, sich einen Burger reinzuschieben.“ Und doch schaffe ich es nicht aufzuhören, den Rest einfach liegen zu lassen. Es ist wie ein Zwang. Alles, was auf meinem Teller liegt muss aufgegessen werden. Die Chipstüte muss geleert werden bis auf den letzten Krümel. Von dem Päckchen Gummibärchen darf nicht ein Fitzelchen übrigbleiben. Das letzte Stück Pizza ist kalt? Scheißegal – her damit! Selbst wenn ich pappsatt bin und schon den Knopf meiner Hose aufmachen muss, um atmen zu können. Ich glaube, ich habe noch nie etwas auf meinem Teller zurückgelassen. Noch nie! Auch jetzt nicht. Ich bin fast schon fertig und Jenny hat ihr Essen noch nicht mal bekommen.

„Was ist denn das für ein Schnapsladen?“, beschwert sie sich, nachdem sie seit zwanzig Minuten auf ihren Gemüseburger wartet.

„Saftladen.“

„Was?“

„Es heißt Saftladen.“

„Ach ja, stimmt. So ein Saftladen!“, schimpft sie magenknurrend, rückt ihre Brille zurecht, und dann bekommt auch sie endlich ihren Burger.

„Eigentlich wollte ich heute eine Diät anfangen“, gestehe ich schuldbewusst und wische mir mit einer Serviette den Mund ab.

Jenny zuckt mit den Schultern. „Fängst du eben morgen an.“

„Hmm“, mache ich und wir beide wissen, dass ich es nicht tun werde. Schon allein, weil morgen Dienstag ist und ich meine Diäten immer an einem Montag starte. Immer. Halte ich den Montag nicht durch, ist die ganze Woche abgeschrieben. Aber nächsten Montag, ja, nächsten Montag fange ich an. Für einen Moment bin ich voller Euphorie, ganz beflügelt. Ich kann es schaffen! Endlich schlank sein! Dann beginnt ein neues Leben. Ja, am Montag fange ich an. So habe ich noch den Rest der Woche Zeit, mich vorzubereiten. Meine Junk-Food Vorräte zu vernichten und all das gesunde Zeugs einzukaufen. Dann mache ich mir morgens immer einen dieser grünen Smoothies, von denen die Fitness Influencer auf Instagram immer so schwärmen. Das wollte ich sowieso schon lange mal ausprobieren. Mittags Salat, zwischendurch einen Protein Shake und abends gedämpftes Gemüse. Ja, das klingt gut. Das zündet. Eine Diät muss bei mir gleich am Anfang richtig reinhauen. Da muss in den ersten zwei Tagen schon mindestens ein Kilo runter, sonst verliere ich die Motivation. Aber so sollte es klappen. Montag also. Heute war ich ohnehin viel zu schlecht vorbereitet, um nicht zu sagen gar nicht. Abnehmen erfordert eben Planung. Kein Wunder, dass es nicht geklappt hat. Verdammtes Starbucks! Soll Dempsey sich seinen Kaffee in Zukunft selbst holen! Wenn ich nicht ständig in Versuchung geführt werde, dann halte ich es durch. Da bin ich sicher. Wie lange es wohl dauert, bis ich mein Traumgewicht erreicht habe. Drei Monate? Vier? Fünf? Wohl eher sechs. Wenn das nur reicht. Das Jahr hat zweiundfünfzig Wochen, ein halbes also sechsundzwanzig ... mal sieben Tage – dann sind das, ab Montag, ... ähm ... einhundertzweiundachtzig Tage.

Uff! Ganz schön lange. Kein Burger, keine Pizza, kein Bagel, kein Muffin, kein Donut, keine Pommes, keine Chips, Gummibärchen, Schokolade, Kekse, Kuchen oder Cola. Nichts. Oh Mann ... Bei dem Gedanken daran, ein halbes Jahr in kulinarischer Askese zu leben, könnte ich jetzt schon heulen. Ich meine, wer kann das durchhalten? Es ist unmenschlich so lange zu verzichten. Selbst Jesus hat nur vierzig Tage gefastet. Genuss trägt schließlich ganz entscheidend zur Lebensqualität bei, oder nicht? Wozu sind wir denn überhaupt hier, wenn nicht, um das Leben zu genießen? Man lebt schließlich nur einmal. *YOLO!* Will ich mir das wirklich antun? So richtig? Ich könnte auch erstmal versuchen, mich ein bisschen einzuschränken. Dann dauert es eben länger bis ich mein Wunschgewicht erreiche. Aber langsam kommt man schließlich auch ans Ziel. Wie in der Fabel mit dem Igel und dem Hasen. Außerdem ist das nachhaltiger als eine Radikalkur. Darüber gibt es unzählige Studien. Eine langsame und kontinuierliche Abnahme beugt dem Jo-Jo Effekt am besten vor. Ich fange lieber erst mal klein an. Abends nach siebzehn Uhr nichts mehr zu essen zum Beispiel. Ich habe über etliche Hollywood Stars gelesen, die sich so für ihre Rollen in Form bringen. Okay, siebzehn Uhr ist schon krass. Und ich will ja langsam abnehmen. Da dürfte also etwas Spielraum drin sein. Sagen wir neunzehn Uhr. Neunzehn Uhr ist besser. Klingt machbar. Einfach ab neunzehn Uhr nichts mehr essen. Keine komplizierten Rezepte, nerviges Zutatenabwiegen oder Makrohochrechnungen. Super easy! Beinah kann ich meine innere Stimme lachen hören. Wem will ich das einreden? Ich kenne mich. Das mache ich zwei Tage, dann packt mich der Heißhunger des Todes und ich kann wieder von vorn anfangen. No way! Abends nichts zu essen grenzt für mich an Körperverletzung. Das halte ich nie im Leben durch. Und wenn ich in meiner über zwanzigjährigen Diätkarriere etwas gelernt habe, dann, dass ohne realistische Zielsetzung alles von Vornherein zum Scheitern verurteilt ist. Ich bin nun mal ein Abends-Esser. Das war ich schon immer. Besser ich lasse das Frühstück weg – womit wir wieder beim Intervallfasten wären ... aber das versuche ich ja schon eine ganze Weile. Und bis jetzt kann man an einer Hand abzählen, wie oft ich es geschafft habe, auf nüchternen Magen der Starbucks-Auslage zu widerstehen. Wie heute eben. Also morgens eine Kleinigkeit. Süßigkeiten! Ja, das ist es. Es ist so einfach! Ich muss nur Süßigkeiten und zuckerhaltige Getränke weglassen. Die ersetzte ich dann ganz einfach. Statt Cola trinke ich Wasser, und statt Gummistangen knabbere ich Sellerie und Karotten. Ich lasse einfach den Zucker weg. Es gibt ja Leute, die leben komplett zuckerfrei. Über Jahre! Und denen geht's doch gut, oder? Zumindest besser als mir. Aber, mal ehrlich ... so ganz ohne? Geht das? Ein bisschen Nervennahrung braucht doch jeder, oder? Vor allem, wenn man einen Boss wie meinen Tag für Tag über sich ergehen lassen muss. Außerdem sagt Tante Rachel immer, dass das Gehirn ohne Zucker gar nicht richtig funktionieren kann. Hach, es ist zum Verrücktwerden!

Wem will ich denn was vormachen? Es gab noch keine Diät, die ich durchgehalten habe. Und wenn ich tatsächlich mal zwei, drei oder sogar fünf Kilo abgenommen habe, hatte ich sie schneller wieder drauf, als ich *Schokoladentorte* sagen konnte. Plus weitere drei Kilo – dem Jo-Jo-Effekt sei Dank! Warum versuche ich es also immer wieder? Wäre es nicht wichtiger, mich so zu akzeptieren, wie ich bin? Mich selbst zu lieben egal wieviel ich wiege? Sollte ich mir nicht eher eine neue Hose kaufen, anstatt mit aller Kraft zu versuchen, mich in meine alte zu zwängen?

„Vielleicht bin ich eben einfach dick", überlege ich laut.

Jenny sieht mich amüsiert an. „Wie meinst du das?"

„Na ja, vielleicht ist Schlanksein für mich gar nicht vorgesehen. Weil mein Körper genetisch darauf ausgerichtet ist dick zu sein, verstehst du?" Als ich auf der Suche nach Bestätigung dieser Hypothese an mir hinabsehe, bleibt mein Blick auf meinen Händen hängen. Genauer gesagt auf meinen Handgelenken. Sie sind, wie auch meine Finger, im Vergleich zum Rest meines Körpers, ungewöhnlich schmal. Allein anhand meiner Hände käme niemand darauf, wie dick ich bin. Ich habe die Hände einer Schlanken. Mit meinen Fußknöcheln ist es das Gleiche. Sogar meine Waden sind schlank. Trotz des Übergewichtes passe ich in jeden Stiefel. Für Frauen meiner Gewichtsklasse ist das oft ein Riesenproblem, das weiß ich aus den Internetforen, in denen ich ab und zu unterwegs bin. Auch mein Hals ist verhältnismäßig schmal. Als wäre ich im Grunde schlank. Eine schlanke mit Fett beladene Frau.

„Meinst du?“, wendet Jenny vorsichtig ein. Ich sehe ihr an, dass sie ganz und gar nicht meiner Meinung ist, mich aber nicht kränken will.

Ich seufze. „Nein. Ich esse einfach zu viel.“

Und dann denke ich voller Sehnsucht an das Paar rote High Heels, auf ihrem Ehrenplatz, ganz oben auf meinem Schuhregal. Manolos. Sie waren sündhaft teuer, und ich habe sie aus einer „Sex and the City“-Laune heraus gekauft. Damals, als Meghan und ich gerade frisch hierhergezogen sind. Sie passen wie angegossen, und käme es nur auf die Passform an, könnte ich so gut wie jeden Schuh tragen. Das Problem ist nur, dass mir schon nach wenigen Minuten furchtbar die Füße darin wehtun, weil sich mein ganzes Körpergewicht auf den Fußballen und diesen einen winzigen Punkt an der Ferse konzentriert, genau dort, wo sich der zwölf Zentimeter hohe Absatz befindet. Ich passe problemlos rein, aber ich bin einfach zu schwer, um sie zu tragen.

Eines Tages, schwöre ich mir selbst, *eines Tages werde ich diese Schuhe tragen!* Das bin ich mir schuldig – und den vierhundertachtzig Dollar, die ich dafür hingelegt habe.

Am Nachmittag nimmt mich Dempsey noch einmal in die Mangel. Offenbar habe ich eine Unterschrift auf den Vertragsunterlagen vergessen und nun muss der Kurier für den Abschluss bei Mrs. Langley meinetwegen zweimal ausrücken. Glücklicherweise hat sie es sich in der Zwischenzeit nicht anders überlegt. Oder unglücklicherweise? Manchmal glaube ich, dass mir diese Fehler – und sie passieren mir oft – nicht zufällig oder aus reiner Unachtsamkeit unterlaufen. Ich arbeite im Allgemeinen sehr strukturiert. Als ich noch Sekretärin des Bürgermeisters war, ist mir so etwas nie passiert. Es scheint vielmehr meine innere Abneigung zu sein gegen das, was ich hier tue, die mich diese Fehler machen lässt. Und während Dempsey nun Gift und Galle spuckend vor mir steht, ist alles, woran ich denken kann meine roten Manolo Blahniks. Und was für ein Leben ich in ihnen führen könnte.

Um kurz nach sechs beschließe ich, noch einen letzten Versuch zu unternehmen, diesen verkorksten Tag zu retten. Ich rufe Chris an, um ihn zu fragen, ob er später noch vorbeikommt. Er geht nicht ran, also schreibe ich ihm.

Hey, hast du heute Abend schon was vor? Wir haben uns so lange nicht gesehen. Vermisse dich! Molly.

Ich starre auf mein Handydisplay. Schon nach ein paar Sekunden ist er online. Die beiden blauen Häkchen verraten, dass er meine Nachricht gelesen hat. Gespannt erwarte ich seine Antwort. Versuche, das magische *Chris schreibt* ... neben seinem Profilbild heraufzubeschwören – doch plötzlich ist er weg. Enttäuscht lasse ich meine Hand sinken und stecke das Handy wieder in die Tasche. Warum schreibt er nicht zurück? Es ist schon fast fünf. Hatte er heute nicht Frühschicht? Er müsste längst zuhause sein. Muss er noch etwas erledigen? Oder hat er möglicherweise die Schicht getauscht. Vielleicht springt er ja wieder für einen Kollegen ein. Bestimmt ist er gerade nur zu beschäftigt, um zu antworten. Ich bin sicher, er meldet sich später. Ich besorge zur Sicherheit eine Flasche Wein. Dann können wir es uns heute Abend richtig gemütlich machen. Ich brauche eine Umarmung.

Die Flasche kalifornischen Zinfandel in der Hand bewege ich mich in Richtung Kasse. Unglücklicherweise führt mich mein Weg direkt durch die Süßigkeiten Abteilung. Deckenhohe Regale, prall gefüllt mich allem, was das Herz begehrt. Ich schlucke. Das machen die doch mit Absicht! Ich hab mal gehört, dass die großen Supermarktketten in ihrer Marketingabteilung eigens Verhaltenspsychologen und Konsumexperten beschäftigen, die ganz genau austüfteln, welche Produkte auf welcher Höhe eingeräumt werden und wie die Gänge angeordnet sein sollen, um den Kunden zu möglichst vielen Spontankäufen zu verleiten. Die maximale Verführung.

Supermarktpsychologie. Und ich bin ein Paradeopfer. Eigentlich wollte ich ja nur eine Flasche Wein, vielleicht noch etwas Käse und Obst. Aber der rote Sonderangebotspfeil, der direkt auf eine weihnachtsbaumgroße Pyramide aus Reeses zeigt, zieht meinen Blick magnetisch an. Wie ferngesteuert gehe ich darauf zu. *Vorteilspack. Sondergröße. 20% mehr Inhalt.* Ich greife hinein und ziehe eine Familienpackung Reeses aus der Pyramide. Oh, wie ich es liebe – dieses Knistern der Verpackung in meinen Händen, das satte Gewicht der erdnussbuttergefüllten Schokolade. Ich schlucke erneut. Was ist das daneben? Lay's Sour Cream and Onion – meine Lieblingschips. Die hatte ich schon ewig nicht mehr. Und Twizzlers! Maxipack. Ebenfalls im Sonderangebot. Die müssen einfach mit. Sollte Chris nicht kommen – sie sind mir sicher. Mittlerweile ist es fast halb sieben und er hat sich noch immer nicht gemeldet. Ich bin traurig darüber, doch die Süßigkeiten, die ich mir ausgesucht habe, verschaffen mir für den Augenblick ein Hochgefühl. Ich liebe dieses Zeug! Ich freue mich richtig darauf, das alles gleich zu besitzen. Dann ist es meins, ich kann es mit nach Hause nehmen und hinter verschlossener Tür genießen. Stück für Stück, Bissen für Bissen. Ganz allein, unbeobachtet und ohne mich dafür vor irgendjemandem rechtfertigen zu müssen.

Auf dem Weg zur Kasse findet dieses Hochgefühl ein abruptes Ende. Wenn man so dick ist wie ich, vermeidet man es nach Möglichkeit, mit solchen Fett- und Zuckerbomben gesehen zu werden. Da wird Mäßigung zur verzweifelten Pflicht. Nicht, weil mich jemand deswegen zur Rede stellen könnte. Die meisten Leute sind so sehr mit sich selbst beschäftigt, dass sie sich nicht besonders um ihre Mitmenschen scheren. Um Fremde schon gar nicht. Ein kurzer Blick, ein einzelner Gedanke, vielleicht eine Gefühlsregung oder das Aufleben irgendeiner mit der Situation verknüpften Erinnerung – mehr bekommt man von Fremden nicht. Aber genau das ist es. Dieser eine Blick, den sie mir zuwerfen, dieser eine Gedanke, der ihnen über mich durch den Kopf schießt oder diese eine Erinnerung, an eine Magenbypass-OP, die sie im Fernsehen gesehen haben – das ist alles, was ich im Leben dieser Menschen hinterlasse. Für die Dauer dieser kurzen, zufälligen Begegnung werde ich als Mensch auf das reduziert, was auf einen ersten flüchtigen Blick zu erkennen ist. Eine Dicke, die sich Süßigkeiten kauft. Und in diesem Moment bin ich all das, was ich nicht sein möchte. „So bin ich nicht!“, will ich diesen Leuten entgegen schreien. „Nicht nur. Das ist nur eine Momentaufnahme. Bitte urteilen Sie nicht. Bitte verurteilen Sie mich nicht!“ Doch das wäre sonderbar, nicht? Die Leute wären verwundert – im besten Fall. Oder sie denken gleich, ich wäre übergeschnappt. Warum sollte sich jemand ohne erkennbaren Anlass für irgendwas rechtfertigen? Und was würde das bringen? Einem Fremden mein Innerstes zu offenbaren, nur damit er sich nicht allein auf Grundlage dieser Sekunden dauernden Begegnung ein Urteil über mich bildet? Wofür? Morgen wird er mich vergessen haben. Vielleicht schon heute Abend. Möglichweise wird er sich Jahre später noch einmal kurz an mich erinnern. Wenn er ein anderes dickes Mädchen mit Süßigkeiten sieht und ein Déjà-vu-Gefühl in ihm aufflackert. Wahrscheinlicher ist allerdings, dass er nie wieder einen Gedanken an mich verschwendet. Deshalb könnte es mir eigentlich egal sein, wenn mich jemand ansieht und denkt: „Kein Wunder, dass sie so fett ist, wenn sie das alles isst.“ Ich meine, wir alle urteilen. Auch ich. Wir urteilen und werden beurteilt. Das ist Teil des Zusammenlebens in einer modernen Zivilisation. Das muss man aushalten. Wieso also ist mir die Meinung, die andere von mir haben so wichtig? Wieso habe ich das Bedürfnis den Leuten etwas über mich erklären zu müssen, um das Bild, den Schnappschuss, den sie im Vorbeigehen von mir gemacht haben, geradezurücken? Ganz einfach. Weil es stimmt, was sie über mich denken. Wie es dazu kommen konnte und ich zu dem Menschen geworden bin, der ich heute bin, spielt dabei keine Rolle. Es stimmt. Ich bin fett, weil ich zu viel esse. Weil ich über Jahre zu viel gegessen habe. Diese Schlussfolgerung ist nicht nur naheliegend sondern auch absolut plausibel. Nachvollziehbar. Wenn man mehr Kalorien zu sich nimmt als man verbraucht, nimmt man zu. Ursache und Wirkung. So einfach ist das. Langsamer Stoffwechsel, schwere Knochen, Genetik – mag zum Teil alles eine Rolle spielen. Wenn ihr mich fragt, aber eine verschwindend geringe. Da geht es um hundert Kalorien hin oder her, die der eine mehr oder weniger verbrennt. Fakt ist: Wenn man Krankheit als Ursache ausschließen kann, ist alles nur simpelste Mathematik. Kalorienzufuhr minus Kalorienverbrauch. Und weil ich weder an einer gravierenden Schilddrüsenunterfunktion, noch an irgendeiner anderen Übergewicht begünstigenden Krankheit leide, ist die Sache bei mir recht eindeutig.

Ich esse zu viel. Vor allem esse ich zu viele Süßigkeiten. Sie sind meine Droge. Ich bin wie eine Süchtige auf der Jagd nach dem nächsten Schuss. Alle sehen es. Und ich schäme mich dafür. Es ist mir furchtbar peinlich das Zeug zu bezahlen. Darum habe ich mir schon vor Jahren angewöhnt, es auf dem Weg zur Kasse so lange wie möglich in meiner Tasche zu behalten. Heute habe ich glücklicherweise einen Stoffbeutel dabei. Manchmal stecke ich die knisternden Tüten aber auch in meine Hand- oder Manteltasche. Erst im letzten Moment lege ich sie dann aufs Band und lasse die Sachen nach dem Scannen dann so schnell wie möglich wieder verschwinden. Gut. Nur die Kassiererin hat es gesehen. Aber schon ihr kurzer Blick, als sie die Reeses über den Scanner zieht, reicht aus. Ich sehe es in ihren Augen – das Urteil über mich ist gefallen. Sicher denkt sie, was alle denken. Dass eine dicke Kuh wie ich es gerade nötig hat, sich all das ungesunde Zeug reinzustopfen. Und wieder verspüre ich den Impuls, mich mit irgendeiner billigen Lüge herauszureden. Etwa: „Das ist für den Kindergeburtstag meiner Nichte“ oder irgendeinem anderen Schwachsinn, den mir sowieso keiner abnimmt. Ich meine: Hallo?! Seht mich an! Ich spare mir die Ausrede, bezahle und verlasse den Laden so schnell ich kann. Hat mir da gerade jemand *Miss Piggy* nachgerufen?

In der U-Bahn sehe ich immer wieder auf mein Handy, erwische Chris sogar zweimal dabei, dass er online ist. Geantwortet hat er mir noch immer nicht. Ob ich ihm nochmal schreiben soll? Vielleicht hat er meine Nachricht ja gelesen, konnte nicht gleich antworten und hat es dann vergessen. Wer weiß? Sicher ist sicher.

> **Hey, ich hab uns eine Flasche Wein besorgt. Bin in 20 min. zuhause. Freu mich auf dich!**

War das zu viel? Er hat ja noch nicht mal zugesagt, dass er kommt. Ich will ihn nicht unter Druck setzten. Soll ich nochmal schreiben? Schnell tippe ich:

> **Nat rlich nur, wenn du Zeit hast ;-)**

Und dann – endlich – schreibt er mir zurück.

Hey! Sorry, hab deine Nachricht erst jetzt gelesen. War ein langer Tag. Bin fix und fertig. Wir holen das nach, ja?

Ich weiß nicht, was mich mehr verletzt. Die Lüge oder die Zurückweisung. Natürlich hat er meine Nachricht gelesen. Hält er mich wirklich für so blöd? Kurz überlege ich, ihm nochmal zu schreiben, ihn zu fragen warum er mich anlügt. Warum er nicht die Eier hat, mir die Wahrheit zu sagen. Doch ich lasse es. Im Grunde macht es keinen Unterschied. Ich werde den Abend allein verbringen. Schon wieder. Mir ist das klar, und doch schaffe ich es nicht, meine Augen vom Display zu lösen. Vielleicht überlegt er es sich doch noch anders? Vielleicht denkt er gerade an mich und vermisst mich plötzlich so sehr, dass er mich doch noch sehen will. Egal, wie müde er ist.
Erst als die Bahn meine Haltestelle erreicht, stecke ich mein Handy ein. Na schön. Dann eben „Suits" auf Netflix. Wenn Chris nicht kann, muss es eben Harvey richten. Und falls es ganz schlimm wird, hole ich Edward aus dem Regal.

„Entschuldigung, dürfte ich kurz durch?", ich lächle angestrengt. Der Wagon ist so voll, dass ein paar Leute aussteigen müssen, damit ich rauskomme. „Entschuldigung, sorry, ich müsste da kurz ..." Quetschen, Drängeln, Drücken, Schieben, Bauch einziehen – und dann bin ich endlich draußen. Eine junge Frau mit Dreadlocks schaut mir kaugummikauend nach.

Als ich in meine Straße biege, entfährt mir ein erleichtertes Seufzen. Jetzt nehme ich ein langes, heißes Bad, bestelle eine Pizza, trinke vielleicht ein Glas Wein und schmachte Harvey an, während ich mich im Pyjama über meine Süßigkeiten hermache. Den Fahrstuhl habe ich glücklicherweise für mich allein. Ratternd bringt er mich nach oben und öffnet, als wäre er froh mich und mein Gewicht los zu sein, mit einem erschöpften Zischen die Tür. Ich will gerade die Wohnungstür aufschließen, als meine Nachbarin Faye mir vom anderen Ende des Flurs verzweifelt entgegenruft. „Molly!"

Vollbepackt mit Einkaufstüten, versucht sie ihre vier Kinder und den Hund in Schach zu halten, während sie an ihrem mittlerweile nicht mehr zu übersehenden Bauch vorbei in der Tasche nach dem Schlüssel kramt.

Schnell gehe ich ihr entgegen. „Warte, ich helfe dir.“

„Bist du so lieb und nimmst ihn einen Moment?“ Während ich noch überlege, was ich ihr am besten abnehme, drückt sie mir kurzerhand ihren Jüngsten, den elf Monate alten Jaden, in den Arm, nimmt die Leine, an der die siebzig Kilo schwere Dogge Pablo hängt, zwischen die Zähne, fängt mit einem Schlenker ihres rechten Beines Töchterchen June ein, und zieht schließlich den Schlüsselbund aus ihrer chaotischen Hand- Schrägstrich Wickeltasche.

„Danke, bist ein Schatz“, stöhnt sie, nachdem sie die Tür aufgesperrt hat und nimmt mir Jaden wieder ab.

„Kein Problem“, erwidere ich und will schon die drei Türen weiter zu meinem Apartment, als Faye leise fragt, ob ich noch mit reinkommen möchte. Ich bin nicht ganz sicher, ob sie mich um meinetwillen hereinbittet, damit ich nicht so allein bin, oder um ihretwillen, damit ich ihr mit den Einkäufen ein bisschen zur Hand gehe oder die Kinder bespaße, solange sie sich ums Abendessen kümmert. Wie um meine unausgesprochene Frage zu beantworten, reibt sie sich schnaufend über den Bauch. Sie sieht müde aus. Noch müder als sonst. Also beschließe ich zu bleiben, zumindest bis Paul nach Hause kommt.

„Klar, gern.“

Meine Freundin Faye ist die wahrscheinlich fruchtbarste Frau der Welt. Frisch verheiratet bekam sie im Alter von vierundzwanzig Jahren Kind Nummer eins, Leyla. Keine dreizehn Monate später folgten die Zwillinge Ben und June. Drei Jahre danach erblickte, ganz unverhofft, Söhnchen Jaden das Licht der Welt und nun, weitere elf Monate später, steht die Geburt von Wunder Nummer fünf bald ins Haus.

„Nur einmal!“, beteuerte sie, als sie mir vor ein paar Monaten von ihrer vierten Schwangerschaft erzählte. „Nur ein einziges Mal!“

„Hast du das nicht beim letzten Mal auch schon gesagt?“, fragte ich vorsichtig. Ein Lächeln konnte ich mir nicht verkneifen.

„Jaaa“, jammerte sie. „Es ist wie ein Fluch!“

Ich schmunzelte unwillkürlich. „Fünf Kinder mit nur vier Mal Sex – maximale Ausbeute würde ich sagen.“

Faye boxte mich in die Seite, dann lachte sie, doch nur zwei Sekunden später ging ihr Lachen in Weinen über, und im nächsten Moment hing sie wehklagend an meiner Schulter.

„Ich bin so müde“, heulte sie und schluchzte herzzerreißend.

„Ach Faye, wenn eine das alles hinkriegt, dann du.“ Ich legte meine Hände an ihre Schultern und brachte sanft etwas Abstand zwischen uns. Gerade so viel, dass ich ihr in die Augen sehen konnte. „Aber nächstes Mal solltet ihr vielleicht wirklich ein Kondom benutzen.“

Und wieder lachte sie zuerst, nur um danach noch lauter und verzweifelter zu weinen.

Faye liebt ihre vier Kinder und den Knirps in ihrem Bauch über alles. Nur deshalb kann ich mir ein paar Scherze auf ihre Kosten erlauben. Sie leidet nur, wie alle jungen Mütter, unter extremem Schlafmangel. Die Schwangerschaftshormone tun ihr übriges.

„Lass mich das machen.“ Dankbar lässt sie sich die schweren Tüten abnehmen. Seit Meghan weg ist, bin ich bei Faye und ihrer Familie so etwas wie ein Dauergast, daher ist es für mich auch kein Problem, die Einkäufe zu verstauen. Ich kenne mich in ihrer Wohnung aus.

Faye hat mir damals sehr geholfen, mich im Viertel zurechtzufinden. Vor allem aber, hat sie mir das Gefühl gegeben, nicht allein zu sein. Ihr da ab und an ein bisschen zu helfen, ist das Mindeste.

Völlig erschöpft lässt sie sich aufs Sofa plumpsen und reibt sich die geschwollenen Füße. „Danke, Paul arbeitet heute länger. Er hat gerade ein neues Projekt angefangen“, beginnt sie zu erzählen, während die Kinder den riesigen Hund (glücklicherweise ist es nicht ihrer, sondern nur der Hund ihrer Mutter, den Faye zweimal die Woche hütet) um den Wohnzimmertisch herumjagen. Als Landschaftsgärtner der Stadt New York ist Paul für den südlichen Teil des Central Parks verantwortlich. Jetzt, im Frühling hat er daher immer besonders viel zu tun. Fayes Mutter lebt zwar in der Nähe und kommt auch oft vorbei, um ihre Tochter zu unterstützen, doch mit vier Kindern und einem fünften in der Pipeline, nimmt man jede Hilfe, die man kriegen kann.

Als Paul nach Hause kommt, essen wir alle zusammen. Und während er anschließend die Kinder badet und ich die Küche aufräume, holt Faye Bügeleisen und -brett aus dem Wandschrank und beginnt, sich durch einen nach Strafarbeit aussehenden Wäscheberg zu kämpfen. Zwischen Bügeldampf und Geschirrklirren erzähle ich Faye von meinem Tag. Wie es bei der Arbeit war und dass Chris mich schon wieder versetzt hat.

„Du solltest kündigen“, rät sie mir zum Thema Job. „Du solltest Schluss machen“, rät sie mir in Sachen Beziehung. Und es ist nicht das erste Mal, dass sie das tut. Besonders zu Chris hat sie eine ganz klare Meinung. „Mit jemandem, der so unzuverlässig ist, willst du keine Familie gründen, glaub mir. Wenn erst mal Kinder im Spiel sind, ist Zuverlässigkeit ist das A und O in einer Beziehung. Du musst dich hundertprozentig auf deinen Partner verlassen können. Verschwende deine Zeit nicht mit jemandem, der sie nicht wert ist.“

„Wie du das sagst, klingt es so einfach.“

„Ist es auch. Serviere ihn ab, schnapp dir den nächsten“, erwidert Faye.

Ich schnaube. „Es ist nicht gerade so, dass die Typen bei mir Schlange stehen.“

Faye sieht mich an. „Und woher willst du das wissen? Du gehst doch nie aus.“

„Ich weiß es eben.“

„Wäre es nicht wenigstens einen Versuch wert?“

Ich schüttle den Kopf. „Mir ist nicht nach ausgehen.“

Faye hebt eine Augenbraue und sieht mich eindringlich an. „Was du jetzt hast, Molly, das weißt du erst richtig zu schätzen, wenn du es nicht mehr hast.“

„Ach ja?“

„Ja! Ich beneide dich, Molly“, zischt sie hinter vorgehaltener Hand, damit ihre Familie sie nicht hören kann.

Ich lege die Stirn in Falten. „Wieso das denn?

„Ist das nicht offensichtlich?“, sagt sie und hält mitten in der Bewegung inne. Das Bügeleisen in ihrer Hand stößt zischend einen Dampfstrahl aus. „Du bist frei! Kannst tun und lassen, was immer du willst. Bist niemandem Rechenschaft schuldig. Musst für niemanden Verantwortung übernehmen als dich selbst.“

Ich stutze.

„Molly, du lebst in der aufregendsten Stadt der Welt und verbringst deine Abende vor dem Fernseher.“ Sie seufzt gedankenverloren. „Was würde ich dafür geben nur eine Nacht mit dir zu tauschen.“

„Das willst du nicht, glaub mir.“

„Ach nein?“

„Sieh mich doch mal an“, fordere ich sie auf.

„Das tue ich. Und ich sehe eine hübsche, junge Frau, der die Welt offensteht.“

„Du meinst eine fette fast Dreißigjährige, die in einer Stadt wie New York nicht das Geringste zu suchen hat“, korrigiere ich.

„Nein, meine ich nicht“, erwidert sie streng, doch schon im nächsten Augenblick klingt sie ganz sanft. „Reduziere dich doch nicht immer auf dein Gewicht. Du bist so viel mehr als das.“

Ich wende den Blick ab, widme mich wieder der Spülmaschine. Es ist mir peinlich über mein Gewicht zu reden. Besonders mit jemandem wie Faye, die nach jeder Geburt sofort wieder unverschämt schlank war. Wie geht sowas, verdammt?!

Tief seufzend atmet Faye aus und starrt ins Leere. „Früher habe ich die Nächte durchgetanzt – heute stehe ich abends vor dem Badezimmerspiegel und zupfe mir graue Haare aus.“

Unwillkürlich muss ich lächeln. „Oder du bügelst.“

„Oder ich bügle“, bestätigt sie und stimmt in mein Lachen ein.

„Mom! Mom!“ June stürmt aufgeregt zu uns in die Küche. „Ben hat sich eben selbst ins Gesicht gefurzt!“

„Was?“, Faye legt angestrengt die Stirn in Falten. „Red keinen Quatsch. Das geht überhaupt nicht.“

„Doch“, erwidert der fast Fünfjährige voller Stolz, als er hinter seiner Zwillingsschwester auftaucht. „Wenn man in der Badewanne einen fahren lässt, blubbern die Furzbläschen nach oben. Dann muss man einfach nur noch den Kopf drüber halten.“

Dem triumphalen Lächeln in seinem Gesicht nach zu urteilen, könnte man meinen, er hätte soeben das trimagische Turnier gewonnen.

„Ich muss gleich kotzen“, kommentiert seine große Schwester Leyla und unterstreicht ihre Aussage mit einem theatralischen Würgen.

Faye hebt die Augenbrauen und sieht ihren Sohn auf eine Art an, als sei sie nicht sicher, ob sie nun angewidert sein oder sich mit ihm freuen soll.

„Na kommt“, sagt sie schließlich, als alle Kinder frisch gebadet wie die Orgelpfeifen dastehen. „Gebt Mama einen Gute Nacht Kuss.“ Schmatzende Küsse und liebevolle Umarmungen werden verteilt.

„Bringst du die Kinder ins Bett, Paul?“, fragt sie dann.

„Aber ich hab sie schon gebadet“, erwidert er wehleidig.

„Und ich habe sie geboren!“

KAPITEL 6

Fuck!

Als ich die Augen aufschlage, schwant mir schon, dass irgendwas nicht stimmt. Ich liege auf dem Sofa zwischen den Resten meines nächtlichen Fressgelages. Der Fernseher läuft. Irgendeine Morning Show. Ich brauche noch zwei Sekunden, dann kapiere ich es.

Fuck! Verschlafen!

Ich habe weder den Wecker gestellt, noch meine Klamotten für heute herausgelegt. Na, das wird ein Spaß ...

So schnell ich kann, renne ich ins Bad. Zähneputzen, Haare kämmen, pinkeln – alles gleichzeitig. Fürs Schminken ist keine Zeit. Bleibt noch die Frage, was ich anziehe. Ich entscheide mich für Jeans, T-Shirt, Blazer – eine sichere Nummer. Dachte ich zumindest. Bei der ersten Jeans, die ich aus dem Schrank hole, geht schon mal der Knopf nicht zu. *Verdammt!* Ich schäle sie mir umständlich von den Beinen und ziehe dabei meine Socken mit runter. Socken wieder an, nächste Hose. Noch schlimmer. Diese kriege ich nicht mal über den Po. Was soll der Scheiß? Sind all meine Sachen über Nacht eingelaufen? Die dritte Hose, die ganz hinten im Schrank, von der ich eigentlich hoffte, dass ich sie nie wieder brauche. Rechtes Bein, linkes Bein, Po, Bauch einziehen, Knopf zu, Reisverschluss auch. Gott sei Dank – sie passt. Ist ja auch kein Wunder. Ist die größte, die ich habe. Frust-Tränen steigen auf. Im selben Augenblick vibriert mein Handy.

Hafermilch Cappuccino, doppelt Schaum, kein Schokopulver

Dempsey. Ich hasse diesen Kerl!

Eine dreiviertel Stunde später komme ich völlig abgehetzt im Büro an. Meine Wangen leuchten, Shirt und Blazer sind völlig durchgeschwitzt und nach dem Erklimmen der letzten Treppenstufe schnaufe ich wie eine alte Dampflock. Das einzig Gute ist, ich hatte es so eilig, dass keine Zeit blieb mich in der duftenden Starbucks Auslage zu verlieren. Ich habe Dempsey seinen dämlichen Hipster-Kaffee geholt und für mich nichts. Das erste Mal seit Wochen habe ich es geschafft zu widerstehen. Ich bin sogar ein bisschen stolz auf mich.

„Sie sind zu spät“, sagt mein Boss, ohne mich dabei anzusehen.

„Ja, ich ...“

„Ihre Ausreden interessieren mich nicht“, würgt er mich ab.

Ich stelle den Becher auf seinen Schreibtisch.

„Wo ist der her?“, will er wissen.

Ich ringe noch immer nach Luft. Schweiß sammelt sich auf meiner Kopfhaut und beginnt von meiner Stirn zu tropfen. „Vom üblichen Starbucks“, hechle ich. „Drei Blocks von hier.“

Dempsey hebt den Kopf und kräuselt die Lippen.

„Ja, Sie können es mir glauben“, komme ich ihm zuvor, alles was ich will ist mir einen Schwall kaltes Wasser ins Gesicht zu kippen. Plötzlich verengen sich seine Augen zu Schlitzen.

„Was erlauben Sie sich, so respektlos mit mir zu reden!“ Er bläst die Backen auf, sein Gesicht läuft rot an und die Ader auf seiner Stirn beginnt bedenklich zu pochen. Für eine Sekunde stelle ich mir vor, sie würde platzen. Es würde bluten und bluten und bluten. Alles wäre voller Blut. Und ich würde einfach gehen und ihn sterbend zurücklassen.

„Vergessen Sie niemals, was Sie mir zu verdanken haben! Und wo Sie ohne mich wären. Niemand würde jemanden wie Sie einstellen! Niemand!“

Er durchbohrt mich mit seinem Blick, dann greift er sich den Becher und nimmt einen Schluck.

„Was soll das?“

Ich hänge gedanklich noch bei *jemanden wie Sie* und registriere erst spät, dass er eine Antwort erwartet.

„Machen Sie das etwa mit Absicht?“, setzt er nach.

„Was denn?“

„DER IST KALT!“

„Kalt?"

„EISKALT!"

Ich hatte den Becher eben noch in der Hand, du Idiot! Der ist nicht kalt!

„Das ... das tut mir leid."

„Es tut Ihnen leid? Es tut Ihnen leid?! Das ist doch volle Absicht!"

„Nein, es war wirklich ..."

„Sie gehen jetzt nochmal los und holen mir einen HEIßEN Cappuccino! Comprende?"

Jedes Mal, wenn Dempsey *Comprende* sagt, möchte ich ihm ins Gesicht spucken. Was es wohl kosten würde, einen Profikiller auf ihn anzusetzen? Oder einen Schlägertrupp. Ja, das wäre bestimmt billiger. Dafür muss man auch nicht so lange ins Gefängnis. Vielleicht kommt man sogar mit Bewährung davon. Vorausgesetzt man wird überhaupt erwischt. Die Liste aller Verdächtigen mit einem Motiv ist sicher ellenlang. Und wenn schon – ich würde ihn ja nicht selbst zusammenschlagen. Genau genommen wäre es also keine Körperverletzung, eher Anstiftung zu einer Straftat oder so ähnlich. Ich muss dringend mal wieder *Law & Order* schauen, mein Wissen ein bisschen auffrischen. Er müsste ja auch nicht schwerverletzt sein. Nur ein bisschen. Ein paar Prellungen, ein zertrümmertes Knie, vielleicht ein Nasenbeinbruch. Im Büro würden sich sicher einige für meine Idee begeistern. Wenn wir alle zusammenlegen, dann ...

„COMPRENDE?!"

Ich zucke zusammen. „Ja, verstanden."

Vierzig Minuten später sitze ich auf einer Bank in der Nähe des Büros. Ich schwöre, ich habe nicht den Hauch einer Ahnung, wie das passieren konnte. Ich weiß nicht mal mehr genau, wie ich hierhergekommen bin. In dem Moment, in dem ich diesen verfluchten Starbucks betreten habe, ist es ... es ist einfach passiert. Es war wie ein Blackout, ein Rausch. Das hatte ich nicht zu ersten Mal, aber ich dachte, ich hätte es längst überwunden. Offenbar habe ich mich geirrt. Es passiert in Stresssituationen. Manchmal, wenn der Druck besonders groß ist, dann bekomme ich diesen Tunnelblick. Er macht mich blind für alles, was um mich herum passiert. Selbst die Leute – ihre Blicke, das Getuschel – blende ich in so einem Moment völlig aus. Was ich alles bestellt und noch im selben Moment in mich hineingestopft habe – ich kann mich beim besten Willen nicht erinnern. Alles, was ich weiß, ist, dass ich siebenundvierzig Dollar weniger habe als vor einer guten halben Stunde und dass mein Atem nach einer Mischung aus Zimt und Schokolade riecht. Beim Aufstoßen kommen noch Zwiebeln und Käse dazu. Nun sitze ich hier, halte einen Hafermilch Cappuccino mit doppelt Schaum, ohne Schokopulver in der Hand und versuche, mich nicht zu übergeben. Mir ist so kotzübel wie zu Zeiten meiner schlimmsten Fressanfälle im College. Binge Eating Disorder. Zuverlässig zur Prüfungszeit, wenn das Stresslevel am höchsten war, kamen die Fressattacken. Manchmal wenige Tage auseinander, manchmal mehrmals am Tag. Und genau wie damals habe ich, was den Vorgang des Essens an sich angeht, einen Blackout. Totalausfall. Nur schemenhaft kann ich mich daran erinnern, den Laden betreten zu haben. Lisas Lächeln, als sie mich fragt, was ich haben möchte und dann – nichts. Bis zu dem Moment, als ich mich hier auf dieser Taubenkacke gesprenkelten Parkbank wiederfinde. Vollgefressen bis zum Anschlag und fast fünfzig Dollar ärmer.

Ich atme tief durch, dann stehe ich auf. Mein Magen droht zu platzen als ich mich hochhieve. Am liebsten würde ich einfach sitzen bleiben und ein bisschen verdauen, aber wenn ich Dempsey nicht schnell seinen Cappuccino bringe, solange er noch heiß ist, schickt er mich wieder los. Oder brüllt mich vor der ganzen Belegschaft zusammen. Ich weiß nicht, was schlimmer wäre.

„Warum hat das so lange gedauert? Waren Sie zwischendurch noch shoppen?“

„Nein, ich ...“, versuche ich zu einer Erklärung anzusetzen, doch Dempseys Blick lässt mich verstummen. Er sieht aus, als sei er sich nicht sicher, ob er mich anbrüllen oder auslachen soll. Einen Augenblick starrt er mich noch an, dann schickt er mich mit einem „Na los, an die Arbeit“ zu meinem Platz. Ich bin schon fast zur Tür raus, als er mir mit zuckersüßer Stimme hinterherruft.

„Ach, Molly.“

„Ja?“

„Vielleicht sollten Sie sich vorher auf der Toilette ein bisschen frisch machen.“ Dann lächelt er. Aber es ist nichts Freundliches in seinem Lächeln. Es ist Verachtung.

Ich blicke an mir hinab. Ein Hauch Puderzucker benetzt meine Brüste, ein kleiner Marmeladenfleck spiegelt sich auf meinem Blazer. Ich senke den Kopf und gehe hastig durch die Reihen des Großraumbüros bis zur Toilette. Ich sehe in den Spiegel und .... plötzlich kann ich Dempseys Verachtung für mich nachvollziehen. Denn nun empfinde ich sie selbst. In meinem Gesicht trage ich meine Schande ganz offen zur Schau. Der Puderzucker auf meiner Oberlippe lässt die feinen Härchen dort aussehen wie raue Borsten. Im rechten Mundwinkel hängt Schokolade, im linken etwas, das nach Ketchup oder Salsa aussieht. Von meinem Kinn baumelt ein zähes Tröpfchen geschmolzener Käse und von meiner Wange schimmert mir speckige Glasur entgegen. Die Tränen kommen. Ich kann sie nicht aufhalten. Nicht genug, dass andere mich behandeln wie Dreck, nein, ich muss mich auch noch bei jeder Gelegenheit selbst demütigen. In diesem Moment vermisse ich meine Familie ganz furchtbar. Besonders Mom fehlt mir. Mein Körper verzehrt sich geradezu nach Nähe. Nach einer Umarmung. Einer Schulter zum Anlehnen. Ich sehne mich so sehr danach, dass es weh tut. Aber Mom ist buchstäblich tausend Meilen weit weg. Dann ist da noch Faye, aber die hat mir ihrer Familie selbst genug um die Ohren. Sie kann sich meinen Mist nicht auch noch aufladen. Und Jenny? Bei Jenny weiß ich nicht, wer von uns beiden die Umarmung nötiger hat. Bleibt noch einer. Schniefend ziehe ich mein Handy aus der Tasche.

Chris, ich muss dich sehen. Bitte komm heute Abend vorbei. Ich brauche dich!

Na toll, jetzt bettle ich schon. Aber falscher Stolz hilft mir jetzt auch nicht weiter. Chris ist online. Zwei blaue Häkchen. Er hat meine Nachricht gelesen. Dann schreibt er. Er schreibt zurück!

Okay, ich bin um sieben bei dir.

Vor Erleichterung breche ich beinahe wieder in Tränen aus.

Danke

schreibe ich zurück, als wäre ich nicht schon tief genug gesunken.

Wie in Trance telefoniere ich den ganzen Tag meine Liste ab. Natürlich schaffe ich keinen Abschluss. Aber das ist mir egal. Als Dempsey mich deswegen anschreit, ist es mir egal. Ich lasse sein Gebrüll stumm über mich ergehen, und als er gerade nicht hinsieht, schnappe ich meine Sachen und verschwinde.

„Ich mache heute früher Feierabend", flüstere ich Jenny im Vorbeigehen zu und mache mich aus dem Staub. Ich bin so glücklich darüber, Chris heute Abend zu sehen, dass ich glaube zu schweben. Ich beschließe uns etwas Schönes zu kochen. Etwas Aufwändiges. Mein Coq au Vin, das er so gern isst vielleicht. Oder doch lieber ein Risotto? Ich entscheide mich für das Hühnchen. Die Süßigkeiten würdige ich im Supermarkt keines Blickes. Ich brauche sie heute nicht. Heute habe ich Chris. Als ich alles zusammen habe, fahre ich nach Hause und beginne zu kochen. Ich drehe sogar die Musik laut auf. Das habe ich schon ewig nicht mehr gemacht. Während das Hühnchen im Ofen vor sich hin schmort, gebe ich mir das volle Programm. Was wir Frauen nicht alles auf und nehmen, um die Natur zu bekämpfen. Beine wachsen, Augenbrauen zupfen, Haare färben, Haut peelen, Wimpern formen, Nägel lackieren – ein riesen Aufwand. Und das Traurigste ist: Vernachlässigt man die Routine auch nur für ein paar Tage, war alles für die Katz und man fängt wieder bei null an. Wie ich wohl aussähe, wenn ich alles Mutter Natur überließe? Mit Damenbart und Achselbehaarung, Pickeln und Augenbrauen wie Bert aus der Sesamstraße. Oder so ähnlich.

Zuletzt drehe ich mir noch die Haare ein, schminke mich sorgfältig und ziehe das schlichte schwarze Kleid über, das mindestens drei Kilo wegmogelt. Im richtigen Licht sogar fünf. Es zwickt ein bisschen, aber es passt noch. Um viertel vor sieben decke ich den Tisch, zünde eine Kerze an und ziehe meinen Lippenstift nach. Um sieben schenke ich zwei Gläser Rotwein ein, falte die Servietten nochmal nach und warte. Um viertel nach sieben nehme ich das Hühnchen aus dem Ofen, damit es nicht zu trocken wird. Um halb acht stelle ich es wieder rein, damit es nicht kalt wird. Um viertel vor acht gehe ich nochmal kurz pinkeln, ziehe meinen Lidstrich nach, gönne mir einen weiteren Hauch Parfüm und rücke mein Dekolleté zurecht. Um acht fallen mir die restlichen Reeses im Schrank ein. Ein paar Chips müssten auch noch da sein. Und ich hab noch Sprühsahne im

Kühlschrank. Um viertel nach acht klingelt es an der Tür. Ich erschrecke beinahe.

„Ja?", frage ich in den Hörer der Gegensprechanlage.

„Ich bin's", sagt Chris und ich lasse die Tür mit einem Surren aufspringen. Während er die Treppen hoch zu meiner Wohnung steigt, werfe ich einen letzten Blick in den Spiegel. Auf einmal werde ich aufgeregt. Chris ist kein schöner Mann im klassischen Sinn, aber er hat was. Würde er ein wenig mehr auf sein Äußeres achten, sich regelmäßig rasieren, hin und wieder zum Friseur gehen und vielleicht die dicken dunklen Haare zwischen seinen Augenbrauen ein bisschen zupfen, könnte man ihn durchaus als attraktiv bezeichnen.

„Ich bin zu spät, tut mir leid", sagt er, oben angekommen. Ich will ihn fragen, wo er gewesen ist, aber ich tue es nicht.

„Das macht nichts", sage ich stattdessen.

Doch! Tut es, brüllt mir meine innere Stimme entgegen.

„Ich ...", beginnt Chris, doch plötzlich hält er inne und sieht mich verwundert an. „Hab ich was verpasst?"

„Nein, wieso?"

„Hast du heute Geburtstag?", platzt es erschrocken aus ihm heraus.

„Was? Nein."

Du weißt nicht, wann mein Geburtstag ist?

„Warum bist du dann so angezogen?"

Na, deinetwegen, du Idiot!

„Ich hatte eben Lust dazu. Ich dachte, wir machen uns einen schönen Abend", ich lächle. „Es gibt Coq au Vin."

„Du hast gekocht?"

„Äh ... ja."

Natürlich hab ich das!

„Oh, Molly. Wenn ich das vorher gewusst hätte. Ich hab schon gegessen."

„Ach ja?"

„Ja. Ich dachte, du brauchst bei irgendwas Hilfe. Deine Nachricht klang so ... als ob du Hilfe brauchst eben. Hätte ich gewusst, dass das ein *Date* ist ..."

Dann – was? Wärst du gar nicht gekommen?!

„Dann hätte ich vorher nichts gegessen.“ Als er lacht, merke ich wie nervös er ist. „Ich dachte, ich soll einen Schrank aufhängen oder deinen Fernseher programmieren.“

Dafür hätte ich den Hausmeister angerufen und nicht dich!

„Ach so.“ Ich schlucke gegen den Kloß in meinem Hals an und zwinge mich zu lächeln.

„Nein, ich dachte, wir verbringen einfach ein bisschen Zeit miteinander. Nur wir beide. So als ... Paar, verstehst du?“

Ich schlucke. Er schluckt. So offensichtlich es ist, dass Chris und ich zusammen sind – ich meine, wir sehen uns seit über einem Jahr, wir schlafen miteinander – als *Paar* haben wir uns noch nicht definiert. Zumindest hat das keiner von uns beiden je laut ausgesprochen. Es fühlt sich seltsam an, als ich es nun tue. Chris und Molly, das *Traumpaar*. Bei dem Gedanken legt sich automatisch meine Stirn in Falten. Seinem Gesichtsausdruck nach zu urteilen, geht es ihm genauso. Es folgt betretenes Schweigen. Na toll! Jetzt stehen wir da, sehen einander an und wissen nicht, was wir sagen sollen. Aber wenigstes habe ich klargemacht, wozu er heute da ist. Ich brauche keinen Klempner – ich brauche einen Mann.

„Ich-“, beginnen wir gleichzeitig, um das unangenehme Schweigen zu brechen.

„Du zuerst“, sagt Chris.

„Willst du nicht erst mal reinkommen?“, biete ich an, um die Situation ein wenig zu entspannen. „Ich habe Wein.“

„Wein klingt gut.“

In der Küche setzen wir uns an den Tisch, stoßen an und nehmen beide einen kräftigen Schluck.

„Das riecht wirklich gut“, sagt er und nickt Richtung Backofen.

„Willst du probieren?“

„Warum nicht? Ein kleines bisschen Platz habe ich noch“, er zwinkert, doch seine Worte verletzen mich. Ein kleines bisschen Platz hat er noch. Wofür? Das Hühnchen in seinem Magen? Oder mich in seinem Leben?

„Wow, das ist wirklich gut“, bemerkt er mit vollem Mund.

„Danke.“ Ein paar Minuten essen wir schweigend.

„Ich hab noch Nachtisch“, sage ich dann.

„Danke, Molly, aber ich kann nicht mehr.“ Chris schiebt den halbvollen Teller von sich. Obwohl ich noch Hunger habe, höre auch ich auf zu essen und räume ab. Chris hilft mir mit dem Abwasch.

„Wollen wir uns einen Film ansehen?“, fragt er und lächelt. Es ist ein aufgesetztes Lächeln, eines, das seine Augen nicht erreicht. Ich nehme es ihm nicht übel. Denn ich fühle mich auch nicht wohl. Wenigstens gibt er sich Mühe. Als die Reste des Abendessens verstaut sind, setzen wir uns aufs Sofa und zappen uns durch das gesamte Netflix und Amazon Prime Angebot. Es dauert über eine halbe Stunde, bis wir uns entschieden haben. Am Ende wird es eine romantische Komödie, die weder er noch ich im Grunde wirklich sehen wollen, von der wir aber wahrscheinlich beide hoffen, dass sie die Stimmung ein bisschen hebt. Ein Film mit Adam Sandler und Kate Hudson. Das ist dann wohl das, was man als sichere Nummer bezeichnet. Und tatsächlich – es funktioniert. Wir lassen uns darauf ein, rücken näher zusammen, ich lege meinen Kopf auf Chris Schulter und hin und wieder entlockt uns der Film sogar ein Lächeln. Genau an dem Punkt, an dem alle Missverständnisse aus dem Weg geräumt sind und Kate und Adam endlich zusammenkommen, beginnen Chris und ich uns zu küssen. Als der Abspann läuft, schlafen wir miteinander. Chris hält die Augen geschlossen. Als er fertig ist, zuckt sein Rücken. Es ist noch nicht ganz abgeklungen, da steht er plötzlich auf.

„Ich muss morgen ganz früh raus“, sagt er und zieht sich hastig an. Das Shirt trägt er mit dem Etikett außen.

„Okay“, ist alles, was ich dazu sage.

„Es war schön, Molly“, seine Stimme klingt ganz belegt. Dann beugt er sich über mich und küsst mich zum Abschied auf die Wange. „Bis bald.“

Als Chris die Tür hinter sich zuzieht, verharre ich noch eine ganze Weile in meiner Position. Dann stehe ich auf, schlüpfe in meinen Morgenmantel, setzte mich an den Küchentisch, esse kaltes Coq au Vin und weine leise vor mich hin.

KAPITEL 7

Buttercreme? Was zum ...?!

Außer an den Tagen, an denen sie Dogge Pablo hütet, liegen bei Faye immer Nudeln unter dem Esstisch. Immer. In verschiedenen Trocknungsgraden. Ich schiebe sie mit den Füßen hin und her, während ich meine dritte Tasse Kakao an diesem Morgen trinke. Es ist Samstag. Chris hat sich seit unserem Date am Dienstag nicht mehr gemeldet. Ich war deswegen den Rest der Woche im Selbstmitleids-Modus unterwegs. Aber nur rumsitzen und Trübsal blasen bringt's ja auf Dauer auch nicht. Fayes spontane Frühstückseinladung habe ich daher gern angenommen. Paul ist mit den drei Großen zum Baseball gegangen, Jaden macht gerade ein Schläfchen und Faye beschwert sich seit inzwischen zwanzig Minuten bei mir über die ausgeprägten amourösen Ambitionen ihres Ehemannes.

„Ich habe alles versucht, damit er mich mal für ein paar Wochen in Ruhe lässt. Von Achselhaare wachsen lassen über Knoblauchatem bis hin zur vorgetäuschten Migräne."

„Und?"

„Nichts hat funktioniert, bis ...", ein teuflisches Grinsen, „bis ich auf eine Idee gekommen bin." Es folgt eine theatralische Pause, ehe sie mich in ihr dunkelstes Geheimnis einweiht: „Ich habe angefangen, das Parfüm seiner Mutter zu benutzen." Obwohl außer uns niemand da ist, flüstert sie.

Ich muss so lachen, dass ich mich am Kakao verschlucke. „Und? Was hat er dazu gesagt?"

„Gar nichts!", Faye breitet begeistert die Arme aus. „Das ist ja das Geniale daran. Er weiß, dass irgendwas nicht stimmt. Aber er hat keine

Ahnung, was es ist. Immer wenn er mir so nahe kommt, dass er das Parfüm riecht, rümpft er die Nase und runzelt die Stirn." Sie lacht aus voller Kehle. Schallend und schadenfroh.

„Oh, Mann, deine Probleme hätte ich gern."

Plötzlich wird Faye todernst, zieht die rechte Augenbraue hoch und zeigt auf ihre Kugel, in der gerade Kind Nummer fünf heranwächst. „Ach wirklich?"

„Ja, eben! Du bist schon schwanger. Im Moment ist Sex für dich so ungefährlich wie nie."

„Du klingst ja schon wie Paul."

„Naja, du musst schon zugeben, dass da was dran ist", sage ich todesmutig und ziehe reflexhaft den Kopf ein.

Faye atmet einmal tief durch. „In meinem Inneren befindet sich ein drei Pfund schwerer schon bald vollständig entwickelter Mensch, der mir abwechselnd in die Leber oder gegen die Blase tritt, und in nicht allzu ferner Zukunft den Weg nach draußen antreten wird – direkt durch meine Vagina. Sex ist wirklich das Letzte, an das ich im Moment denke, glaub mir."

Wieder muss ich lachen. „Okay, du hast mich überzeugt."

„Apropos Sex. Wie war dein Date mit Chris?"

Meine Stimmung schlägt innerhalb einer Sekunde von ausgelassen in niedergeschlagen um. Ich will antworten, weiß aber nicht, was ich sagen soll. Doch mein Gesicht scheint Bände zu sprechen.

„Serviere ihn endlich ab", urteilt Faye, ehe ich zu Wort komme. „Dein Partner sollte dich glücklich machen, nicht unglücklich."

So simpel und doch so wahr.

Als ich gegen Mittag wieder zuhause bin, beschließe ich, Mom anzurufen.

„Bilton?"

„Hi, Mom."

„Hallo Spätzchen, wie geht's dir?", begrüßt sie mich überschwänglich, plappert aber wie immer gleich drauf los, anstatt meine Antwort abzuwarten. „Deine Ohren müssen geklingelt haben. Gerade eben habe ich zu deinem Dad gesagt, dass wir schon so lange nichts von dir gehört haben. Du musst uns unbedingt bald besuchen kommen. Du hast ja keine Ahnung, was hier los ist. Weißt du das von Meghan schon?"

„Meghan?", ich stutze. An die habe ich ewig nicht mehr gedacht. „Nein, was denn?"

„Sie ist schwanger", platzt Mom heraus.

Was? Ich brauche eine Sekunde, um diese Information sacken zu lassen. Vielleicht auch zwei.

„Ist das nicht wunderbar? Jetzt wollen sie und Josh natürlich so schnell wie möglich heiraten. Ich meine, was hätte das Kind denn sonst für einen Namen. Seinen? Ihren?"

„Meghan ist schwanger?", wiederhole ich unnötigerweise. Vielleicht muss ich es erst aussprechen, um es glauben zu können.

„Ja, im fünften Monat. Ich hab Dorothy beim Einkaufen getroffen, da hat sie es mir erzählt. Sie ist sowas von stolz. Aber das ist ja auch ihr erstes Enkelchen. Das ist wirklich etwas ganz Besonderes. Als Teddy geboren wurde, war das bei mir ganz genauso."

„Wow, das ist ... wow." Nur, um das kurz einzuordnen: Meine beste Freundin schleppt mich nach New York, lässt sich dort von mir genauso lange aushalten, bis sie einen Wall-Street-Broker aufgerissen hat, mit dem sie das Leben einer Prinzessin führt, ein paar Wochen später herausfindet, dass er verheiratet ist und ihn vor die Wahl stellt, woraufhin er sie verlässt. Daraufhin beschließt sie zu ihrem Ex nach Farmington zurückzugehen, lässt mich allein hier sitzen und kein Jahr später ist sie schwanger und will heiraten, und das erfahre ich von meiner Mutter?! Ich glaube, ich muss mich setzen.

„Läuft ja echt gut für Meghan", sage ich, und die Verbitterung schwingt in jedem meiner Worte mit.

„Ja, nicht? Das ist Schicksal. Meghan und Josh gehören einfach zusammen."

„Hm-m"

Mom stutzt. „Freust du dich denn gar nicht?

„Doch, doch. Natürlich", ich schlucke gegen die Lüge an. „Ich ... ich hätte nur erwartet, dass sie es mir selbst sagt. Das ist alles."

„Ach, Spätzchen. Ich bin sicher, sie ruft dich noch an."

„Hm-m." Was du nicht sagst. Ich beschließe, das Thema zu wechseln. „Was gibt's denn sonst noch Neues?"

„Teddy läuft jetzt“, verkündet Mom voller Stolz und Rührung. Mein Neffe ist jetzt ... lasst mich überlegen ... genau ... vierzehn Monate alt. Und der ganze Stolz meiner Mutter.

„Oh, wirklich?“, sofort steigt auch in mir die Rührung auf. Ich liebe das kleine Kerlchen, leider sehe ich ihn viel zu selten. Zuletzt als ich über Weihnachten zu Hause war.

„Ja, außerdem sagt er jetzt *Nana* und *Dada*.“ Und dann erzählt Mom siebenundzwanzig Minuten lang, was Teddy alles kann und wie wunderbar er ist.

„Und wie läuft es bei dir zurzeit, Spätzchen?“

Sie überrumpelt mich mit ihrer Frage ein bisschen. Dass wir heute noch auf mich zu sprechen kommen, habe ich nicht erwartet.

„Äh ... ganz gut. Würde ich sagen.“

„Ganz gut?“ Ich kann beinahe hören, wie Mom die Stirn runzelt. „Was ist los?“

„Naja, die Arbeit.“

„Du solltest dich wirklich nach etwas anderem umsehen, Spätzchen.“

„Hm-m“, mache ich. Es ist unnötig, ihr zu erklären, wie schwierig das ist. Schon wieder. Denn auf dieses Thema kommen wir bei fast jedem unserer Telefonate zu sprechen.

„Und die Liebe?“, will Mom dann wissen. „Wie geht es Chris?“

Obwohl sie ihn nur aus Erzählungen kennt, ist Mom ganz hin und weg von ihm. Was vielleicht daran liegt, dass Chris der erste ist, mit dem ich annähernd so etwas wie eine Beziehung führe und Mom wahrscheinlich einfach nur froh ist, dass ich auch mal einen abbekommen habe.

„Um ehrlich zu sein, läuft es zurzeit nicht so gut zwischen uns“, gestehe ich.

„Ach ja?“

Bilde ich mir das nur ein, oder klang das eben wie ein Vorwurf? Als wäre ihr *Ach ja?* ein Code für *Was hast du nun wieder angestellt?*

„Um ehrlich zu sein, läuft es schon eine ganze Weile nicht mehr rund“ – tat es das je?

„Aber ihr wart doch so glücklich, was ist denn passiert?“

Das kommt davon, wenn man seiner Mutter heile Welt vorspielt, damit sie sich um ihre einsame, immer fetter werdende Tochter in der großen Stadt keine Sorgen macht. Klar, in ihren Augen ist Chris ein Volltreffer, aber eben nur weil ich ihn als genau das dargestellt habe. So kam sie endlich darüber hinweg, dass ich nach New York gezogen bin. Mehr noch – seit ich ihr von Chris erzählt habe, ist meine Mutter überzeugt davon, dass mich das Universum in seiner unendlichen Weisheit direkt nach New York geführt hat. Einzig, weil es mir vorherbestimmt war, dort dem Mann meiner Träume zu begegnen. Oder etwas in der Art. Zumindest hat sie mich, seitdem ich ihr von ihm erzählt habe, nicht mehr gefragt, wann ich denn endlich nach Hause zurückkomme. Nicht mal, als Meghan wieder bei ihren Eltern eingezogen ist.

„Es ist eben ...", wie sage ich es am besten, um ihren Traum vom perfekten Schwiegersohn nicht platzen zu lassen? Ich schnaufe. „Wir sehen uns in letzter Zeit nicht so oft. Und wenn wir uns sehen, fühlt es sich irgendwie komisch an."

Sie schweigt einen Moment. Ich höre sie schwer atmen. „Sowas geht eben nicht von heute auf morgen", steuert sie dann in Papperlapapp-Manier dagegen. „Das ist wie … wie bei einer Buttercreme."

Oh nein, Mom. Bitte nicht schon wieder eine dieser Küchen-Metaphern!

„Sie besteht aus zwei Komponenten: Butter und Zucker. Direkt aus dem Kühlschrank ist die Butter hart und lässt sich nur mit viel Zuspruch verarbeiten. Um sie mit dem Zucker zusammenzubringen, musst du die Butter erst in einen anderen Zustand versetzen. Anwärmen, geschmeidig rühren. Erst dann gibt man den Zucker dazu. Löffelweise, damit die Butter sich daran gewöhnen kann. Und schließlich verbinden sich beide Komponenten zu einer homogenen Masse." Augenrollend halte ich den Hörer vom Ohr weg. Was soll das? Hat sie Angst, dass ich einsam und allein sterbe, wenn ich es mit Chris vergeige? Ich atme einmal tief ein und aus und drücke den Hörer wieder ans Ohr.

„Verstehst du? Unter den richtigen Bedingungen und mit etwas Geduld, können sich zwei Dinge, die auf den ersten Blick sehr unterschiedlich sind, zu einem untrennbaren Ganzen vereinen."

„Und in diesem Szenario – bin ich da die Butter oder der Zucker?", frage ich sarkastisch.

„Ach, Spätzchen. Das ist doch nur bildlich gesprochen", sagt sie und schnalzt semi-genervt mit der Zunge. Als wäre ihr Vergleich genial und ich nur zu dumm, um ihn zu kapieren.

„Aber was genau willst du mir damit sagen? Dass es meine Schuld ist, dass es mit Chris nicht gut läuft?"

„Aber nein, Spätzchen. Ich will damit nur sagen, dass man mit den Männern eben etwas geduldiger sein muss. Das war bei deinem Vater und mir nicht anders. Vielleicht braucht er noch ein bisschen Zeit. Du darfst nur nicht aufgeben. Und eines schönen Tages werdet ihr beide Buttercreme sein, verstehst du?", mit einem unsicheren Kichern versucht sie, mir ihre Tortenmetapher noch einmal schmackhaft zu machen.

„Aha", sage ich nur, und dann schweigen wir so lange, bis es fast unangenehm wird.

„Ich muss jetzt los, Mom."

„Mach's gut, Spätzchen. Ich hab dich lieb. Und pass auf dich auf in der großen Stadt."

„Mach ich. Bye, Mom."

Was soll ich sagen? Meine Mutter ist eine wirklich liebe Frau. Lieb und liebenswürdig. Sie redet nicht gern über Probleme, befasst sich im Allgemeinen nicht gern mit Dingen, die nicht so gut laufen. Negatives schweigt sie lieber tot, als es zu klären. Konflikten geht sie konsequent aus dem Weg, versucht sie wegzulächeln. Selbst wenn es um meinen Bruder und mich geht. Sich schützend vor ihre Kinder zu stellen, ist einfach nicht ihre Art. Was immer man sich unter einer Löwenmutter vorstellt – meine Mutter ist das exakte Gegenteil. Meine Schulzeit ist dafür das beste Beispiel. Ich denke nicht gern daran zurück. Wirklich nicht. Vor allem die ersten Jahre waren schlimm. Dabei hatte ich mich auf die Schule gefreut, darauf, endlich zu den Großen zu gehören. Ich war geradezu begierig darauf, Neues zu lernen. Die meisten Lehrer waren nett, und ich entdeckte die Freude am Lernen. Ich war eine wirklich gute Schülerin, gehörte zu den Schlausten in meiner Klasse. Schule machte Spaß. Zumindest innerhalb des Klassenzimmers. Denn in dem Moment, in dem es klingelte, war ich zum Abschuss freigegeben. Der Pausenhof war für mich ein Ort des Schreckens. Sobald ich den Klassenraum verließ, begann mein Martyrium. Dann war ich nicht mehr die, die gerade eine Eins im Diktat bekommen hatte. Ich war nicht mehr die, die eben noch ihre Sitznachbarin in Mathe so bereitwillig hatte abschreiben lassen. Nein, auf dem Pausenhof war ich nur noch Schwabbelarsch, Mopskuh, Panzer, Moby Dick und, ganz besonders kreativ, Fettzilla – um nur einige der Schmeicheleinen zu nennen, die sie mir hinterhergerufen haben. Vor allem die älteren Kinder drangsalierten, mobbten und piesackten mich. Die ganze Junior-High über. Sie beschimpften, schubsten und bespuckten mich. Einfach nur, weil ich dick war. Im ersten Jahr war Max noch da, um mich zu beschützen, doch mit seinem Wechsel auf eine andere Schule, eine mit einem besseren Footballteam, war ich den anderen Kindern ausgeliefert. Meine Mutter wusste das alles, genau wie mein Vater. Aber sie taten nichts. Mom war es am liebsten, wenn sich die Dinge irgendwann von ganz allein regeln. Und so war es auch hier. Nämlich, als ich auf die Senior High kam und sich Meghan meiner sozusagen annahm. Ich glaube, das war auch einer der Gründe, warum ich mit ihr nach New York gegangen bin. Ich war ihr etwas schuldig. Und ganz abgesehen davon, wollte ich mir selbst beweisen, dass ich mehr bin, als das schüchterne, dicke Mädchen, das den Kopf einzieht und versucht, unsichtbar zu sein.

KAPITEL 8

Ich hätte es wissen müssen ...

In der Wahrnehmungsfähigkeit von Männern und Frauen gibt es einen Unterschied. Einem Mann fällt die blonde Frau im engen Top auf. Ein kurzer Blick reicht, und er erfasst den Schwung ihrer Lippen, die weiblichen Rundungen ihrer Hüften und ihres Pos, die Festigkeit ihrer Brüste, die Zartheit der unter dem Top hervorblitzenden Haut. Den Bruchteil einer Sekunde – mehr benötigt ein Mann nicht, um all das zu erfassen, es abzuspeichern und es eventuell in einem passenden Moment wieder abzurufen. Bei einer Frau verhält sich das anders. Ihr fällt die Blondine auch auf. Die Rundung ihrer Hüften, ihres Pos, ihre Lippen, das zu enge Top ... Alles, was dem Mann ins Auge sticht, nimmt die Frau auch wahr – und gleichzeitig sieht sie ganz genau, dass ihr Begleiter der Blondine hinterherschaut. Ich will niemanden beleidigen, aber ich bin der festen Überzeugung, dass der Verstand einer Frau komplexer funktioniert als der eines Mannes – ja, ja ich weiß, wir kennen alle diese eine Dummbratze, die überhaupt nichts checkt, aber Ausnahmen bestätigen die Regel, nicht wahr? Wahrscheinlich ist es genetisch bedingt, und Frauen sind von der Evolution eben so ausgestattet, dass sie in der Lage sind, in einer Gefahrensituation all ihre Kinder im Auge zu behalten. Während der Mann sich voll und ganz auf die Gefahr konzentriert. Oder die Blondine. Je nachdem was gerade am interessantesten ist. Polarisation der Aufmerksamkeit nennt sich das. Und daran hat sich seit der Steinzeit nun mal nicht viel geändert. Also Vorsicht, liebe Männer. Egal für wie schlau ihr euch haltet: Eure Frauen sind euch immer einen Schritt voraus.

Was mich zurück zum Thema bringt: Chris. In den seltenen Fällen, in denen wir im Laufe unserer Beziehung miteinander ausgegangen sind, hat er sich immer wieder nach anderen Frauen umgedreht. Gesagt habe ich nie etwas. Wehgetan hat es jedes einzelne Mal. In letzter Zeit ist das nicht mehr vorgekommen. Was aber nicht daran liegt, dass er das Gaffen aufgegeben hat, sondern vielmehr daran, dass er nicht mehr mit mir ausgeht.

Das wird sich heute ändern. So dämlich der Buttercreme Vergleich meiner Mutter auch gewesen sein mag, er ist hängengeblieben. Und vielleicht ist ja sogar etwas dran. Vielleicht braucht es noch ein bisschen Zuspruch, vielleicht ein wenig Geduld und dann ... wer weiß? Vielleicht sind Chris und ich eines Tages das perfekte Buttercreme-Pärchen. Oh Mann, das hört sich sogar in meinen Gedanken bescheuert an. Sei‘s drum – ich bin noch nicht bereit, ihn aufzugeben. Ich will es nochmal mit ihm versuchen. Ernsthaft versuchen. Als Single in New York, gefangen in einem miesen Job – so, wie ich mich kenne, würde ich wahrscheinlich gar nicht mehr aufhören zu essen.

Ich habe Chris gebeten, mich um sieben zu treffen. Was ich für heute Abend geplant habe, verrate ich ihm nicht. Ich tue so, als würde ich ihn überraschen wollen, aber eigentlich will ich nur seine Ausreden umgehen. Zuerst werden wir eine Kleinigkeit essen gehen, uns danach einen Film ansehen und dann möchte ich mit ihm noch in eine Bar, die Faye mir empfohlen hat. Und der Clou an der Sache: Restaurant, Kino und Bar liegen alle ganz in der Nähe seiner Wohnung. Ich werde es nicht einfordern, aber so bietet es sich an, dass wir danach noch zu ihm gehen. Heute lasse ich es drauf ankommen.

Soweit der Plan. Dass Chris sich um vierzig Minuten verspätet, stellt sowohl meine Laune als auch meine Planung hart auf die Probe. Jetzt muss ich improvisieren. Für das Restaurant, vor dem ich seit einer halben Stunde auf und ab gehe, reicht es schon mal nicht mehr. Ganz abgesehen davon, dürfte mein reservierter Tisch längst vergeben sein. Als Chris endlich auftaucht und sich kleinlaut fürs Zuspätkommen entschuldigt, schlucke ich meinen Ärger hinunter und beschließe, mir davon nicht den Abend verderben zu lassen.

„Dann eben Snacks im Kino“, schlage ich vor. Chris ist einverstanden, um nicht zu sagen erleichtert. Warum wirkt er so erleichtert? Weil ich nicht sauer bin? Oder weil er nicht mit mir essen gehen muss? Egal. Ich schüttle den Gedanken ab. Es soll sich leicht anfühlen. Ungezwungen. Ich habe mir vorgenommen, offen zu sein. Offen und flexibel und freundlich. Einfach gut drauf. Und tatsächlich – als wir so durch die Straßen in Richtung Kino schlendern, spüre ich, wie wir beide uns einlassen. Auf den Abend. Und auf einander. So viel Zeit habe ich mit Chris zuletzt wann verbracht? Vor sechs Monaten? Aber das spielt jetzt keine Rolle. Heute fühlt es sich gut an. So gut wie am Anfang. Ich lade ihn ein. Der neue Tarantino-Film, eine Mischung aus Western und Horrorstreifen, gefällt uns beiden gut. Bei den gruseligen Szenen kuschle ich mich an ihn, wir trinken Bier, teilen uns Popcorn, er hält meine Hand. Als der Film zu Ende ist, unterhalten wir uns darüber.

„Als der Eine dem Zombie den Kopf weggeschossen hat, bin ich so dermaßen erschrocken."

„Erschrocken?", erwidert Chris lachend. „Du hast einen Satz gemacht, dass ich dachte, du springst mir gleich auf den Schoß."

„Ha, ha. Du brauchst gar nicht so cool zu tun. Du bist auch ein paar Mal zusammengezuckt."

„Ach, das war nur wegen der Klimaanlage. Die war viel zu kalt eingestellt", scherzt er.

Ich lache schallend. Und plötzlich bleibt Chris stehen. Er hält meine Hand, ich bleibe ebenfalls stehen und sehe ihm in die Augen. Und dann küsst er mich. Einfach so. Ganz sanft. Auf die geschlossenen Lippen. Noch während des Kusses verzieht sich mein Mund zu einem Lächeln.

„Danke", sage ich, nachdem er sich von mir gelöst hat.

„Wofür?"

„Für den schönsten Abend seit langem."

Chris drückt meine Hand.

„Gehen wir noch was trinken?"

„Gern." Als er lächelt, breitet sich ein warmes Gefühl in meiner Brust aus.

Vier Blocks später stehen wir vor der Bar, von der Faye gesprochen hat.

„Hier?", fragt Chris überrascht. Als ich hineingehen will, zögert er einen Moment.

„Ja. Wieso? Stimmt was nicht?"

„Äh ... nein“, Chris runzelt die Stirn, atmet hörbar durch die Nase aus und setzt schließlich wieder ein Lächeln auf. „Nein, alles bestens.“

Drin ist die Stimmung gut. Das Publikum ist bunt gemischt, die Musik passt, und alle scheinen Spaß zu haben.

„Willst du mal schauen, ob du uns einen Tisch besorgen kannst? Ich geh mich kurz frisch machen, bin gleich wieder da, ja?“, sage ich und drücke mich am Bartresen entlang Richtung Damentoilette. Die Schlange davor ist jedoch so lang, dass ich beschließe, uns erst mal was zu trinken zu holen und später pinkeln zu gehen. So dringend muss ich eigentlich gar nicht. Ich kämpfe mich zurück zum Tresen und arbeite mich im Windschatten eines Betonpfeilers vor bis zu einem der Barkeeper.

„Entschuldigung, ich hätte gern ... Sir ... Entschuldigung ... könnten Sie ... ich würde gern ... Sir.“ Die linke Seite an den Pfeiler gepresst, die rechte gegen einen Anzugträger, versuche ich, meine Bestellung aufzugeben.

„Ich ... Sir? ... Entschuldigung ...“ Mittlerweile habe ich mich so weit über den Tresen gebeugt, dass mein Busen aufliegt. Wie üppig ich mein Dekolleté bereits entblößt habe, fällt mir erst auf, als mir meine Dinger im Spiegel hinter den Spirituosen entgegenblitzen. Sofort weiche ich zurück, doch so gehe ich zwischen dem Betonpfeiler und dem Hünen neben mir wieder völlig unter. Erst als ich mit einem Fünfziger in der Luft herumwedle, sieht der Barkeeper mich an. „Zwei Gin Tonic“, bestelle ich schnell, als er mir endlich Beachtung schenkt. Er nickt und steckt den Schein ein.

Na also, geht doch! Es kostet nur was.

Während ich warte, beobachte ich im Spiegel zwei Frauen, die sich auf der anderen Seite des Pfeilers an den Tresen lehnen. Eine Blonde mit hellem Teint und eine Brünette mit olivfarbenem. Mit den gleichen Extension-Beachwaves, den beinah identischen spitz gefeilten Gelnägeln nebst grenzwertigen permanent Make-up-Augenbrauen und Outfits im Partnerlook, sehen sie sich zum Verwechseln ähnlich. Wäre da nicht die unterschiedliche Hautfarbe, könnte man sie für Schwestern halten. Als Cousinen könnten sie allemal durchgehen.

„Wodka Martini“, ruft die Blonde und der Barmann nickt. Klar, dass eine wie sie nicht warten muss, bis sie an der Reihe ist. Dabei ist sie nicht mal besonders hübsch, jedenfalls nicht bei näherem Hinsehen.

Aber knapp bekleidet wie sie ist, zieht sie im schummrigen Licht schon ein, zwei halbbesoffene Blicke auf sich. Obwohl der Barkeeper meinen Fünfziger schon eingesteckt hat, bedient er zuerst die beiden und kümmert sich erst dann um meine Bestellung.

Echt jetzt?

Dann bekomme endlich auch ich meine Drinks. „Stimmt so", weise ich ihn noch einmal auf das großzügige Trinkgeld hin, für das der Arsch sich nicht mal bedankt hat. Ich nehme die beiden Gläser und will mich gerade umdrehen, als die Brünette plötzlich fragt: „Ist das da drüben nicht Chris?"

Sofort werde ich hellhörig.

Blondie dreht sich um. „Ja." Sie stutzt. „Was macht der denn hier? Ich dachte, er arbeitet heute länger."

„Dann war er das also vorhin doch. Ich hab ihn mit so einer Fetten reinkommen sehen." Ich erstarre.

„Nicht dein Ernst?", fragt die Blonde entrüstet.

Ich ducke mich hinter dem Pfeiler weg, mache ich mich klein und drehe meinen Kopf so, dass sie mich im Spiegel nicht sehen können.

„Hundertprozentig. Das war bestimmt sie, oder? Die Fette, meine ich. Hat er sie immer noch nicht abserviert? Auf was wartet der Kerl denn?"

„Das werden wir gleich rausfinden."

Aus meiner Deckung erhasche ich einen Blick auf Blondie. Sie sieht nicht erfreut aus. Ich sehe mich um. Und da steht er. Chris. Als er sie sieht, wird er kreidebleich. Sie winkt ihn zu sich. Er schluckt sichtbar, dann setzt er sich in Bewegung. Ungläubig beobachte ich durch den Spiegel, wie er versucht, sie zur Begrüßung zu küssen. In letzter Sekunde dreht sie sich weg.

„Clary, was machst du denn hier?", fragt Chris und kratzt sich nervös am Hinterkopf.

Clary und Chris? Wollt ihr mich verarschen?

„Das wollte ich dich auch gerade fragen", erwidert sie in scharfem Ton.

„Ich ... bin mit jemandem hier." Chris senkt den Blick und kratzt sich wieder im Nacken.

„Hab ich schon mitbekommen.“ Einen Moment stehen sich die beiden gegenüber. Er schwitzend, sie schmollend. „Du bist mir *ihr* hier, oder?“, fragt die Blonde dann. „Mit *Molly*.“
Ich reiße die Augen auf. *Woher kennt sie meinen Namen?* Aus ihrem Mund klingt er wie etwas Schmutziges, etwas Abstoßendes, bei dem man sich die Hände waschen muss, nachdem man es angefasst hat.
„Ja“, antwortet Chris. Er klingt ganz kleinlaut. Irgendwie ertappt.
Die Brünette, die mich offenbar mit ihm gesehen hat, lacht beschwipst auf. „Die ist ja noch dicker, als du gesagt hast.“
„Wo ist sie?“, will Blondie wissen und lässt den Blick durch den Raum schweifen. „Dürfte ja nicht allzu schwer zu finden sein.“
Brownie lacht. Chris schweigt. Immer wieder sieht er nervös in Richtung Damentoilette.
Blondie mustert Chris abschätzend. „Läuft da was zwischen euch?“, fragt sie mit zusammengekniffenen Augen. Dann reißt sie sie plötzlich weit auf. „Du schläfst doch nicht etwa mit ihr?“
„Spinnst du? Nein! Natürlich nicht!“
Mir fällt die Kinnlade runter.
„Pah! Wie könnte er auch“, schwippst Brownie, „hast du gesehen, wie die aussieht? Igitt!“ Dann lachen sie über mich.
„Also“, will Blondie dann wissen, „wie lange soll das noch so gehen?“
„Es ist ja nicht so, dass da was … ich meine, ich bin ja nicht …“
„Beende es einfach!“
Chris senkt den Blick. „Sie hat sonst nicht viele Freunde. Ich will sie eben nicht …“
„Ja, ja. Du willst sie nicht verletzen, Bla, bla, bla. Schon klar.“ Clary schnauft und verdreht die Augen, ehe sie mit therapeutischem Einfühlungsvermögen einlenkt.
„Ich versteh das. Ja, wirklich, tue ich. Aber wenn das zwischen uns was Ernstes werden soll, kannst du dich nicht länger mit diesem Riesenbaby abgeben, das dich für ihren Freund hält.“
„Sag es ihr. Am besten gleich“, setzt ihre Freundin nach.
„Jetzt? Hier?“
„Wieso nicht?“, unterbricht ihn Blondie und verschränkt die Arme vor der knapp bekleideten Brust. Einen Moment sehen sie einander an. Chris scheint keinen Ton rauszubringen.
„Wenn das so ist, haben wir beide uns nichts mehr zu sagen.“

„Was? Nein!“ Als sie sich umdreht und davon gehen will, hält er sie am Arm fest. Dann nimmt er einen tiefen Atemzug. „Es ist nur ... sie tut mir eben leid.“

Mein Inneres zieht sich zu einem kalten Klumpen zusammen. Ich spüre, wie die Erkenntnis zu mir durchsickert. Es ist vorbei. Chris liebt mich nicht, er wird es nie und wahrscheinlich hat er es nie getan. Mitleid – das ist es, was er für mich empfindet. Was unsere so genannte Beziehung am Leben erhält. Seit Monaten. Mitleid. Nicht Liebe, nicht mal Zuneigung. Nur Mitleid. Ich tue ihm sogar so leid, dass er sich nicht traut, mit mir Schluss zu machen, obwohl er schon eine Neue hat. Und sie weiß sogar von mir! Scham und Wertlosigkeit erdrücken mich beinahe. Ich schäme mich dafür, ich zu sein. Ich wünschte, ich wäre wütend. Wütend genug, den dreien gegenüberzutreten, Chris seinen Drink ins Gesicht zu kippen und ihm zu sagen, dass er zur Hölle fahren soll. Ich wünschte, ich wäre mutig genug, ihn aus der Fassung zu bringen, wie Dempsey es immer mit mir macht. Ich wünschte, ich wäre cool genug, um nicht zu weinen. Aber ich bin es nicht. Nichts davon. Ich bin nicht wütend, ich bin nicht mutig, und cool bin ich schon gar nicht. Ich bin ein dickes Häufchen Elend, das sich weinend mit zwei lächerlich überteuerten Gin Tonic in den Händen hinter einem Betonpfeiler versteckt und betet, dass der Boden sich auftun möge.

KAPITEL 9

Home, sweet home …

Frühstück: ein Croissant (dreihundertzweiundzwanzig Kalorien), ein Löffel Nutella (einundachtzig), einen weiteren direkt aus dem Glas (nochmal einundachtzig), vier Scheiben Bacon (zweihundertsechsunddreißig Kalorien), eine halbe Banane (siebzig) und vier Erdbeeren (sechzehn). Mittags einen Big Mac (fünfhundertdreizehn Kalorien), große Pommes (vierhundertachtundsiebzig), ein halber Liter Cola (zweihundertzehn), vier Chicken Wings (dreihundertfünfundsechzig Kalorien), einen kleinen Salat mit Balsamico Dressing (einundvierzig), zum Nachtisch einen Riegel Hershey's Cookies and Cream (zweihundertneunzehn Kalorien). Abends dann die Tiefkühllasagne aus dem Supermarkt (vierhundertzweiundfünfzig Kalorien), ein halber Becher Ben & Jerry's Cookie Dough (sechshundertfünfunddreißig) auf dem Sofa und vor dem Schlafengehen ein Stück Gouda (einhundertsechsundvierzig Kalorien) und zwei Löffel Erdnussbutter (zweihundertsiebenunddreißig). Das macht in Summe viertausendeinhundertundzwei Kalorien. Wäre ich ein zwei Meter großer Bodybuilder namens Mike wäre daran nichts zu beanstanden. Da ich aber als ein Meter zweiundsechzig kleine Frau mit einem ausgeprägten Hang zur Bewegungsvermeidung geboren wurde, liegt mein heutiger Input gute tausendsiebenhundert Kalorien über meinem Verbrauch. Umgerechnet in Fett – siebentausend Kalorien entsprechen einem Kilo Fett, eine Kalorie entspricht demnach etwa null Komma einsvierdrei Gramm Fett, mal eintausendsiebenhundert Kalorien, die ich heute zu viel gegessen habe – dann habe ich, allein heute, also rund

… zweihundertdreiundvierzig Gramm zugelegt. Das ist in etwa so viel wie eine kleine Packung Hackfleisch aus dem Supermarkt. Nur eben reines Fett. Tolle Leistung, Molly! Das kann ich nur wieder ausgleichen, indem ich morgen gar nichts esse. Oder höchstens einen Salat. Diesmal schaffe ich es vielleicht sogar. Im Moment bin ich jedenfalls so dermaßen voll, dass ich mir vorkomme, wie die kleine Raupe Nimmersatt aus meinem Lieblingskinderbuch. Na, das wär doch mal was. Den ganzen Tag essen, bis nichts mehr rein geht, verpuppen, schlafen und – zack – wunderschöner Schmetterling. Was für ein Gedanke! Da ich mich aber höchstwahrscheinlich nicht über Nacht in ein Topmodel verwandeln werde, muss ich mich mit der Tatsache abfinden, dass ich heute ein halbes Pfund fetter bin als gestern. Aber eigentlich ist es ja auch scheißegal. Ich muss schließlich niemandem gefallen. Von Männern habe ich jedenfalls erstmal die Nase voll.

„Wir ziehen um“, verkündet meine Mutter am Telefon, als sie mich am nächsten Morgen in aller Herrgottsfrühe aus dem Bett klingelt.

„Ihr tut was?“, frage ich benommen und reibe mir den Schlaf aus den Augen.

„Umziehen!“, sie klingt selbstbewusst, doch ich kenne sie gut genug, um zu wissen, dass sie kurz davor ist loszuheulen. Meine Mutter ist ein sehr wehmütiger Mensch. Sie trauert gern Vergangenem nach, schwelgt in Erinnerungen und heult schon mal eine Stunde über einem alten Familienfoto. Aus dem Haus auszuziehen, in dem sie und Dad schon seit fünfunddreißig Jahren leben, in dem sie ihre beiden Kinder großgezogen haben, gehört sicher zu den schwersten Entscheidungen in ihrem ganzen Leben. Im Gespräch ist das schon lange und jetzt, da Dad wegen seiner Arthrose das Treppensteigen immer schwerer fällt, machen sie es tatsächlich wahr und ziehen in eine ebenerdige Wohnung.

„Schon nächsten Monat. Wir haben so lange gesucht, und jetzt geht es doch ganz schnell. Wir ziehen um – kannst du das glauben, Spätzchen?“

„Nächsten Monat? Echt? Wow.“ Das muss ich erst mal sacken lassen. In dem Haus, in dem ich aufgewachsen bin, werden bald andere Leute wohnen. Fremde. Eine andere Familie wird es ihr Zuhause nennen. Ein bisschen fühlt es sich so an, als sei jemand gestorben. Kein enger Verwandter, aber eine Großtante, ein Cousin zweiten Grades?

Ich verspreche, sobald ich kann, nach Hause zu fliegen, um mein Zimmer auszuräumen.

„Wie geht's Chris?“, will Mom dann wissen. Mir scheint, sie will damit auf ein erfreulicheres Thema umschwenken, um wegen des Umzugs nicht doch noch mit dem Weinen anzufangen. Dass sie damit eine Arschbombe ins Fettnäpfchen gemacht hat, kann sie ja nicht ahnen.

„Dem geht's gut. Nehme ich an.“ Ich meine, wie könnte es das nicht? Mit Clary hat er schließlich das große Los gezogen. Blond, sexy, schlank. Sicher treiben sie es rund um die Uhr. Und bei ihr hat er es danach bestimmt nicht so eilig zu verschwinden, als müsse er sich dringend waschen oder so. Ich brauche nur seinen Namen zu hören, schon bin ich in Gedanken wieder dort. Ich habe es geschafft, unbemerkt aus der Bar zu verschwinden. Als ich weg war, hat es noch über zwanzig Minuten gedauert, bis Chris sich gemeldet hat.

Wo bist du?

Ich habe noch fast eine Stunde gewartet, ehe ich geantwortet habe.

Viel Spaß mit Clary. Ich w nsche euch alles Gute. Leb wohl.

Entgegen all meiner Vorsätze und wider die feste Überzeugung, dass es vorbei war, starrte ich das Display an und beobachtete, wie das *online* zu einem *zul. online heute um 01:03* erstarrte. Was hatte ich erwartet? Dass alles nur ein Missverständnis war? Dass sich seine Meinung über Nacht ändern würde, er seine Liebe zu mir entdecken und neu anfangen wollen würde? *Wach endlich auf, Molly!* Wahrscheinlich war er sogar froh, dass es letzten Endes ich war, die ihn verlassen hat. So blieb ihm sogar das Schlussmachen noch erspart, und er ist mich los, ohne sich die Hände schmutzig gemacht zu haben. Ganz gut gelaufen für ihn, oder?

„Du nimmst an, dass es ihm gut geht? Wie soll ich das denn verstehen?“

„Wir haben uns getrennt“, gebe ich unumwunden zu. Ich habe nicht die Kraft, ihr weiter etwas vorzuspielen. Nicht mal, um es ihr schonend beizubringen.

Spastisches Luftholen am anderen Ende. Dann Stille.

„Ihr habt ... WAS?!“, empört sich meine Mutter. „Aber ... aber – wie? Warum? Wann?“

Mein Gott, gleich fängt sie an zu hyperventilieren. „Vor zwei Wochen. Er hat eine andere.“

„Eine ...?“ Mom ringt nach Luft. Mehrmals setzt sie an, verstummt dann aber wieder. „Aber Chris war doch so ein Lieber.“

So ein Lieber? Plötzlich werde ich wütend. Auf welcher Seite steht sie eigentlich?

„Und woher willst du das wissen?“, erwidere ich scharf. „Du hast ihn nie getroffen. Alles, was du über Chris weißt, habe ich dir erzählt. Theoretisch könnte ich ihn sogar erfunden haben!“ Ich schnaube. Hält sie ernsthaft zu ihm?! *Er* ist es, der *mich* betrogen hat. „Dafür, dass Chris für dich ein vollkommen Fremder ist, legst du dich für ihn ganz schön ins Zeug.“

„Nicht doch, Spätzchen. So hab ich das doch gar nicht gemeint.“

„Wie denn dann?“

„Ich hatte nur gehofft, dass ...“

„Dass – was?“

„Ach, Spätzchen, jetzt stell mich doch nicht gleich als die Böse hin. Ich meine ja nur ... na ja ... du bist fast dreißig.“

„Und?!“

„Nichts. Es ist nur ... ach, du weißt schon.“

„Nein, ich fürchte, ich weiß nicht. Soll ich mit jemandem zusammenbleiben, der mich betrügt und dem ich einen Scheißdreck bedeute – nur weil ich fast schon dreißig bin? Weil ich sonst keinen mehr abkriege und einsam und allein sterbe?“ Meine Stimme klingt hoch, beinahe schrill. Zum einen, weil Moms Aussage mich unheimlich aufregt, zum anderen aber auch, weil ich Angst habe, dass es genauso kommen wird. Dass Chris tatsächlich meine erste und letzte Chance auf eine Beziehung war, auf eine Familie.

Oh Gott, bitte nicht. Bitte gib mir noch eine Chance!

„Aber nein, Spätzchen“, wiegelt meine Mutter ab. „Ich will doch nur, dass du glücklich bist.“

„M-hm.“ Und dann schweigen wir uns an, bis ich beschließe, das Gespräch zu beenden.

„Ich muss dann jetzt auch los. Wir sehen uns nächstes Wochenende, Mom.“

„Ja, Spätzchen … nächstes Wochenende. Ich hab dich lieb.“

„Ich dich auch.“

Ich stelle das Telefon zurück in die Ladestation, seufze ausgiebig, mache mich fertig und schleppe meinen müden Hintern zur Arbeit. Auf dem Weg zur U-Bahn kreuzt eine ganz in Nike gekleidete Frau meinen Weg. Sie joggt, trägt Kopfhörer. Für den Bruchteil einer Sekunde trifft ihr Blick auf meinen. Was sie wohl von mir denkt? Ich sehe ihr nach. Unweigerlich frage ich mich, wie es wohl wäre, sie zu sein. Wie lange läuft sie schon? Was ist ihr Ziel? Trainiert sie für einen großen Lauf? Vielleicht sogar den New-York-Marathon? Oder läuft sie nur zum Spaß? Mein Gott, wie schlank sie ist. Diese Beine. Ich würde töten für diese Beine. Aber joggen? Mit meinem Gewicht undenkbar. Momentan schaffe ich es ja nicht mal, eine Treppe hochzugehen, ohne zu keuchen wie ein Asthmatiker beim Gipfelsturm. Außerdem würden das meine Gelenke sicher nicht lange mitmachen. Ich muss dringend etwas tun. Aber Joggen – nein, beim besten Willen nicht. Da mache ich sicher mehr kaputt als gut. Für den Anfang wäre Krafttraining eindeutig die bessere Wahl. Erst mal Muskeln aufbauen, um die Gelenke zu schützen. Aber in einem Fitnessstudio? Damit mich alle auslachen? Nein danke! Schwimmen wäre sicher die schonendste Sportart, aber allein der Gedanken, mich in einen Badeanzug zu quetschen und mich dann unter den Blicken völlig Fremder wie ein Nilpferd ins Wasser plumpsen zu lassen, löst bei mir einen Fluchtreflex aus. Was bleibt noch? Die ganzen Instagram-Trendsportarten wie Bouldern, Crunning, Rope Skipping oder Jumping Fitness sind für Anfänger allesamt ungeeignet. Was ist mit Sex, schießt es mir plötzlich durch den Kopf. Das kann schließlich jeder. Außerdem verbrennt es ja unheimlich Kalorien. Vier- bis fünfhundert sollen beim Orgasmus pro Stunde zum Teufel gejagt werden. Das entspricht einer ganzen Tafel Schokolade. Einen Versuch wäre es wert. Aber … mal ganz abgesehen davon, dass für mich weit und breit kein paarungswilliger Partner in Sicht ist – wer kommt denn eine ganze Stunde lang? Doch höchstens irgendein Tantra-Künstler oder indischer Kama-Sutra-Guru. Da fällt mir ein: Der Orgasmus eines Schweins dauert dreißig Minuten. Das hab ich zumindest irgendwo mal so gelesen. Eine halbe Stunde! Das entspricht gut zweihundertfünfzig Kalorien. Jedes Mal. Aber warum sind Schweine dann so dick? Vielleicht sollte ich es mir einfach absaugen lassen. Narkose – zack – schlank. Wie bei der Raupe. Aber wo soll ich da anfangen? Bauch, Schenkel, Arme? Am besten alles gelichzeitig. Nachgedacht habe ich darüber schon oft. Aber was dabei alles passieren kann. Infektionen, Wundbrand, Komplikationen. Schon allein die Narkose stellt bei meinem Gewicht ein Risiko dar. Allein in den USA kommen auf fünfhunderttausend Fettabsaugungen etwa einhundert Todesfälle. Heute beschließt man, sich die Reiterhosen absaugen zu lassen, und morgen müssen die Angehörigen einen Sarg für einen aussuchen. Man muss sich mal die Trauerrede vorstellen: „Unsere geliebte Molly, die nicht willensstark genug war, auf natürlichem Wege abzunehmen und sich stattdessen unters Messer legte. Ruhe in Frieden." Immerhin – das wäre wenigstens ein Abgang, der zu mir passen würde. So als Gipfel der Selbstdemütigung.

Eine Woche nach Moms Anruf ist es soweit. Der Flug ist gebucht, jetzt heißt es packen. Eigentlich keine große Sache, doch wie ich entsetzt feststellen muss, ist mir der Großteil meines Kleiderschrankinhaltes praktisch über Nacht zu klein geworden. *Fuck!* Das hab ich nun davon. Obwohl ich sehenden Auges mitten in die selbstverschuldete Katastrophe gesteuert bin, kann ich es kaum glauben. Ich weiß, dass ich zugenommen habe – aber gleich so viel, dass mir alle meine Klamotten zu eng sind?! Echt jetzt? Dass eine Hose plötzlich kneift, oder eine Bluse auf einmal spannt, sicher, das kommt vor. Aber eine ganze Kleidergröße mehr? Komm schon! Was soll das? Schon klar, wenn man sich selbst jeden Tag sieht, merkt man sowas eben nicht sofort. Oft ist es erst der schockierte Blick einer Freundin, die einen länger nicht gesehen hat. Die Reflektion eines Schaufensters, bei der man zweimal hinsehen muss, ob das wirklich alles zu einem dazu gehört, was man da sieht. Oder ein Foto, bei dem man sich fragt: Bin das tatsächlich ich? Aber so viel in so kurzer Zeit zuzunehmen – das hab selbst ich noch nicht geschafft.

Jetzt reicht's! Morgen fange ich ganz von vorn an! Diesmal zieh ich es durch! No excuses! Aber dazu muss ich erst das ganze ungesunde Zeugs loswerden. Eine Diät kann gar nicht funktionieren, wenn die Schränke voller Süßkram sind, das weiß jeder. Ich sollte mir einen großen Müllsack schnappen und einfach alles reinstopfen, was mehr Kalorien hat als eine Stange Sellerie. Jetzt gleich! Andererseits … in unserer heutigen Wegwerfgesellschaft wird schon viel zu viel einfach entsorgt, obwohl es noch gut ist. Allein der ganze Plastikmüll, der dadurch verursacht wird. Außerdem hat das ja alles Geld gekostet. Am besten, ich esse heute noch all die Süßigkeiten, die ich zuhause habe, auf einmal auf, damit ich ab morgen so richtig durchstarten kann.

Warte – ich fliege ja morgen schon. Vielleicht wäre es doch besser, bis nach dem Wochenende zu warten. Mom macht bestimmt ihre Lasagne und den Salat mit den kleinen Croutons obendrauf. Das kann ich mir nicht entgehen lassen. Genau wie Dads selbstgemachte Brownies mit Vanillesoße. Und als Einzige nicht mit einem Glas Sekt auf die neue Wohnung anzustoßen, das geht ja auch nicht. Nicht, dass noch jemand denkt, ich wäre schwanger. Auf diese Unterhaltung kann ich gern verzichten.

Nach dem Wochenende also. Ich nehm das als Abschluss. Zusammen mit meinem Elternhaus sage ich auch der alten Molly Lebewohl. Ein Neubeginn auf ganzer Linie. Sport, gesunde Ernährung, drei Liter Wasser am Tag und Mate Tee bis zum Abwinken. Und Golden Milk, die wollte ich auch schon lange mal ausprobieren. Da wird sicher auch meine Haut endlich mal besser. Die ersten Wochen trage ich dann nur weite Sachen und wenn ich erst mal zehn oder fünfzehn Kilo runter habe, kleide ich mich komplett neu ein. Bis zu meinem Geburtstag dürfte das hinhauen. Dann kaufe ich mir richtig schöne, enganliegende Klamotten. Dazu trage ich meine roten Manolos. Zum Friseur kann ich dann auch gleich noch. Makeup, Parfüm, Nägel – das komplette Programm mit allem was dazu gehört. Und dann – BÄM! Niemand wird mich wiedererkennen. „Ist das Molly?“, werden sie sich fragen. Mit dreißig werde ich zehnmal besser aussehen, als mit zwanzig. Die Leute werden sich auf der Straße nach mir umdrehen. Dann sag ich Dempsey, dass er mich mal kreuzweise kann und suche mir einen neuen Job. Am Empfang einer edlen Kanzlei in Midtown zum Beispiel. Sicher begegnet man dort den interessantesten Leuten. Ich sehe es schon vor mir. Ich trage ein schwarzes Kostüm aus knielangem Bleistiftrock und enganliegendem

Blazer. Ich sitze an einem Tresen aus Mahagoni, rechts und links von mir riesige Vasen mit opulenten Blumenarrangements. Sie rahmen mich ein wie ein Gemälde. Ich lege gerade auf, als er hereinkommt. Er trägt einen dunkelblauen Anzug und polierte Schuhe, das Haar hat er gescheitelt. Sein Name ist James oder Will oder Edward. Er ist Brite, kommt aus gutem Hause, vielleicht hat er sogar einen Adelstitel. Seine blauen Augen leuchten, als er auf mich zukommt. Ich erhebe mich langsam. Wir sind wie zwei Magnete, die sich unweigerlich aufeinander zubewegen. Wie magisch vom anderen angezogen. Er sieht mir ganz tief in die Augen, die sexuelle Spannung zwischen uns ist kaum auszuhalten. Noch eine Sekunde oder zwei, dann können wir uns nicht mehr zurückhalten. Unsere Lippen prallen aufeinander. Wir küssen uns. Stürmisch. Leidenschaftlich. Nach Luft ringend zieht er mich zu sich, hebt mich mühelos hoch. Ich schlinge meine Beine um seinen Körper. Dann werfe ich den Kopf in den Nacken und stöhne laut auf, als er meine seidene Bluse aufknöpft. Darunter trage ich feinste Spitzenunterwäsche. Er atmet schwer, reißt seine Hose mit einem Ruck auf und …

Das Klingeln des Telefons reißt mich unsanft auf den Boden der Tatsachen. Ich schlucke.

„Hi Mom.“

„Hallo Spätzchen, ich rufe nur an, um zu fragen, ob alles klar ist für morgen? Hast du schon gepackt?“

Ich seufze. „Fast. Ich brauche noch ein paar neue Sachen.“

Normalerweise würde ich das online erledigen. Ganz bequem von zuhause aus. Ohne den demütigenden Gang in die Umkleidekabine unter den hochnäsigen Blicken des storchenbeinigen Verkaufspersonals. Aber die Zeit ist knapp. Die Sachen würden nie rechtzeitig ankommen. Ich hole tief Luft und schließe die Augen. Vom Rumsitzen wird es auch nichts besser. Widerwillig schnappe mich mir meine Handtasche und mache mich auf in die Stadt.

Da ich für gewöhnlich nur Schuhe und Taschen in den Geschäften kaufe, habe ich keine Ahnung, wo ich anfangen soll. Verdammt, ich weiß ja nicht mal, welche Größe ich brauche – geschweige denn, welcher Laden diese Größe führt. Bei den meisten ist mit Konfektionsgröße zweiundvierzig Schluss. Zweiundvierzig! Das habe ich zuletzt mit sechzehn getragen. Wenn man Glück hat, erwischt man vereinzelt noch eine Vierundvierzig, aber das ist die Schallmauer. Wenn man über vierundvierzig trägt, ist man gezwungen, in einem Spezialgeschäft für Übergrößen einzukaufen, was sich beim Hineingehen in etwa so peinlich anfühlt, als würde man sich am helllichten Tag in einen Sexshop schleichen. Vielleicht sollte ich mich lieber gleich im Baumarkt umsehen. Wahlweise in der Zeltabteilung oder bei den Duschvorhängen.

Zwei Stunden erfolgloses Window-Shopping später will ich gerade aufgeben, als ich eine hübsche kleine Boutique mit einer nicht ganz so mageren Puppe im Fenster entdecke. Ich gebe mir einen Ruck und gehe hinein. Nicht ohne zu zögern. Denn meine Liste an demütigenden Shoppingerfahrungen ist lang. Mit durchdringendem „Ritsch“ und „Ratsch“ gesprengte Reißverschlüsse und Knopfleisten in der Umkleidekabine sind da noch das Harmloseste. Einmal kam ich auf die glorreiche Idee, mich in der Schwangerschaftsabteilung einer großen Kaufhauskette umzusehen. Elastische Hosenbünde, weite Schnitte, weiche Stoffe, ordentlich Stretch Anteil – perfekt! Das dachte ich genau so lange, bis mir eine ältere Dame mit den Worten: „Wann ist es denn soweit?“ völlig unvermittelt an den Bauch fasste. Aus Reflex hätte ich ihr beinah eine gescheuert.

Na also, dann wollen wir mal. Die Verkäuferin hat mich im Blick, sobald ich die Schwelle übertrete. Da außer mir und ihr niemand im Laden ist, wird wohl nichts daraus, mich zuerst in Ruhe umzuschauen, ob mir hier etwas passen könnte. Also gehe ich in die Offensive.

„Guten Tag“, grüße ich beim Hereinkommen.

Mit einem so erhabenen Gesichtsausdruck, als hätte sie jedes Teilchen hier drin im Schweiße ihres Angesichts selbst designend, zugeschnitten und zusammengenäht und ich wäre ihrer Schöpfung unwürdig, sieht sie mich an. Beste Voraussetzungen also.

„Kann ich Ihnen helfen?“, fragt sie mit gekräuselten Lippen. Ihre Worte sind höflich, aber ihr Tonfall macht keinen Hehl daraus, was sie wirklich sagen will. Sie wird mir wohl keine Hilfe sein. Zurück zu Plan A. „Ich will mich nur mal umsehen. Danke“, erwidere ich mit einem gezwungenen Lächeln. Die internationale Formel für *Lass mich in Ruhe gucken.* Doch damit gibt sich die Gute nicht zufrieden. Als ich mit den Fingerspitzen über den Stoff einer rosa Bluse steife, zieht sie hörbar Luft ein.

„Suchen Sie ein Geschenk?“, setzt sie nach.

Ich drehe mich um und sehe ihr direkt in die Augen.

„Nein“, antworte ich schlicht, woraufhin wir uns für ein paar Sekunden ein Blickduell liefern. Schließlich kneift sie die Augen zusammen und nennt das Kind dann beim Namen.

„Ich glaube nicht, dass wir etwas in Ihrer Größe haben. Vielleicht versuchen Sie es in einem ... *spezielleren* Geschäft. Eines, das auf Kundinnen mit Ihren besonderen Ansprüchen vorbereitet ist.“

Mir bleibt die Spucke weg. Unverhohlen starrt sie mich an. Um ihren Mund zuckt es, als müsse sie sich zurückhalten, mich nicht mit einem fingerwedelnden „Husch, husch“ zu verscheuchen wie einen streuenden Hund.

Schon jetzt weiß ich, dass das hier genau so eine Situation ist, die man abends vor dem Einschlafen noch tausendmal durchspielt und einem plötzlich all die coolen, souveränen, witzigen, schlagfertigen Antworten einfallen, mit denen man aus der Situation als strahlender Gewinner hätte hervorgehen können. Aber jetzt: nichts! Nada! Gähnende Leere in meinem Kopf. Also mache ich auf dem Absatz kehrt und bin draußen, ehe sie die Gelegenheit nutzt, mein Selbstbewusstsein vollständig zu pulverisieren. Was soll’s! Gehe ich eben in Jogginghosen. Ich bin schließlich dort, um beim Umzug zu helfen und nicht wegen eines Gala-Dinners. Außerdem brauche ich meiner Familie nichts vorzuspielen. Sie wissen, wer ich wirklich bin.

Bei Wal-Mart werde ich dann doch noch fündig. Leggins und T-Shirt Kleidchen in vier verschiedenen Farben. Das kann man immer tragen. Und billiger ist es allemal.

„Spätzchen, da bist du ja! Wie war dein Flug?“ Mom schließt mich in die Arme. „Oh! Spätzchen? Kann es sein, dass du ein bisschen zugelegt hast?“

„Hi, Mom. Es ist auch schön, dich zu sehen.“

„Hast du Kummer, Spätzchen? Ist es wegen Chris? Oder ist es die Arbeit? Du warst schon immer ein kleiner Stressesser.“

„Nein, alles gut“, wiegle ich ab, bevor Mom wieder einen auf Hobbypsychologin macht, versucht meine Kindheit nach dem Grund für mein gestörtes Essverhalten zu analysieren, am Ende ihrer Erziehung die Schuld an meinem Übergewicht gibt und sich den Rest des Tages in Selbstmitleid suhlt. Nein, danke. Heute nicht. Zum Glück taucht Dad hinter ihr auf.

„Hi Dad“

Er stutzt kurz, sein Blick weitet sich, als er mich sieht. Na toll! Ist es so offensichtlich?

„Hallo mein Schatz“, begrüßt er mich und nimmt mich in den Arm.

„Hi, Dad. Alles klar bei euch? Was macht die Arthrose?“

„Ach, du weißt ja, Unkraut vergeht nicht.“

„Jetzt komm erst mal rein“, sagt Mom. „Max, Charlotte und Teddy sind auch schon da.“

„Hey, Dickerchen!“, kommt mein Bruder, wie aufs Stichwort um die Ecke und hebt mich hoch. Er ist wahrscheinlich der Einzige, der das kann.

„Lass mich runter“, protestiere ich wie immer, wenn er das tut. Aber insgeheim liebe ich unser kleines Begrüßungsritual. So lange er mich noch hochheben kann, kann es so schlimm nicht sein, oder?

„Molly, wie schön dich zu sehen. Wie geht’s dir denn?“, meine Schwägerin schließt mich in eine feste Umarmung.

„Gut. Wie geht’s euch? Wo ist mein kleiner Teddy?“

„Teddylein, komm her und sag Tante Molly Hallo”, fordert Mom ihn auf. Er ist ein bisschen schüchtern und versteckt sich hinter den Beinen seiner Mutter. An seinem festen Stand sieht man, dass er jetzt ganz allein laufen kann.

„Na los, mein Schatz, sag guten Tag“, drängt nun auch Charlotte, der das Fremdeln ihres Sohnes ein wenig unangenehm zu sein scheint.

„Lass ihm ein paar Minuten Zeit. Er hat mich ja so lange nicht gesehen.“

„Ach, er sieht dich doch ständig auf Facetime. Na komm schon, Teddy. Du hast dich doch so auf Tante Molly gefreut.“

Teddy legt den Kopf schräg. Nur langsam wagt er sich aus seiner Deckung. Ich gehe in die Hocke.

„Hallo Teddy, Tante Molly hat dir was mitgebracht. Soll ich es holen?“

Mein kleiner Neffe steckt sich den Daumen in den Mund und nickt.

Ich lächle. „Na also." Als ich aufstehen will, merke ich, dass ich allein aus der Hocke nicht mehr hochkomme. Ich schwanke schon gefährlich, als Max meine hilflose Lage erkennt, mit beiden Armen unter meine Schultern greift und mir aufhilft.

„Du warst aber auch schon mal sportlicher", kommentiert er meinen armseligen Fitnesszustand und klopft mir auf die Schulter.

„Jaa", erwidere ich gedehnt. „Ich hab mir erst kürzlich den Oberschenkel schlimm gezerrt", lüge ich. „Braucht wohl noch ein bisschen.

„Hm", macht Max und zieht die Augenbrauen hoch. Die anderen sehen peinlich berührt weg.

„Kaffee?", fragt meine Mutter schließlich und klatscht in die Hände.

„Gern", antworte ich dankbar.

Zur Lagebesprechung gibt es Kaffee, Dads selbstgemachte Brownies und ein New-York-Mitbringsel für den Kleinsten.

„Ein Teddy für Teddy." Als ich meinem Neffen das Kuscheltier überreiche, strahlt er bis über beide Ohren. Es ist ein Plüschbär, er trägt ein rotes T-Shirt mit der Aufschrift *NYC*. Das bringt das letzte Eis zum Schmelzen. Teddy ist aufgetaut. Ich soll sogar neben ihm sitzen. Charlotte setzt sich auf seine andere Seite. Sie fragt mich, wie es mir geht und was es Neues in meinem Leben gibt. Ich fasse mich kurz. Berichte ganz sachlich, dass es mit Chris nicht funktioniert hat. Die Umstände unserer Trennung lasse ich weg. Ich weiß nicht warum, aber bei Charlotte habe ich immer ein wenig das Gefühl, ich muss aufpassen, was ich sage und wie viel ich preisgebe. Unser Verhältnis ist etwas zwiespältig. Wir mögen uns, und ich könnte mir keine bessere Partnerin für Max und keine bessere Mutter für Teddy vorstellen, aber es gab mal eine Zeit, in der Charlotte glaubte, mich retten zu müssen. Vor mir selbst. Vor dem, was ich mir und meinem Körper ihrer Meinung nach antue. Sie und Max waren etwa ein halbes Jahr zusammen, als Charlotte beschloss, sich meiner anzunehmen. Von einem Tag auf den anderen fühlte sie sich berufen, mir Ratschläge zum Thema Ernährung und Sport zu geben. Ungefragt natürlich. Zweifellos alles sehr lieb gemeint und immer in freundlichem Ton, doch aber eben ungefragt. Es begann mit zaghaften Kommentaren („Mit etwas Rouge könntest du deine Wangenknochen wunderbar betonen“) und Einladungen zum gemeinsamen Joggen („Wir können ja mit Walken anfangen, wenn dir Joggen zu schwerfällt“), ging über konkrete Bemerkungen über die Portionsgrößen auf meinem Teller („Du musst ja einen Bärenhunger haben“) und vermeintlichen Komplimenten („Du hast so ein schönes Gesicht, Molly. Mit ein paar Kilo weniger würde es erst richtig zu Geltung kommen“) bis hin zu Fragen wie: „Brauchst du wirklich ein zweites Stück Torte, Molly?“

„Ja, Charlotte, ich brauche ein zweites Stück Torte!“ Ich hatte meine Schwägerin nie darum gebeten, für mich als Ernährungsberaterin, Personal Trainer, Life Coach oder als was auch immer sie sich identifizierte, zu fungieren. Sicher wollte sie nur mein Bestes, hat es aber dadurch nur noch schlimmer gemacht. Es ist dieses Missionarische, das bei mir eine reflexartige Abwehrhaltung hervorruft. Viele Menschen, die in eine solche Situation gedrängt werden, und so auch ich, neigen zur Reaktanz, einer Jetzt-erst-recht-Haltung, ähnlich der Trotzreaktion einer Dreijährigen. Charlotte will nicht, dass ich ein zweites Stück Torte esse? Na dann nehm ich mir noch ein drittes. Egal, ob ich hungrig bin oder nicht. Egal, ob es mir gleich zu den Ohren rauskommt. Ich nehme mir ein drittes Stück, ganz einfach, weil ich es kann! Weil ich eine erwachsene Frau bin, die für sich selbst entscheidet. Und weil sie mir gar nichts zu sagen hat.

Bemerkenswert, nicht wahr? In allen Lebensbereichen tanze ich nach der Pfeife anderer Leute. Lasse mich herumkommandieren, drangsalieren und bevormunden. Aber wenn es ums Essen geht, ja, da packt mich eine Welle spontaner Emanzipation. Plötzlich ist es *mein* Leben, in dem *ich ganz allein* entscheide. Wäre es andersrum, bliebe mir vieles erspart. Denn, ganz ehrlich, Ernährung und Fitness sind wahrscheinlich die einzigen Lebensbereiche, in denen ich tatsächlich ein wenig Anleitung gebrauchen könnte. Das sich selbst einzugestehen ist schon schwer genug, gegenüber anderen ist es nahezu unmöglich. Ich hätte mir damals lieber die Zunge abgebissen, als eines von Charlottes Angeboten anzunehmen.

Zum Glück hörte sie irgendwann einfach auf damit, bevor unsere Beziehung ernsthaft Schaden nehmen konnte. Und dennoch: Ein bitterer Nachgeschmack ist geblieben. Bei jedem Blick, den sie mir zuwirft, glaube ich zu wissen, was sie denkt – dass es wieder *darum* geht.

Als ich versprochen habe, nach Hause zu kommen, um mein altes Zimmer auszuräumen, hatte ich eine ungefähre Vorstellung davon, was mich erwartet. Wie schmerzhaft es am Ende sein würde, meine Kindheit in Kisten zu verpacken, hatte ich allerdings unterschätzt. Es sind viele schöne Erinnerungen, über die ich an diesem Nachmittag stolpere, aber auch einige unschöne. Das Ganze hat etwas hoch Psychologisches. Es ist ein Prozess, eine Art Aufarbeitung der eigenen Kindheit. Und ich merke, es ist etwas, das ich mit mir selbst ausmachen muss. Ich will allein sein, in Ruhe gelassen werden. Ich hoffe nur, dass Mom so sehr mit ihrem eigenen Kram beschäftigt ist, dass sie gar keine Zeit hat, mir über die Schulter zu gucken und bei jedem abgerissenen Barbiekopf, der im Müllsack verschwindet, mit feuchten Augen ein geseufztes „Ich kann mich noch genau daran erinnern, wie Tante Mayble dir diese Puppe zu Weihnachten geschenkt hat. Hach, als wäre es gestern gewesen“ vor sich hin säuselt.

Dabei hab ich diese Barbie-Puppen schon immer gehasst. Mit ihren langen blonden Haaren und den makellosen Figürchen verkörperten sie alles, was ich niemals sein würde. Das ist auch der Grund, warum von den Mistdingern nur noch die Köpfe übrig sind. Als ich klein war, hab ich sie mit Klebeband auf die Körper meiner Stofftiere oder auf Max‘ Actionfiguren befestigt und so aus makellosen Schönheitsköniginnen groteske Monster erschaffen, die sich im großen Showdown der Endzeitapokalypse gegenseitig bekriegten. Mom hatte dafür wenig Verständnis, ignorierte es aber weitgehend und sorgte an jedem Weihnachtsfest zuverlässig für Nachschub. Wahrscheinlich hoffte sie insgeheim, ich würde eines Tages ganz normal mit ihnen spielen. So, wie Mädchen in meinem Alter das eben machten. Aber als ich dreizehn wurde und begann, mich für andere Dinge zu interessieren, sah Mom ein, dass ihre Hoffnung vergebens war. Dennoch hat sie es nie übers Herz gebracht, sie wegzuschmeißen – und deshalb bleib die Barbie-Kopf-Entsorgung nun an mir hängen.

Oder hier: Mr. Twinkle, mein erstes Kuscheltier. Ein Plüschhase, der mich seit meiner Geburt begleitet hat. Unzählige Male hat er mich getröstet und meine Tränen aufgefangen, als ich mich mal wieder in den Schlaf weinte, weil die anderen Kinder auf dem Schulhof gemein zu mir waren. Er sieht mitgenommen aus. Im Laufe der Jahre musste Mom in mehrmals flicken. Ich fahre mit dem Finger über die wulstige Naht an seinem Hinterteil. Ein Knopfauge hängt heraus. Ehe ich es bemerke, stiehlt sich eine Träne aus meinem Augenwinkel. Schnell wische ich sie weg. Jetzt sitze ich hier und heule über dem zerfledderten Mr. Twinkles. Fast muss ich über mich selbst lachen. Ich bin ja wie Mom.

Sechs Stunden und ein prall gefüllter Container vor dem Haus später ist es vollbracht. Bis auf die nackten Matratzen, auf denen wir diese allerletzte Nacht in unserem Haus verbringen werden und die Küche, in der Mom morgen zu einem großen Abschiedsbrunch geladen hat, ist alles entweder im Müll, bei Ebay oder in der neuen Wohnung gelandet.

„Und? Wie war‘s?“, will Max wissen und legt seinen Arm um mich. „Schon seltsam, oder?“

„Hmm“, ich nicke und als mein Blick auf Mom fällt, fängt sie an zu weinen.

„Ach, Mom“, sagen mein Bruder und ich wie aus einem Munde und nehmen sie in den Arm. „Familienkuscheln“, ruft Max und auch Dad und Charlotte mit Teddy auf dem Arm kommen dazu.

„Ich hab euch sooo lieb“, schluchzt Mom. Wir halten uns noch einen Moment, bis aus der Mitte unseres Familyhugs plötzlich ein seltsamer Geruch aufsteigt.

„Entschuldigt mich“, sagt Mom, „aber ich hab schon den ganzen Tag Probleme mit …“ – dazu sei gesagt: meine Mutter hat die Angewohnheit Dinge, die ihr unangenehm sind, anstatt sie auszusprechen, scharadegerecht zu gestikulieren. Was dann meist sehr viel obszöner ist, als die Dinge einfach beim Namen zu nennen. Anstatt also einfach zu sagen, dass sie Durchfall hat, zeigt sie nun zuerst auf ihren Bauch, macht mit der Hand eine kreisende Bewegung, als würde sie Suppe umrühren und zeigt dann auf ihren Hintern.

„… ihr wisst schon.“

Nach dem Abendessen – Pizza, stilecht direkt aus dem Karton – machen sich Max, Charlotte und Teddy auf den Heimweg. Sie wohnen nur zwanzig Minuten entfernt, und Charlotte verspricht, morgen ganz früh da zu sein, um Mom bei den Brunch-Vorbereitungen zu helfen. Manchmal glaube ich, sie und Mom sind mehr Mutter und Tochter als Mom und ich es sind. Klar, sie sehen sich ständig, schon allein, weil Mom Teddy drei Tage die Woche bei sich hat, seit Charlotte wieder stundenweise arbeiten geht, und ich bin auch froh, dass die beiden ein so gutes Verhältnis haben. Aber ihre Vertrautheit, die kleinen Insider-Witze und auch diese unbefangene körperliche Nähe der beiden zueinander – all das versetzt mir einen Stich. Ich zweifle nicht daran, dass meine Mutter mich liebt, aber manchmal habe ich den Eindruck, Charlotte ist die Tochter, die Mom sich immer gewünscht hat. Die schlanke, schöne, liebe Vorzeigetochter, die ihr ihren ersten Enkel geschenkt hat. Und ich? Die dicke, tollpatschige Kuh, die mit fast dreißig immer noch Single ist und weder ihren Job noch irgendwas anderes in ihrem Leben auf die Kette kriegt. Noch dazu bin ich weggezogen. Aus den Augen aus dem Sinn. Selbst schuld. Ich spüre, wie die Eifersucht meine Gedanken vergiftet und schüttle den Kopf. Charlotte kann nichts dafür.

Kapitel 10

Es trifft doch immer nur die anderen. Oder?

Das Geräusch klappernder Töpfe reißt mich aus dem Schlaf. Die Nacht war kurz. Meine Träume wirr und voller Wehmut. Es fühlt sich seltsam an, in einem so kahlen Zimmer aufzuwachen. Alles ist weg. Lediglich die vergilbten Posterränder auf der Tapete erinnern daran, dass hier vor vielen Jahren einmal ein Teenager gelebt hat. Nun ist es, bis auf die Matratze auf dem Boden und meinen Koffer in der Ecke, leergeräumt. Ich lege mich wieder hin und starre die Decke an. Das habe ich früher oft stundenlang gemacht. Nur ich und meine Gedanken. Dann habe ich große Pläne geschmiedet, mir vorgestellt, wie mein Leben sein könnte. Habe mir ausgemalt, wie ich nach dem Sommer plötzlich superschlank in die Schule komme und so gut aussehe, dass mich niemand wiedererkennt und alle mich für eine neue Schülerin halten. Hier verlor ich mich in Endlosschleifen meiner Vorstellung über den perfekten ersten Kuss. Über das perfekte erste Mal. Mit Josh. Ja – Meghans Josh. Ich habe das nie jemandem erzählt, aber ich war praktisch meine gesamte High-School-Zeit in ihn verliebt. Auch noch als er längst mit Meghan zusammen war. Vielleicht bin ich ihr darum all die Jahre nicht von der Seite gewichen, egal, wie sie mich behandelte. So konnte ich wenigstens in Joshs Nähe sein.

Stundenlang lag ich hier und malte mir aus, wie das Leben sein könnte, wäre ich nur jemand anderes. Und auch jetzt könnte ich ewig so liegen bleiben. Verloren in meinen Gedanken. Erst als der Druck auf meine Blase sich nicht länger ignorieren lässt, stehe ich auf und gehe ins Bad. Während ich mir die Zähne putze, fällt sie mir plötzlich ins Auge. Unsere alte Waage. Versteckt unter dem Waschbeckenschrank linst sie schüchtern hervor, wie ein alter Freund, der Hallo sagen möchte. Wieso ist sie noch hier? Müsste sie nicht längst in der neuen Wohnung sein? Oder noch besser: im Müll. Ich hasse dieses Ding. In meinem letzten Jahr auf der High-School, also ein Jahr bevor ich aufs College ging, beschloss Mom noch einmal, den Kampf gegen meine Kilos aufzunehmen. Ich denke, ihr wurde klar, dass das ihre letzte Chance war, bevor ich endgültig erwachsen werden und mich ihrem Einfluss entziehen würde. Ein ganzes Jahr kommandierte sie mich jeden Freitagabend zum Wiegen ab. Mit Klemmbrett und Stift stand sie neben mir, während ich meinen schwersten Gang antrat. Wog ich weniger als die Woche zuvor, jubelte sie, küsste und umarmte mich. Konnte ich mein Gewicht halten, entlockte es ihr ein Lächeln. Hatte ich zugenommen, wirkte Mom regelrecht zerknirscht. Ich hielt es dann fast nicht aus mit anzusehen, wie sehr ich sie enttäuscht hatte. Schon wieder. Der Trostgriff zur Schokolade war nicht weit, und so wiederholte sich das Spiel Woche für Woche. Trotzdem schaffte ich es dann doch, innerhalb von zwölf Monaten insgesamt acht Kilo abzuspecken. Als ich aber danach aufs College ging, kamen allein im ersten Jahr zwölf wieder drauf. Und so ging es weiter. Bis heute.

Da steht sie also. In derselben Ecke wie eh und je. Als hätte sie auf mich gewartet. Soll ich? Ein allerletztes Mal? Noch bevor ich richtig darüber nachdenken kann, steige ich drauf. Ich kneife die Augen zusammen, und als ich sie vorsichtig öffne, starren mir satte einhundertdreizehn Kilo entgegen.

„Guten Morgen, Spätzchen. Hab ich dich geweckt?“

„Nein, nein“, antworte ich geistesabwesend. Ich stehe völlig neben mir. Einhundertdreizehn – EINHUNDERT-FUCKING-DREIZEHN Kilo. Das ist noch mehr, als ich mir in meinen schlimmsten Alpträumen hätte vorstellen können. Zuerst dachte ich, die Waage spinnt und bin direkt nochmal drauf gestiegen. Habe das Mistding woanders hingestellt und bin nochmal drauf. Insgesamt sechsmal. Immer mit demselben Ergebnis. Es fühlt sich an wie einhundertdreizehn mir schadenfroh entgegengereckte Mittelfinger. Wie konnte ich es nur so weit kommen lassen?

„Willst du eine Kleinigkeit frühstücken oder wartest du bis zum Brunch?“, will Mom wissen.

Frühstück?! Ich esse nie wieder etwas!

„Nur Kaffee. Schwarz.“

„Seit wann trinkst du den Kaffee schwarz?“, wundert sich Mom.

„Seit heute.“

Ich bin wegen meines Wiegeerlebnisses so deprimiert, dass ich es nicht mal geschafft habe, mich anzuziehen. Besonders gesprächig bin ich auch nicht. Aber das macht nichts. Mom hat so viel zu erzählen, dass es für uns beide reicht. Während sie Eier aufschlägt, Teig rührt und Obst schnibbelt, redet sie ununterbrochen. Ich sitze da, im Schlafanzug und mit zerzausten Haaren, höre zu, trinke bitteren Kaffee und versuche, die riesige Bäckertüte auf der Anrichte zu ignorieren, aus der mir ein goldbrauner Croissantzipfel entgegenblitzt. Allein beim Anblick läuft mir das Wasser im Mund zusammen. Vom Duft will ich gar nicht erst anfangen. *Nein!* Jetzt muss endgültig Schluss sein. Endgültig! Ein für alle Mal! Finito! Das war's! Jetzt zieh ich es wirklich knallhart durch. Ab sofort sind sämtliche Kohlehydrate gestrichen. Nur noch mageres Fleisch, Fisch und Gemüse. Fett und Zucker sind tabu! Und zwar bis ich Normalgewicht erreicht habe. Einhundertdreizehn Kilo – das ist … ich weiß gar nicht, was ich dazu sagen soll. Für meine Größe wäre irgendwas zwischen fünfundfünfzig und fünfundsechzig Kilo ideal. Das sind dann … Moment – kann das wahr sein?! Mir wird gerade klar, dass ich fast das Doppelte von dem auf die Waage bringe, was ich eigentlich wiegen dürfte. Das DOPPELTE! Ich muss schlucken. Ich müsste mich halbieren! Wie soll ich das jemals schaffen? *Es liegt ganz allein bei dir*, flüstert mir meine innere Stimme zu. Ja, das stimmt. Ich bin die Einzige, die daran etwas ändern kann. Aber diese Erkenntnis bedrückt mich mindestens so sehr, wie sie mich beruhigt. Wenn ich es bis jetzt nicht geschafft habe, mein Gewicht in den Normalbereich zu bringen, werde ich es je tun? Wie soll ich das bloß anstellen? Essen ist nicht Rauchen. Ich kann nicht einfach damit aufhören. Der Mensch muss essen, sonst stirbt er. Jemand mit meinen Reserven wird sicher nicht nach einem Tag ohne Nahrung tot umfallen, wahrscheinlich könnte ich dreißig, vierzig oder wie der Typ in der Doku *Facing the Fat* sogar fünfundfünfzig Tage fasten, ohne dass es Auswirkungen auf meine Gesundheit hätte. Zumindest keine negativen. Im Gegenteil, ein längerer Verzicht auf feste Nahrung soll ja ausgesprochen heilsam sein. Vielleicht sollte ich dem Fasten ja noch eine Chance geben? In meinen frühen Zwanzigern habe ich es einmal versucht, aber schon nach eineinhalb Tagen abgebrochen – mit einer Fresseskalation bei McDonald's. Typisch. Aber selbst, wenn ich es diesmal durchhielte, irgendwann müsste ich wieder essen. Und was dann? Geht das ganze Spiel dann wieder von vorne los? Tränen der Verzweiflung steigen in mir hoch. Schnell blinzle ich sie weg, bevor Mom sie bemerkt. Na gut. Idealgewicht werde ich die nächsten hundert Jahre wohl nicht mehr erreichen, aber mit leichtem Übergewicht kann ich auch leben. Das wären dann so etwa siebzig bis achtzig Kilo. Sagen wir achtzig. Ich will ja kein Püppchen werden. Außerdem wollen die meisten Männer ein bisschen was zum Festhalten. Darüber gibt es unzählige Studien. Eine richtige Frau braucht Kurven. Oder wie Tante Rachel zu sagen pflegt: „Nur ein Hund mag Knochen". Aber achtzig Kilo – das heißt, ich muss immer noch über dreißig Kilo abnehmen. Das dauert Monate, wenn nicht sogar Jahre! Jahre auf Diät. Schon wieder ist mir zum Heulen zumute. Ich bin dreißig Kilo vom *normalen Übergewicht* entfernt und alles, woran ich denken kann, ist dieser verfickte Croissantzipfel in der Tüte auf der Anrichte. Was ist nur los mit mir? Das Ding hat locker vierhundert Kalorien, bei der Größe eher vierhundertfünfzig. Um das auszugleichen, müsste ich eine Stunde joggen. Oder zwei Stunden Spazierengehen. Die Zeit habe ich gar nicht. Nein, ich werde das Ding nicht anrühren! Auch, wenn ich jetzt schon weiß, dass es mir nicht mehr aus dem Kopf gehen wird. Verdammter Mist, verdammter! Vielleicht sollte ich es einfach essen und gut ist. Vielleicht sollte ich nochmal alles essen, worauf ich Lust habe. Wenn ich mir noch ein allerletztes Mal alle Wünsche erfülle, kann ich danach richtig durchstarten, ohne das Gefühl, etwas zu verpassen. Nicht, dass mich schon nach zwei Tagen die ersten Gelüste überkommen. Ach, Quatsch! Es gibt überhaupt keinen Grund, es weiter aufzuschieben. Worauf warte ich denn? Ich sollte gleich anfangen. Jetzt sofort. Keine Ausreden, kein Aufschieben. Kein „Morgen fange ich an" aus dem ein „Montag fange ich an", aus dem ein „nächsten Montag" wird. Einhundertdreizehn. Ich kneife die Augen zusammen, als mir das Bild des Zeigers auf der Waage in den Sinn kommt. Nein! So kann das nicht weitergehen. Nicht eine Sekunde lang. Ich fange sofort an. Auf der Stelle. Unverzüglich. Schluss mit den Ausreden. Ich zieh das jetzt durch. Knallhart. Und wenn Mom und Dad mich zu meinem Geburtstag in New York besuchen kommen – Oh, Mann, denen werden die Augen aus dem Kopf fallen, wie …

„Spätzchen. Spätzchen? Spätzchen!“

„Was?“

„Hast du mir nicht zugehört?“

„Tut mir leid. Was hast du gesagt?“

„Ich sagte, es wird Zeit, dass du dich anziehst. Die Gäste kommen gleich.“

Ich schaue auf die Uhr. Schon halb neun? Und ich hab die ganze Zeit nur dumm herumgesessen und die Tüte mit den Croissants angestarrt? Dabei wollte ich Mom doch helfen.

Mit einem Schwung, der meinen Hintern nachbeben lässt, stehe ich auf. „Soll ich den Tisch decken?“

„Jetzt zieh dich erst mal an. Charlotte kommt ja gleich. Sie kann das machen.“

Na toll!

„Ich hüpf nur schnell unter die Dusche, dann helfe ich dir, ja?“

Hastig schwinge ich mich die Treppe hoch. Mein Gott, ohne BH sind meine Brüste noch vor mir oben.

„Das ist alles deine Schuld!“, beschimpfe ich die Waage, als ich aus der Dusche steige. „Du hast mir den ganzen Tag versaut. Ach, was rede ich: Du hast mein ganzes Leben versaut!“

Ich mache so schnell ich kann, aber als ich runterkomme, kann ich nur noch zusehen, wie Charlotte ganz selbstverständlich an die Schränke geht, Geschirr und Gläser herausholt und beginnt, den Tisch zu decken. Ich kam mir noch nie überflüssiger vor.

„Guten Morgen, Molly“, begrüßt sie mich gutgelaunt.

„Morgen“, brumme ich ungewollt und setzte sofort in freundlichem Ton nach: „Wo sind Max und Teddy?“

„Unser neues Auto wird heute geliefert. Sie holen es gerade ab und kommen dann her.“

„Sie kriegen einen Minivan“, erklärt Mom in vielsagendem Ton und zwinkert Charlotte zu. Die läuft rot an und dreht sich weg. Was hat das nun wieder zu bedeuten? Egal.

„Was kann ich tun?“, frage ich Mom.

„Eigentlich nichts. Charlotte und ich haben schon alles erledigt.“

„Ach so", erwidere ich enttäuscht, und als es im selben Moment an der Tür klingelt, schlägt Mom vor, dass ich die Gäste begrüßen könnte.

Mit hängenden Schultern schlurfe ich zur Tür, doch noch bevor ich sie erreiche, klackert der Schlüssel im Schloss und die Tür geht auf. Super! Nicht mal dafür werde ich gebraucht. Ich glaube, das wird heute nicht mehr besser.

Es ist Dad mit einem Sixpack Orangensaft unter jedem Arm.

„Wo kommst du denn her?", frage ich verwundert. „Ich dachte, du schläfst noch."

„Glaubst du allen Ernstes, deine Mutter lässt mich auch nur einmal ausschlafen?" Er beugt sich vor und gibt mir einen Kuss auf die Wange, dann deutet er mit einem Kopfnicken hinter sich. „Sieh mal, wen ich mitgebracht habe."

Ich linse an meinem Vater vorbei – und kippe fast aus dem Latschen.

„Rachel?", stammle ich. Ist das *meine* Tante Rachel. Ich meine, sie ist es – zweifellos. Aber ... wie lange habe ich sie nicht gesehen? Ein Jahr? Wie …? Ich traue meinen Augen kaum. Kann sich ein Mensch innerhalb nur eines Jahres wirklich so verändern? Dick war sie schon immer, unbeweglich auch. Aber die Person, der ich jetzt gegenüberstehe, hat nicht mehr viel mit der Rachel gemein, die ich kannte. Sie wiegt sicher – was? – einhundertachtzig? Zweihundert Kilo? Aber nicht nur das. Es ist, als wäre sie innerhalb kürzester Zeit um Jahrzehnte gealtert. Ihre Haut wirkt fahl, Richtung Hals hängt sie wie Hundelefzen, ohne jede Spannkraft. Ihre Haare sind licht und leicht ergraut. Das Zahnfleisch beinahe farblos. Ist sie krank? Was hat sie nur?

Rachel stützt sich auf Krücken, aus eigener Kraft kann sie sich offenbar nicht mehr aufrecht halten. Schon früher hat sie immer mal wieder auf Krücken zurückgegriffen. Wenn sie sich von einer Grippe erholte zum Beispiel. Doch aus den Druckstellen an ihren Unterarmen schließe ich, dass die Dinger mittlerweile zu ständigen Begleitern geworden sind. Wahrscheinlich bräuchte sie eigentlich einen Rollator, aber wie ich Rachel kenne, würde sie sich mit Händen und Füßen dagegen wehren. „Ich bin doch keine Oma!", höre ich sie in Gedanken sagen. Jetzt hat sie also immer die Krücken dabei. Wenn mich nicht alles täuscht, sind es sogar dieselben wie früher. Die, die sie seit einer Hüft-OP in ihrer Jugendzeit auf dem Dachboden gebunkert hat. Alt, mit Dellen übersäht, überall ist der Lack abgeblättert, und an manchen Stellen wirken sie sehr porös.

Schnaufend und schwitzend kommt Tante Rachel durch die Tür gewatschelt. Im Nacken hat sie ein Tuch, mit dem sie sich das Gesicht abtupft. Sie atmet schwer und pfeifend. Ihre Beine und Füße sind so geschwollen, dass sie nicht mehr in normale Schuhe passen. Rachel trägt Pantoffeln.

„Lizzy!“, begrüßt mich meine Tante wie immer mit meinem richtigen Namen. Sie strahlt vor Freude. Ich halte es fast nicht aus, sie anzusehen. Ich will auf sie zugehen, doch meine Beine sind wie angewurzelt. Es dauert einen Moment, ehe ich meine Stimme wiederfinde und meine entgleisten Gesichtszüge wieder unter Kontrolle habe.

„T-Tante Rachel“, stotterte ich zur Begrüßung. „Wie schön, dich zu sehen.“

„Na komm her, meine Kleine“, winkt sie mich zu sich.

Ich brauche noch einen Augenblick, dann erinnere ich mich endlich wieder daran, wie man die Beine bewegt. Ich gehe auf sie zu und umarme sie fest. Die Tränen kommen automatisch. Ich kann nichts dafür. Ich drücke mein Gesicht in die Ellbeuge, um mein Schluchzen zu ersticken.

„Weinst du etwa?“, fragt Rachel verblüfft.

„Ich ... ich freue mich nur so, dich zu sehen“, lüge ich. Ich meine, natürlich freue ich mich, meine Tante zu sehen, aber das sind keine Freudentränen. Es sind Tränen des Schocks, des Entsetzens und der Angst. Ich weine um die Gesundheit meiner geliebten Tante – aber ich weine auch um mich. Denn das, was ich hier vor mir sehe, fühlt sich an wie ein Blick in meine eigene trostlose Zukunft.

Ich bin fast dankbar, als es erneut klingelt und ich mich von ihr lösen kann.

„Wir sehen uns drin. Bis gleich“, sagt Rachel und watschelt ins Wohnzimmer, wo sie vom Rest der Familie in Empfang genommen wird.

Bald darauf wird es ziemlich voll. Ich bleibe an der Tür und gebe den Pförtner. Das lenkt mich wenigstens ab. Familie, Freunde,

Nachbarn, Moms Buchclub. Die halbe Stadt scheint sie eingeladen zu haben. Im fast leergeräumten Wohnzimmer hallt es wie in einem Konzerthaus, und das Stimmgewirr tönt über den Flur wie ein geschäftiger Hornissenschwarm.

Als alle da sind, halten meine Eltern eine Ansprache. Das heißt, Mom redet, und Dad steht nickend neben ihr. Als sie emotional wird, legt er den Arm um sie. Zum Ende ihrer Rede bedankt sie sich zum x-ten Mal bei allen fürs Kommen und übergibt dann unter Tränen das Wort an Max und Charlotte. Hä? Warum das denn? Plötzlich wird mir ganz heiß. Erwartet man von mir auch, dass ich etwas sage? Darauf bin ich gar nicht vorbereitet.

„Auch wir möchten uns herzlich für euer Kommen bedanken. Ich muss zugeben, es ist schwerer als gedacht. Molly und ich sind in diesem Haus aufgewachsen“, Max sucht meinen Blick. „Komm doch mal her, Molly.“

Mit wackligen Beinen trete ich neben meinen Bruder.

„Nicht wahr?“, fragt er in meine Richtung. Mehr als ein Nicken bringe ich vor lauter Nervosität nicht zustande. Obwohl ich alle persönlich begrüßt und mit jedem schon kurz geplaudert habe, ist es etwas vollkommen anderes, zu allen auf einmal zu sprechen. Jetzt sind es keine Gesprächspartner mehr, sondern Publikum. Mir schlägt das Herz bis zum Hals. Meinem Bruder scheint es überhaupt nichts auszumachen.

„Der Abschied fällt uns allen nicht leicht. Trotzdem freuen wir uns über den Neuanfang und vor allem freuen wir uns darüber, Mom und Dad ab sofort ganz in unserer Nähe zu haben. Die neue Wohnung liegt nämlich nur fünf Minuten von unserer entfernt.“

Ach ja? Das wusste ich noch gar nicht.

Max räuspert sich. „In den nächsten Jahren werden wir die beiden nämlich ziemlich in Anspruch nehmen müssen.“ Alle starren ihn erwartungsvoll an, mich eingeschlossen. Charlotte drückt seine Hand. Zittert sie?

„Wie der eine oder andere von euch schon gesehen hat, steht ein nagelneuer Minivan in der Einfahrt. Unserer. Seit heute Morgen“, fährt er fort. „Und wir haben uns nicht ohne Grund für dieses Auto entschieden.“ Max grinst wie ein Schuljunge am Weihnachtsmorgen, dann platzt es aus ihm heraus. „Charlotte und ich erwarten Zwillinge!“

Mir fällt die Kinnlade runter. Mein krampfhaftes Luftholen wird zum Glück von den vielen begeisterten „Ahhs“ und „Ohhs“ der Gäste übertönt. Als die ersten Gratulanten auf meinen Bruder und meine Schwägerin zustürmen, stehe ich daneben wie das fünfte Rad am Wagen. Mein Bruder wird drei Kinder haben, bevor ich das erste bekomme – ach was rede ich. Ein Kind? Ich hab ja noch nicht mal einen Freund. Bekommen jetzt eigentlich alle um mich herum Babys? Charlotte, Meghan, Faye – fehlt nur noch Jenny. Und der Witz ist, von allen sehe ich am ehesten aus, als wäre ich schwanger. Nicht, dass ich einen akuten Kinderwunsch hege – zumindest keinen, von dem ich wüsste, doch wer weiß schon, was das Unterbewusstsein so treibt –, aber können die anderen denn nicht mal ein bisschen langsamer machen? Warum haben die es denn alle so eilig, verdammte Hacke!

„Freust du dich denn gar nicht?“, will meine Mutter wissen. Ihre Mascara ist vor lauter Freudentränen ganz verschmiert.

„Ich … doch, natürlich freue ich mich!“ Und allmählich löst sich die Schockstarre.

Reiß dich zusammen, Molly! Es geht hier nicht um dich.

„Natürlich freue ich mich“, beteuere ich nochmal, und Moms skeptischer Blick wird weich. Jetzt, wo ich es zulassen kann, kommt auch wirklich wahre Freude in mir auf. Ich freue mich für Max, für Charlotte, für Mom und natürlich auch für mich. Ich liebe den kleinen Teddy, und jetzt werde ich mit zwei weiteren kleinen Neffen oder Nichten beschenkt.

„Herzlichen Glückwunsch, ihre beiden“, gratuliere nun auch ich. „Ich freue mich so für euch. Ihr werdet auch für diese beiden Kinder wunderbare Eltern sein.“

„Und du wirst eine wunderbare Tante sein“, sagt Charlotte, als wir uns im Arm halten. Wir lösen uns voneinander, halten uns an den Schultern und sehen einander an, beide mit feuchten Augen. „Teddy wird bald ein großer Bruder sein, kannst du das glauben?“, sagt sie.

„Und er wird der tollste große Bruder sein, den die Welt je gesehen hat.“

Als sich der erste Trouble gelegt hat, machen sich alle über das Büffet her. Ich genehmige mir erstmal ein Glas Sekt. Für die Nerven. Und ein Croissant. Für die Seele. Da ich sowieso einsam und kinderlos sterben werde, kommt es drauf jetzt auch nicht mehr an. Es wird gegessen und getrunken und lauthals gelacht. Freudige Nachrichten und ein Gläschen Sekt auf nüchternen Magen sind immer noch die besten Stimmungsmacher.

„Charlotte, hilfst du mir mal eben?", ruft Mom nach einer Weile aus der Küche.

Meine Schwägerin sieht sich nach Max um, doch der steht in der Einfahrt und präsentiert den Meyers stolz seinen nagelneuen Chrysler Voyager.

„Gehst du kurz zu Grandpa, Teddy, solange ich Grandma in der Küche helfe?" Kurzerhand drückt Charlotte meinem Dad seinen Enkel in den Arm. Beide fühlen sich sichtlich unwohl. Er würde es niemals zugeben, aber mein Vater kann mit Babys nicht besonders viel anfangen. Teddy ist zwar schon über ein Jahr alt, aber immer noch zu klein dafür, dass es zwischen ihm und Dad so richtig rund laufen könnte. Ich bin sicher, wenn Teddy im Grundschulalter ist, wird Dad ihm der beste Grandpa sein. Wenn er alt genug ist, mit ihm den Rasenmäher zu reparieren, Drachen steigen zu lassen und einen Baseball zu werfen. Auch meine schönsten Kindheitserinnerungen mit Dad stammen aus dieser Zeit.

Doch jetzt gerade sehen die beiden einander an wie Rehe im Scheinwerferlicht. Plötzlich ziehen sich Teddys Mundwinkel nach unten. Bevor er zu weinen beginnt, beschließe ich, meinen Dad und meinen Neffen aus ihrer misslichen Lage zu befreien.

„Komm mal zu Tante Molly, Teddy-Bear", sage ich und nehme den Kleinen. Dad schenkt mir ein zugleich dankbares und verlegenes Lächeln.

„Falls ihr mich sucht, ich bin draußen bei Max", verkündet er und entflieht der Situation.

Ich gehe mit Teddy zu Tante Rachel, die, mit beiden Krücken in einer Hand, gerade umständlich versucht, ein Stück Apfelkuchen auf ihren Teller zu bugsiegen.

„Warte, ich helf dir."

Ich setze mir Teddy seitlich auf die Hüfte und übernehme mit meiner freien Hand den Kuchenheber. „Soll ich deinen Teller auf den Fenstersims stellen?"

„Ja, danke, Lizzy“, sagt sie und lächelt verlegen. „Ich bin es nicht gewohnt, so lange zu stehen.“

„Hmm“, mache ich und weiß genau, was sie meint.

Auf eine Krücke gestützt beginnt sie zu essen. „Mhh. Der schmeckt fabelhaft. Wer hat ihn gemacht?“

„Mrs. Meyer, glaube ich. Gerade kommt sie wieder rein.“

Als ich aus dem Fenster schaue, sehe ich Dad, Max und Mr. Meyer in den Van steigen und wegfahren. Wahrscheinlich machen sie eine Probefahrt.

„Na, meine Kleine, wie geht’s dir in der großen Stadt?“, erkundigt sich Rachel, als sie das Stück Kuchen aufgegessen hat. Der Blick, mit dem sie hinüber zum Büffet schielt, entgeht mir nicht.

„Ganz gut“, antworte ich. „Eigentlich.“

Rachel grinst. „Du weißt ja: *Eigentlich* ist eigentlich für den Arsch“, sagte sie. Diesen Spruch bringt sie schon, seit ich denken kann.

Ich muss lachen. Dann hole ich tief Luft. „Könnte besser laufen, um ehrlich zu sein.“

„Erzähl mir alles“, verlangt Rachel. „Aber zuerst, sei so lieb und hol deiner Tante noch ein Stück Apfelkuchen, ja?“

Teddy schläft an meiner Schulter, Rachel isst, und ich rede. Auch, wenn ich schon mit anderen über meine Situation gesprochen habe, bei Rachel habe ich das Gefühl, sie ist die Einzige, die wirklich nachempfinden kann, wie mir zumute ist. Wir haben zwar oft telefoniert, aber ebenso wie Mom, habe ich Rachel am Telefon meist heile Welt vorgespielt. Von meinen wahren Problemen weiß sie nichts. Doch jetzt, als sie mir gegenübersteht, mir aufrichtig in die Augen sieht und mich fragt, wie es mir geht, kann und will ich es nicht länger für mich behalten. Ich lasse das vergangene Jahr im Schnelldurchlauf Revue passieren. Erzähle ihr alles – von Meghan, der Arbeit, über Chris und wie ich ihn mit Clary erwischte, bis hin zu den einhundertdreizehn Kilo auf der Waage heute Morgen.

Rachel seufzt. Sonst immer zu Scherzen aufgelegt, wird sie ganz sanft, als sie sieht, wie unglücklich und unzufrieden ich bin.

„Ach, Liz. Ich wünschte, das alles bliebe dir erspart“, sagt sie voller Mitgefühl. Und dann passiert es. Die Krücke, auf die Tante Rachel sich stützt, hält ihrem Gewicht nicht länger stand. Krachend bricht sie entzwei. Rachel schwankt eine Millisekunde, dann geht sie zu Boden wie ein Fels. Es geht so schnell, dass ich keine Chance habe zu reagieren, obwohl ich direkt neben ihr stehe. Ich halte immer noch den schlafenden Teddy im Arm. Mit einem dumpfen Schlag, der fast das seltsame Schnalzen übertönt, kommt Rachel auf dem Boden auf. Sie ächzt, als die Luft aus ihren Lungen entweicht. Dann stöhnt sie qualvoll.

„Rachel!"

Als ihr überdimensionaler Rock übers Knie rutscht und zwischen Saum und Kompressionsstrumpf den Blick auf einen schmalen Streifen Haut freigibt, dreht sich mir beinah der Magen um. Rachels Haut ist fleckig. Trocken dunkelrot, an manchen Stellen fast schon blau.

„Hast du dir wehgetan?", rufe ich und versuche, ihr aufzuhelfen. Zum Glück ist Charlotte gleich da und nimmt mir den Kleinen ab.

„Nicht! Au! Ahhhh." Rachels Gesicht ist schmerzverzerrt.

„Wo tut es weh?"

Wieder verzieht sie das Gesicht. „Ahhh", stöhnt sie und greift sich ans Knie. Ich beuge mich vor, um es genauer anzusehen.

Verdammt!

Es ist glänzend rot. Von Sekunde zu Sekunde wird es dunkler. Man kann förmlich dabei zusehen, wie es anschwillt.

Ein spitzer Schrei ertönt. Mom. Dann noch einer, das muss Mrs. Meyer gewesen sein. Alle Anwesenden haben sich mittlerweile um uns geschart.

„Was sollen wir tun? Was sollen wir nur tun?", kreischt meine Mutter hysterisch. Wie ein kopfloses Huhn rennt sie im Wohnzimmer umher. „George! George!", ruft sie panisch nach meinem Vater. Aber Dad und Max sind immer noch mit dem Van unterwegs. Ebenso Mr. Meyer. Es ist kein einziger Mann unter siebzig mehr im Haus.

Rachels Atmung wird flacher. Ihr ganzes Bein ist mittlerweile dunkelrot.

„Wir können nicht auf sie warten", beschließe ich. „Helft mir, sie in den Wagen zu setzen. Ich fahre sie ins Krankenhaus."

Charlotte runzelt die Stirn. „Sollen wir nicht lieber einen Krankenwagen rufen?"

Ich überlege kurz. Aus eigener Erfahrung weiß ich, dass man für Personen unseres Kalibers – und Tante Rachel ist noch sehr viel dicker als ich – spezielles Equipment benötigt. Eine normale Krankentrage würde wohl unter ihrer Last zusammenbrechen. Gott weiß, wie lange es dauert, einen speziellen Transport zu organisieren. Die breite Rückbank von Dads Grand Cherokee ist da wahrscheinlich besser geeignet. Außerdem ist sie so ja auch hergekommen.

„Nein", antworte ich nur, um die Sache abzukürzen. „Ich nehme Dads Jeep."

Ich schiebe meine Arme unter Rachels Schultern. Charlotte und Mom kommen dazu.

„Packt mit an. Auf drei. Eins. Zwei. Und drei."

„Hmpf", nichts tut sich. „Nochmal. Eins, zwei, und hoch!" Keine Chance. Allmählich werde ich nervös. Und wütend. Obendrein ist das furchtbar anstrengend. „Na los, steht nicht nur blöd rum. Packt alle mit an", brülle ich. Und erst jetzt kommt Bewegung in die träge Zuschauermasse. Als sich Dutzende Hände unter Rachels massigen Körper schieben, wirft sie mir einen tief beschämten Blick zu. Mein Herz wird ganz schwer. Meine starke, selbstbewusste Tante, die auch mal gern die ernstesten Themen ins Lächerliche zieht, so schwach und verletzlich zu sehen – das tut mir so weh, dass ich wegschauen muss.

„Nochmal. Alle zusammen. Eins, zwei, dreiiiiii." Mit vereinten Kräften, schaffen wir es endlich, Tante Rachel hochzuhieven und ins Auto zu verfrachten. Wenigstens ein Bein kann sie belasten und sich so zumindest einigermaßen selbst aufrecht halten.

„Soll ich mitkommen?", fragt Charlotte besorgt.

„Nein", antworte ich schnell, obwohl ich froh wäre, sie würde mich begleiten. Ich bin völlig außer Atem. „Bleib du besser bei Teddy. Er ist ja ganz durch den Wind." Weinend hat er sich an den Hals seiner Mutter geklammert.

„Soll ich mit?", fragt Mom dann. Lieb gemeint, aber ihr hysterisches Gequieke ist im Moment eher kontraproduktiv.

„Nein, ich schaffe das schon. Außerdem kannst du deine Gäste nicht allein lassen. Ich melde mich, sobald ich mehr weiß", sage ich beim Einsteigen und lasse den V8 mit einem durchdringenden Röhren an.

„Ok", fiept Mom und winkt bedröppelt, als ich mit Tante Rachel auf der Rückbank die Straße entlang brettere.

„Geht's einigermaßen?", frage ich in den Rückspiegel.

„Ja", presst Rachel tapfer hervor.

Ich parke direkt vor der Notaufnahme. Dort, wo auch die Krankenwagen halten. Die haben am ehesten das Equipment, das wir benötigen, Rachel sicher rein zu bringen. Ich brauche eine bereite, stabile Trage, einen speziell verstärkten Rollstuhl oder etwas Ähnliches. Die vielen „Parken verboten"- und „Nur für Krankentransporte"-Schilder ignoriere ich einfach. Genau genommen ist das hier ja ein Krankentransport.

„Warte hier, ich bin sofort wieder da."

Warte hier? Bin ich bescheuert? Wo soll sie denn auch hin?

Doch kaum, dass ich ausgestiegen bin, kommt mir ein Sanitäter fuchtelnd entgegen. „Miss! Sie dürfen hier nicht parken. Das ist nur für Krankenwagen!"

„Aber das ist ein Notfall!"

„Es kommt gleich ein fünfjähriges Kind mit kollabierter Lunge! Haben Sie einen dringenderen Notfall?!", schreit er mich an.

„Nein", räume ich kleinlaut ein, „aber …"

„Räumen Sie die Zufahrt!"

„Aber-"

„Sofort!"

„Schon gut." Ich steige ein und fahre einmal um das Gebäude herum. Rachel stöhnt vor Schmerzen. Jetzt parke ich direkt vor dem Haupteingang. „Bin gleich zurück", verspreche ich ein zweites Mal und spurte los. Mein Puls geht so schnell, dass ich Angst habe, in meinem Gehirn könnte gleich eine Ader platzen.

„Ich brauche Hilfe!", rufe ich beim Hereinkommen.

„Hier können Sie nicht stehenbleiben", weist mich die Frau am Empfangstresen barsch zurecht.

Schnell gehe ich zu ihr, spreche gedämpft, aber mit der nötigen Dringlichkeit. „Ich brauche dringend Hilfe, meine Tante- …

„Fahren Sie den Wagen weg. Dieser Parkplatz ist für unsere diensthabenden Ärzte reserviert", pflaumt sie mich an.

„Aber das ist ein Notfall. Meine Tante ist schwer gestürzt und hat sich das -"

„Die Besucherparkplätze finden Sie auf der Westseite des Gebäudes. Weitere Parkplätze zweihundert Meter weiter", unterbricht sie mich erneut, und plötzlich fährt mir die Wut wie ein brennendes Schwert über den Rücken.

„Jetzt hören Sie mal zu! Ich habe eine verletzte zweihundert Kilo schwere Frau auf dem Rücksitz dieses Jeeps. Ich fahre nirgendwohin, solange sie noch da drin liegt.“ Ich hebe den Zeigefinger und strecke ihn ihr ins Gesicht. „Sollte sich ihr Zustand verschlechtern, weil sie nicht umgehend medizinisch versorgt wurde, mache ich *Sie persönlich* dafür verantwortlich!“ Ich schnaufe schwer, mein Zeigefinger steckt fast in ihrem Nasenloch. Nur peripher nehme ich wahr, dass etliche Augenpaare auf mich gerichtet sind. Der Wartebereich liegt recht ungünstig direkt neben dem Eingang.

Die Krankenhausangestellte blinzelt. Dann greift sie zum Hörer hinter ihrem Tresen.

„Zweihundert Kilo?“, fragt sie noch einmal mit hochgezogenen Augenbrauen.

Ich nicke. Sie hält sich das Mikrophon an den Mund. Als sie spricht, hallt ihre Stimme über die Lautsprecher durch die breiten Flure.

„Mobiler Lifter zum Haupteingang. Mobiler Lifter zum Haupteingang.“

„Danke!“, stoße ich erleichtert hervor. Und wenige Augenblicke später kommen zwei Pfleger um die Ecke gebogen. Mit dem *mobilen Lifter*. Ich muss schlucken. Denn offenbar handelt es sich dabei nicht, wie ich dachte, um einen besonders stabilen Rollstuhl, sondern um eine Art Flaschenzug, an dessen unterem Ende ein Tuch aus reißfestem Material befestigt ist. Ein Hängesitz, der an einem Kran baumelt. Ich schlage die Augen nieder. Wie sich Tante Rachel gleich dafür schämen wird, bereitet mir fast körperliche Schmerzen. Doch es hilft nichts. Da muss sie jetzt durch. Wir beide müssen das.

Als ich die hintere Tür des Jeeps aufreiße, finde ich Rachel in gekrümmter Haltung vor, Schweißperlen glänzen auf der Stirn. Ob das von den Schmerzen herrührt oder sie bereits Fieber hat, kann ich nicht beurteilen. Es muss dringend ein Arzt her.

Die beiden Pfleger müssen einen dritten dazu holen, aber erst als auch ich kräftig mit anpacke, schaffen wir es, meine Tante aus dem Auto und in den Lifter zu befördern. In dem Tuch baumelnd wie ein Babyelefant, den ein metallischer Storch seiner stolzen

Elefantenmutter bringt, schieben wir sie über den Ärzteparkplatz durch den Eingangsbereich des Krankenhauses. Der Wartebereich ist gut gefüllt. Sofort zerreißen sich die Leute ihre Mäuler. Zum Glück dauert es nicht lange, bis die herbeigerufene Ärztin kommt.

„Hallo, ich bin Dr. Miller. Was haben wir hier?“, will sie wissen. Sie ist sehr schlank. Die blonden Haare hat sie zu einem Dutt gebunden und ihre grünen Augen sind hellwach.

„Sie ist gestürzt und hat sich das Bein verletzt“, erkläre ich. Ich will nicht noch mehr Zeit verlieren und bemühe mich, ihr schnellstmöglich alle nötigen Informationen zu geben. „Sie klagt über starke Schmerzen im rechten Knie. Es ist sehr schnell angeschwollen, wurde zuerst rot und dann blau. Ach ja – und da war so ein komisches schnalzendes Geräusch, als sie gefallen ist.“

Dr. Miller nickt. „Sind Sie eine Angehörige der Patientin?“, fragt sie, als wir schließlich im Behandlungszimmer ankommen, wo Rachel, die noch immer mit schmerzverzerrtem Gesicht in diesem Tuch am Mini-Kran baumelt, endlich auf ein *normales* (in ihrem Fall wahrscheinlich ein extra stabiles) Krankenbett verfrachtet wird.

„Ja. Ich bin ihre Nichte.“

Sie nickt. Klar, die Ähnlichkeit ist ja auch unverkennbar. Als sie sich Rachel zuwendet, huscht ein beruhigendes Lächeln über das Gesicht der Ärztin. Mit ein bisschen mehr Schlaf und ein wenig Make-up könnte man sie durchaus als schön bezeichnen.

„Jetzt sehen wir uns das mal an.“

Als nächstes streift sie sich Gummihandschuhe über und tastet vorsichtig Rachels Knie ab.

„Tut es hier weh?“

„Auuuu“, jault Rachel zur Antwort. Das bedeutet wohl Ja.

„Und hier?“

Rachel nickt und beißt sich auf die Unterlippe. Der Schweiß läuft ihr über das gerötete Gesicht.

„Scheint als wären Sie recht unglücklich gefallen. Haben Sie sich außer am Knie bei dem Sturz sonst noch irgendwo verletzt?“

„An der Schulter“, presst sie zwischen zusammengebissenen Zähnen hervor, woraufhin wir Rachels schweren Arm aus der Bluse schälen, damit Dr. Miller sich ihre Schulter genauer ansehen kann.

„Nur eine Prellung“, befindet sie nach eingehender Untersuchung und streift sich die Handschuhe ab. „Okay. Wir röntgen erst mal das Knie, machen ein Blutbild wegen der Entzündungswerte und noch ein paar andere Tests. Dann sehen wir weiter. Sie …“

„Molly“, stelle ich mich schnell vor.

„Sie können so lange im Wartezimmer Platz nehmen, Molly.“

KAPITEL 11

Spieglein, Spieglein an der Wand …

Während Rachel zum Röntgen geschoben wird, gehe ich zurück zum Wartebereich, wo ich zwischen sonntäglichen Sportverletzungen, gequetschten Daumen und hustenden Kindern Platz nehme. Die Aufmerksamkeit, die ich mit meinem Auftritt vorhin erregt habe, ist mir peinlich. Auch, wenn sie es hinter aufgeklappten Zeitschriften und vorgehaltenen Händen zu tarnen versuchen, kriege ich sehr wohl mit, dass die Leute über mich reden. Ich bin ja nicht blöd. Was soll's – jetzt kriegt Rachel wenigstens Hilfe. Das war's wert.

Ich nutze die Wartezeit, um meine Familie per WhatsApp auf den neuesten Stand zu bringen. Mom hat in der Zwischenzeit schon siebenmal angerufen. Das erste Mal gerade fünf Minuten nachdem ich weggefahren bin. *Echt jetzt?!* Wie, glaubt sie, hätte ich da ans Telefon gehen können?

Rachel wird gerade ger ntgt. Ich sitze im Wartezimmer. Ihr braucht nicht herzukommen. Ich melde mich, sobald ich mehr weiß.

Eine gute Stunde, die ich mich durch Facebook und Instagram scrolle, später werde ich ins Behandlungszimmer gerufen. Rachel sieht erstaunlich entspannt aus. Erst auf den zweiten Blick sehe ich, dass man ihr mittlerweile einen Zugang gelegt hat. Eine durchsichtige Flüssigkeit wird tröpfchenweise in ihren Blutkreislauf geleitet.

„Das Röntgen ergab keinen Befund", klärt Dr. Miller Rachel und mich auf. „Das ist einerseits gut, da wir eine Fraktur ausschließen können, andererseits können wir nicht mit Gewissheit sagen, was Sie sich bei dem Sturz verletzt haben."

„Und jetzt?", will ich wissen.

„Normalerweise würden ich an dieser Stelle eine Magnetresonanztomographie, kurz MRT, anordnen, um Knorpel, Sehnen, Muskeln, Bänder und die gesamte Weichgewebestruktur des Knies zu untersuchen. Anhand der Bilder kann man einen recht eindeutigen Befund erheben." Sie atmet ein. „Das Problem ist nur – und es tut mir leid, aber ich muss das so plakativ ausdrücken – dass Sie nicht in das Gerät passen."

Rachel schluckt schwer. Durch ihre aufgeweckte und forsche Art hat sie es bisher immer geschafft, ihre Unsicherheit zu überspielen. Jetzt ist davon nichts mehr übrig. Ich kann ihre Scham und Verlegenheit fast körperlich spüren.

Ich muss mich räuspern. „Gibt es denn keine, ich weiß nicht, mobilen Geräte, oder so? Ich meine, röntgen konnten Sie sie ja auch."

Sie schüttelt den Kopf. „Beim MRT-Gerät handelt es sich um eine Röhre, in die sich der Patient sozusagen hineinlegen muss."

„Verstehe", sage ich knapp, und dann fällt mir nichts mehr ein. Mehrere Sekunden drückenden Schweigens folgen.

„Anhand des Tastbefundes und der Entwicklung der Verletzung innerhalb der ersten Stunde, würde ich, wenn ich mich festlegen müsste, einen Kreuzbandriss diagnostizieren. Zumal Sie sagten, Sie hätten ein Schnalzen gehört. Das ist ein ganz typisches Anzeichen. Möglicherweise ist zusätzlich auch der Meniskus angerissen."

„Okay", erwidere ich und bin erleichtert, dass das hier nicht vorschnell in einer Sackgasse endet. „Also gibt es doch etwas, das wir tun können. Braucht sie eine Operation?"

Dr. Miller sieht schon eine ganze Weile nur mich an. Wir reden über Tante Rachel, als wäre sie gar nicht da. Dann wendet sie den Blick hinüber zur eigentlichen Patientin. „Ja. Allerdings kann man die Operation bis zu einem Jahr nach dem Kreuzbandriss durchführen. Sie könnten es zunächst damit versuchen, die Stabilität durch gezielten Muskelaufbau wiederherzustellen. Begleitend zum Training ist dazu eine deutliche Gewichtsreduktion sehr anzuraten." Die Ärztin klingt ernst.

Tante Rachel verzieht das Gesicht.

„Normalerweise ist das ein Routineeingriff und kann minimalinvasiv durchgeführt werden. Bei Ihnen kommt jedoch ein erheblicher Risikofaktor hinzu.“ Dr. Miller macht eine Pause. Als sie weiterredet, sieht sie Rachel direkt in die Augen. „Ihr Übergewicht hat lebensbedrohliche Ausmaße, Mrs. Bilton“, sagt sie, ohne einen Funken Rücksicht auf Rachels Gefühle zu nehmen. Oder meine. „Und es ist dabei nicht nur der Eingriff selbst, den der Chirurg unter erschwerten Bedingungen bewerkstelligen muss. Schon bei der Narkose und auch bei der Nachsorge können erhebliche Komplikationen auftreten.“

„Komplikationen? Inwiefern?“, piepst Rachel.

„Nun, diese reichen von erschwerter Atmung und Reflux durch die Rückenlage während des Eingriffs, über ein erhöhtes Thrombose- und Embolie-Risiko, die erhöhte Gefahr eines Atem- oder Herzstillstands durch die Narkotika, bis hin zu Wundheilungsstörungen und schweren Infektionen im Nachgang – selbst bei einer gelungenen Operation.“

Rachel beginnt zu weinen. Ich kann es fast nicht mitansehen. Dr. Miller greift nach Rachels Hand.

„Ich sage das nicht, um Ihnen Angst zu machen, und es liegt mir fern, mich in ihr Leben einzumischen, aber als Ärztin ist es meine Aufgabe, Sie bestmöglich über die Risiken dieser Operation, als auch über die Folgen Ihres Übergewichts aufzuklären.“

„Das haben Sie ja jetzt!“, platzt es aus mir heraus, ehe ich groß darüber nachdenken kann. Auch, wenn sie Recht hat, mit dem, was sie sagt, halte ich es kaum aus, wie unverblümt und gefühllos sie das Thema angeht. Die hat leicht reden. Mit ihren fünfundfünfzig, vielleicht sechzig Kilo. Die hat ja überhaupt keine Ahnung, wie es ist, wie wir zu sein.

Dr. Miller wirft mir einen aufrichtigen Blick zu. Diese Frau strotz nur so vor Integrität. Und sofort bereue ich, sie angeschnauzt zu haben.

„Es tut mir leid“, sage ich schnell. „Es ist nur … es ist hart, das zu hören“, beim Reden spüre ich einen Kloß in meinem Hals.

„Das ist es“, stimmt die Ärztin zu, ohne mit der Wimper zu zucken. „Aber, um eine fundierte Entscheidung treffen zu können, ist es unerlässlich, dass Sie alle Vor- und Nachteile kennen. Und die Risiken.“

Rachel schlägt die Augen nieder. Tränen fließen ihre Wimpern entlang. „Wissen Sie, wie lange ich schon versuche abzunehmen?“, fragt sie leise. Man braucht kein Sprachexperte zu sein, um zu erkennen, dass das eine rhetorische Frage war.

Dr. Miller nickt, dann atmet sie tief durch. „Das ist noch nicht alles."

Was kommt denn jetzt noch? Himmelherrgott!

„Um ehrlich zu sein, es ist gar nicht die Knieverletzung, die mir am meisten Sorge bereitet."

„Nicht?", fragt Rachel, und ihre Stimme kling dabei so belegt, dass ich plötzlich das Bedürfnis habe, mich zu räuspern.

„Nein. Die verstopften Beinarterien sind eindeutig das akutere Problem. Das Knie können wir aufschieben, aber bei einer so weit fortgeschrittenen Arteriosklerose haben wir so gut wie keinen Spielraum. Sie leiden unter Grad zwei, an manchen Stellen auch schon Grad drei – die ausgeprägteste Form. Die Gefahr, einen Herzinfarkt oder Schlaganfall zu erleiden, ist bei Grad zwei schon sehr hoch, bei einer Grad drei Arteriosklerose kann es buchstäblich jederzeit zum Infarkt kommen. Erschwerend hinzu kommen Hypertonie, also Bluthochdruck, und Ihr Diabetes."

„Du hast Diabetes?", frage ich Rachel.

Sie nickt stumm. Sonst so wortgewandt und schlagfertig, bringt sie jetzt keinen Ton heraus. Ich erleide heute einen Schock nach dem anderen. Angefangen beim Wiegen heute Morgen bis hin zum Diabetes und der akuten Schlaganfall- und Herzinfarktgefahr meiner Tante.

„Was können wir tun?", frage ich flehend. Das Gefühl der Hilflosigkeit, das sich in meinem Inneren ausbreitet, macht mich panisch. Meine Hände beginnen vor lauter Unruhe zu zittern.

„Wir müssen die Arterien weiten, um eine bessere Durchblutung der Beine zu gewährleisten. Dazu werden mehrere Stents gesetzt."

„Durchblutungsstörungen? Sind ihre Beine deshalb so blau?", frage ich vorsichtig. Ich will Rachel nicht verletzen und finde es furchtbar, mit der Ärztin in Rachels Beisein so über sie zu reden.

Dr. Miller nickt und dann spricht sie aus, was jeder weiß und niemand hören will. „Verantwortlich für diese Ablagerungen in den Gefäßen ist in den meisten Fällen falsche Ernährung. Das erhöht die Blutfettwerte und dieses Fett macht die Arterien dicht."

„Blutfett? Sie meinen Cholesterin?", frage ich nach.

„Ja."

Rachel reißt die Augen auf, als wäre endlich das Stichwort gefallen, auf das sie schon die ganze Zeit wartet.

„Aber kriegt man das nicht von zu vielen Eiern und Butter und so?", will sie wissen, und ich bin erleichtert, dass sie wieder am Gespräch teilnimmt. „Ich meine, ich bin fett – ganz offensichtlich, aber so viele Eier und fettige Sachen esse ich eigentlich gar nicht. Ich bin eher ein Süßmaul. Hab immer eine Tüte Gummibärchen in der Handtasche", fügt sie scherzend hinzu, aber der Witz kommt nicht an. Weder bei mir noch bei Dr. Miller. Was soll das? Glaubt Rachel, sie kann sich aus der Sache rausreden? Von wegen: *Ich esse keine Eier, und darum kann die Diagnose nicht stimmen?*

„Ja, das klingt zunächst paradox", erklärt die Ärztin, „aber in den meisten Fällen ist es gar nicht das Fett, das uns fett macht, sondern der Zucker."

Und wieder kehrt Stille ein. Rachel beißt sich frustriert auf die Unterlippe.

„Und wenn sie den Zucker einfach weglässt?", schlage ich vor in dem verzweifelten Versuch irgendwas zu sagen.

Hörst du dich eigentlich selbst reden? Fass dich mal an die eigene Nase!

Rachel sieht mich verständnislos an. „Einfach weglassen? Und wie soll ich auch nur ein Wort zu Papier bringen, wenn ich meinem Gehirn die Nahrung verweigere?"

„Ihre Nichte hat schon Recht", pflichtet Dr. Miller mir bei. „Ihr Gehirn wird durch eine ausgewogene, nährstoffreiche Diät am besten versorgt. Zugesetzten Zucker braucht es dazu nicht. Im Gegenteil."

„Kreativ arbeiten ohne Zucker?", Rachel lacht in vorgetäuschter Überheblichkeit. „Sie haben offensichtlich noch nie ein Buch geschrieben."

Erstaunt beobachte ich, wie meine eben noch todtraurige Tante plötzlich in den Kampfmodus wechselt, sobald es ihren Ernährungsgewohnheiten an den Kragen geht. Fast erinnert sie mich an eine Süchtige, der man den Stoff wegnehmen möchte.

Dr. Miller lächelt nahsichtig. „Die positive Reaktion auf Zucker ist ein Überbleibsel aus der Evolution des Menschen. In der Steinzeit war es nämlich überlebenswichtig, möglichst schnell an möglichst viel

Energie zu kommen. Durch das heutige Überangebot an Nahrung in vielen Teilen der Welt ist das zwar längst überflüssig geworden, jedoch laufen im Gehirn noch immer die gleichen Prozesse ab wie damals. Wenn wir Süßes sehen, wie beispielsweise einen Milchshake oder ein Stück Schokoladentorte, wird schon beim bloßen Anblick im Gehirn Dopamin freigesetzt. Das ist ein Neurotransmitter, der im Volksmund gern auch als Glückshormon bezeichnet wird. Mit Hilfe des Dopamins befiehlt uns unser Gehirn also: „Hol's dir! Du brauchst das!" Und sobald wir das Süße dann schmecken, setzt unser Hirn Endorphine frei – und wir fühlen uns fantastisch. Das ist der Effekt, den der Genuss von Zucker auf Ihre Leistungsfähigkeit hat."

Rachel sieht nicht sonderlich überzeugt aus. Vielleicht will sie es aber auch nur nicht wahrhaben. Wie ich selbst, ist auch Rachel eine wahre Meisterin im Ignorieren von Tatsachen, wenn es ihr nicht in den Kram passt.

„Zucker bedient im Gehirn dieselben Areale wie Nikotin, Kokain oder Sex. Doch die Wirkung hält nicht lange an. Es tritt sehr schnell ein Gewöhnungseffekt ein. Bleibt der Nachschub dann aus, sacken Blutzuckerspiegel und Endorphine rapide ab, und unsere Laune sinkt in den Keller. Auch das kennen Sie bestimmt. Und um dieses Tief zu überwinden, verlangt unser Gehirn nach mehr Zucker. Und schon sind wir im Teufelskreis gefangen", erklärt sie, und Rachel sieht aus, als würde sie sich am liebsten die Ohren zuhalten. „Dass Zucker schlecht für die Zähne ist, das weiß jedes Kind. Aber das ist nur die Spitze des Eisbergs. Unzählige Krankheiten werden durch den übermäßigen Konsum begünstigt oder sogar ausgelöst. Das reicht von Karies über Diabetes Typ zwei, an dem Sie leiden, bis hin zu diversen Krebsarten."

Ich schlucke schwer. All das habe ich schon mal gelesen, gehört oder in einer Fernsehdokumentation gesehen. Es jedoch so geballt vor Augen geführt zu bekommen, während Tante Rachel als lebender Beweis auf dem Krankenbett direkt vor mir liegt, ist nochmal von ganz anderer Qualität. Je mehr ich darüber höre, desto erschreckender wird das Ganze. Dabei ist Dr. Miller noch gar nicht fertig.

„Es gibt sogar Studien, die belegen, dass Krebszellen sich ausschließlich von Zucker ernähren. Was im Umkehrschluss bedeutet, dass Zucker das Wachstum von Krebszellen fördert."

Darauf springt Rachel an, als ob es um ihr Leben ginge. „Soll das heißen, jeder ist selbst schuld, wenn er Krebs bekommt, weil er sich schlecht ernährt?! All die Frauen, die an Brustkrebs erkranken. Und die Kinder! Was ist mit den krebskranken Kindern? Sind die auch selbst schuld?"

„Nein, das heißt es nicht", korrigiert Dr. Miller. Ruhig und sachlich. „Ernährung ist nur einer von vielen Risikofaktoren. Aber übermäßiger Zuckerkonsum kann den Verlauf der Krankheit negativ beeinflussen. Und zwar drastisch."

„Dann muss ich also einfach den Zucker weglassen und bin im Handumdrehen wieder gesund", entgegnet Rachel mit beißendem Sarkasmus. „Bahnbrechend!"

Dr. Miller lässt sich nicht auf Rachels Provokation ein. Als sie antwortet, klingt sie immer noch professionell und souverän. „Das ist zwar sehr vereinfacht ausgedrückt, aber Ihr Gedanke geht in die richtige Richtung. Viele Ihrer Symptome können durch eine zuckerarme Diät gelindert werden oder sogar ganz verschwinden. Nach der Operation rate ich Ihnen also dringend zu einer Ernährungsumstellung."

Rachel scheint überrascht. „Wie? Sie operieren mich, UND ich muss auf Diät?"

„Mit der Operation allein ist es nicht getan. Wenn Sie Ihren bisherigen Lebensstil fortsetzen, ist es nur eine Frage der Zeit, bis wir uns wiedersehen. Das Beste wäre ein stationärer Aufenthalt in einer Rehaklinik, die auf Adipositas spezialisiert ist, direkt im Anschluss an Ihren Aufenthalt hier."

Rachel schnaubt wie ein genervter Teenager.

„Auf die Gefahr hin, mich zu wiederholen. Es ist ernst, Mrs. Bilton. Nehmen Sie das als Warnschuss. Wenden Sie sich an eine Ernährungsberatung, bauen Sie Bewegung in Ihren Tagesablauf ein. Fangen Sie an mit zwanzig Minuten Spazierengehen täglich, und steigern Sie sich kontinuierlich. Ihr Körper wird es Ihnen danken." Noch während Dr. Miller spricht, dreht sich Rachel stöhnend auf die Seite und wendet uns den Rücken zu. Offenbar hat sie genug gehört.

Rachel soll noch heute operiert werden. Kreuzband und Beinarterien – beides in einem Aufwasch. Mom, Dad, Max und Charlotte waren in der Zwischenzeit hier, haben ein paar Tränen vergossen (Mom) und Rachel für die bevorstehende Operation Mut zugesprochen. Dann wurde sie abgeholt. Die Operation dauerte dreieinhalb Stunden. Sie ist gut verlaufen. Und nun sitze ich hier, an Rachels Bett und warte, dass sie aufwacht. Allerdings bin ich mir nicht ganz sicher, ob sie wirklich schläft oder einfach nur ihre Ruhe haben will. Dr. Miller kommt, um nach Rachel zu sehen. Ich äußere mich besorgt darüber, dass sie noch nicht aufgewacht ist.

„Das ist ganz normal", beruhigt sie mich. „Die OP war sehr anstrengend für Ihre Tante. Aber Ihre Werte sind gut, Puls und Blutdruck fast im Normalbereich, und das ist auch ein gutes Zeichen", ergänzt sie und deutet auf den halbvollen Urinbeutel, der an Rachels Bett baumelt.

„Da fällt mir ein Stein vom Herzen. Danke, Dr. Miller."

„Gern", erwidert sie und atmet durch. „Ich hoffe nur, Ihre Tante nimmt sich meine Worte zu Herzen. Mit Übergewicht dieses Ausmaßes ist nicht zu spaßen."

„Das hoffe ich auch. Ich bleibe auf jeden Fall dran", verspreche ich.

Sie nickt, dann hebt sie den Blick und sieht mich mit ihren aufrichtigen, klugen Augen an.

„Wieviel wiegen Sie, Molly?", fragt sie geradeheraus.

„Wieviel ... ich ... wie bitte, was?", ich fühle dermaßen überrumpelt, dass ich keinen geraden Satz zustande bringe. Hier geht es doch nicht um mich! Außerdem gilt es als ungeschriebenes Gesetz, dass man Dicke nicht nach ihrem Gewicht fragt. Genauso wenig, wie man Frauen, die der Pubertät eindeutig entwachsen sind, nach ihrem Alter fragt.

Ich hoffe, dass Dr. Miller ihre Frage zurücknimmt oder einfach ein neues Thema anschneidet, aber sie sieht mich unbeirrt an. Ihr Blick wirkt eisern. Ich sehe ihr an, dass ich ihrer Frage nicht einfach ausweichen kann. Einen Moment lang bin ich versucht, ihr zu sagen, dass sie das überhaupt nichts angeht und einfach abzuhauen, aber dann wird mir klar, dass das die reinste Doppelmoral wäre. Wenn es um Tate Rachel geht, habe ich kein Problem damit, die Dinge offen anzusprechen. Wieso sollte es also etwas anderes sein, wenn es um mich geht?

Ihre Augen lesen in meinem Gesicht. Plötzlich streckt sie den Rücken durch und richtet sie sich auf. „Wie viel wiegen Sie, Molly?“, wiederholt die junge Ärztin ihre Frage.

„Einhundertdreizehn Kilo“, gestehe ich, und die Worte fühlen sich in meinem Hals an wie Rasierklingen.

Dr. Miller holt tief Luft. „Das ist zu viel.“

Ich schlucke gegen die Wüste in meinem Mund an. „Ich weiß.“ Wow, das ist neu für mich. Die meisten meiner Gesprächspartner umgehen das Thema höflich. Selbst Jenny und Faye gehen nur darauf ein, wenn ich selbst mein Gewicht zur Sprache bringe. Aber beiden scheint es so unangenehm zu sein, dass sie das Thema bei der ersten sich bietenden Gelegenheit wechseln. Manchmal fühlt es sich an, als stünde der sprichwörtliche Elefant mitten im Raum und niemand würde auch nur ein Wort dazu sagen.

Dr. Miller sieht mir direkt in die Augen. „Achten Sie besser auf sich, Molly“, sagt sie. „Alles Gute.“

Und dann geht sie. Einfach so.

KAPITEL 12

Wenn doch nur alles so einfach wäre wie fett werden.

Seit ich aus Missouri zurück bin, einen Tag später als geplant, scheint es sich mein Boss zur Lebensaufgabe gemacht zu haben, mich fertigzumachen. Ich meine, noch mehr als sonst. Für keine Schikane ist sich der Mistkerl zu schade. Lässt mich stundenlang irgendwelche Dokumente kopieren, nur um mich dann am Abend Überstunden schieben zu lassen, weil ich mein Tagessoll nicht erfüllt habe. Als Jenny mir einmal verbotenerweise geholfen hat, ließ er sie zur Strafe hunderte Seiten lange Versicherungspolicen Korrektur lesen. In Papierform natürlich. Jenny musste eine Lupe zu Hilfe nehmen, um mit ihrer starken Sehschwäche überhaupt etwas entziffern zu können. Wie ich diesen Kerl hasse!

Ich hätte gern mehr Zeit mit meiner Familie verbracht, und es bedrückt mich, dass ich mich nicht mal richtig verabschieden konnte, weil ich ja die meiste Zeit bei Rachel im Krankenhaus war und dann auch zusehen musste, dass ich wenigstens den zweiten Flieger kriege.

Der einzige Lichtblick: mein dreißigster Geburtstag. Nicht etwa, weil ich mich darauf freue, älter zu werden – ich meine, wer tut das schon? – und auch nicht, weil ich mich und meinen Geburtstag so furchtbar wichtig nehme. Wobei der Dreißigste schon etwas Besonderes ist, oder? Früher dachte ich immer, mit dreißig ist man erwachsen. Keine Ahnung warum gerade dreißig, aber dieses Alter war für mich immer eine Art Schallmauer. Als wäre man plötzlich ein ganz anderer Mensch, sobald man sie durchbrochen hat. Aber damals habe ich auch gedacht, dass ich mit dreißig längt verheiratet wäre, ein oder zwei Kinder hätte und gertenschlank wäre – natürlich. Aber seht mich an. Vier Wochen sind es noch bis zu meinem großen Tag und von Veränderung keine Spur. Ich werde wohl einfach als neunundzwanzigjährige Molly einschlafen und als dreißigjährige Molly wieder aufwachen. Als Single, mit demselben miesen Job und demselben fetten Arsch wie immer. Aber wenigstens werde ich nicht allein sein. Denn der eigentliche Grund, warum ich mich so auf meinen Geburtstag freue, ist, dass Mom und Dad mich in New York besuchen kommen. Das erste Mal überhaupt. Dann zeige ich ihnen die Stadt, wir gehen schick essen, und danach sehen wir uns ein Musical an. Darauf freue ich mich schon seit Monaten. Zehn Kilo wollte ich bis dahin angenommen haben. Was heißt wollte? Ich will es immer noch. Doch leider läuft es mit dem Abnehmen nicht ganz so gut, wie ich es mir erhofft hatte. Dr. Millers Worte haben durchaus bleibenden Eindruck hinterlassen. Sie hat mich so motiviert, ich hätte meinen Hintern darauf verwettet, dass sich jetzt alles ändern wird. Dass ich es endlich durchziehen werde. Ernährungsumstellung, Sport – das volle Programm. Und so war es auch. Am Anfang. Gemüse, Salat, mageres Fleisch, ein bisschen Obst und literweise Wasser. Sonst nichts. Mein Gehirn schrie nach Zucker. Ich ließ es schreien. In zwei Wochen nahm ich sechs Kilo ab. Ich belohnte mich mit einem sündhaft teuren Outfit für meinen Geburtstag. Ich blieb dran, und zwei weitere Kilos schmolzen dahin. Diesmal gönnte ich mir zur Belohnung einen Donut. Ich versprach mir selbst, es weiter durchzuziehen und mir nur hin und wieder etwas zu erlauben. Zur Motivation. Eine kleine Belohnung für jeden Etappensieg. Das ist ab und zu mal drin, dachte ich. Schließlich hatte ich mir einen acht Kilo Puffer erarbeitet. Und zuerst waren es auch nur kleine Ausnahmen. Ein Mini-Croissant zum Frühstück, eine extra Scheibe Brot zum Salat in der Mittagspause, ein winziges Schokoladentörtchen zum Nachtisch – doch dann verselbständigte es sich irgendwie, und ehe ich mich versah, war ich wieder ganz die Alte. Mit einer Büroschublade voller Gummibärchen, einem Notfall-Snickers in der Handtasche und einem Gefrierfach, das praktisch nur aus Tiefkühlpizzen besteht. Meine guten Vorsätze habe ich schneller über Bord geworfen als ein Kettenraucher am Neujahrstag. Nach der anfänglichen Euphorie hatte mich der Alltag im Handumdrehen wieder. Ich dachte oft an Tante Rachel und Dr. Miller, aber zurück in New York, in derselben Wohnung, mit demselben Job und dem immer gleichen Tagesablauf – da war es nur eine Frage der Zeit, bis ich auch wieder zu meinem alten Selbst zurückkehrte. Es fühlt sich alles so unheimlich weit weg an. Als läge es schon Jahre zurück. Oder als hätte ich es nur geträumt.

Ich komme gerade von einem Horror-Arbeitstag nach Hause, als das Telefon klingelt. Es ist Mom.

„Rate mal!“, beginnt sie und ist ganz aus dem Häuschen.

„Hi Mom, was ist denn los?“, frage ich, während ich mir die Schuhe von den geschwollenen Füßen streife. Stundenlanges Stehen vor dem Kopierer und die ausgeprägte Neigung zu Wassereinlagerungen verstehen sich nicht besonders gut.

„Du sollst raten!“

Ich hole tief Luft. „Ich hatte einen langen Tag, Mom. Können wir das ein wenig abkürzen?“

„Das errätst du eh nie. Dein Dad und ich haben eine Karibik-Kreuzfahrt gewonnen!“

„Gewonnen?“

„Ja. Beim Preisausschreiben in der Zeitung. Das mit dem Kreuzworträtsel. Die mache ich schon seit Jahren. Und jetzt habe ich tatsächlich gewonnen! Ist das nicht der Wahnsinn? Karibik! Cocktails, Kokosnüsse, Blumenketten, weiße Strände. Ach, das wird herrlich, sag ich dir! Herr-lich!“

„Oh, wow. Das ist wirklich cool. Herzlichen Glückwunsch.“

„Ja, oder? Ich hab noch nie etwas gewonnen. Und jetzt das. Ich kann es gar nicht glauben.“ Moms Stimme klingt vor lauter Freude ganz schrill. Automatisch verzieht sich mein Mund zu einem Lächeln.

„Und wann geht's los?“

„Darum ruf ich dich gleich an“, gibt sie betreten zu.

Ich runzle die Stirn. „Ach ja?“

„Das Schiff legt in drei Wochen ab. Das heißt wir sind ... naja“, druckst sie herum.

Drei Wochen? Ich überschlage kurz.

„Ihr seid an meinem Geburtstag nicht da“, schließe ich tonlos. Mein Lächeln friert ein.

„Genau“, sie klingt erleichtert. Als sei sie dankbar, dass sie es nicht selbst aussprechen muss. „Da dürften wir gerade irgendwo zwischen St. Lucia und Barbados herumschippern", fügt sie hinzu und kichert verlegen.

Ich bringe keinen Ton heraus.

„Spätzchen? Bist du noch dran, Spätzchen?"

Ich schlucke den Kloß im Hals runter. „Äh, ja." Ich schlucke erneut. „Das ist … und die Tickets? Habt ihr den Flug nach New York nicht schon gebucht?"

„Ach, die konnten wir problemlos stornieren", erklärt Mom so beiläufig, als würde mich die Sache gar nicht betreffen.

„Ihr habt sie schon storniert?" Okay – wow, jetzt bin ich wirklich gekränkt.

„Ja, jetzt zahlt es sich mal aus, dass dein Vater immer eine Reiserücktrittsversicherung abschließt", sagt Mom gutgelaunt.

„Hehe", versuche ich mühsam, in ihr Lachen einzustimmen.

Sie hält kurz inne. „Und das ist auch wirklich okay für dich?"

„Ja, ja. Natürlich", erwidere ich und kämpfe bereits mit den Tränen. Ich fühle mich furchtbar, aber ich will ihr nicht die ganze Freude verderben. Wenn sie nur wüsste, was dieser Besuch mir bedeutet hat. Er ist im Moment das Einzige, das mich aufrecht hält. Würde sie denn gehen, wenn sie wüsste, wie wichtig es mir ist? Soll ich es ihr einfach sagen? Sie bitten, die Kreuzfahrt abzusagen? Sie ist schließlich meine Mutter. Ich sollte ehrlich zu ihr sein. Aber warum merkt sie es denn nicht von allein? Sollte eine Mutter nicht intuitiv spüren, wenn es ihrem Kind schlecht geht? Die Scheiß-Kreuzfahrt können sie ja auch später noch machen. Das ist ja nicht irgendein Geburtstag – Himmel Herr Gott!

Plötzlich stößt Mom einen spitzen Schrei aus. „Danke, Spätzchen!" Sie jubelt haltlos. „Ich freu mich so!"

Oh Mann …

„Und es macht dir wirklich nichts aus?"

„Nein, natürlich nicht", lüge ich schon wieder, jetzt ist die Sache eh schon gegessen. Im Nachhinein als Spielverderber dastehen, das will ich auf keinen Fall. Ich mache also gute Miene zum traurigen Spiel.

„Ich meine, wie oft gewinnt man denn schon eine Kreuzfahrt. Das habt ihr euch verdient nach dem Umzug und so."

„Ja, oder? Hach. Das wird wahrscheinlich unser letzter Urlaub, bevor die Zwillinge kommen. Dann sind wir erst mal eingespannt."

„Hmm", mache ich nur und blinzle. Mein Herz fühlt sich ganz schwer an.

„Wir kommen ein anderes Mal", verspricht Mom.

„Hmm", mache ich wieder. Wenn sie es nicht mal zu meinem Geburtstag herschaffen, bezweifle ich, dass sie es jemals tun.

„Wie geht's Rachel?", frage ich schnell, ehe Mom mich weinen hört. Und wie erwartet plappert sie sofort drauf los.

„Die Reha tut ihr unheimlich gut. Sie hat ein paar nette Leute kennengelernt und schon kräftig abgenommen. Ist ja auch klar, wenn nur Schonkost auf den Tisch kommt. Die Patienten müssen selbst kochen. Unter Anleitung natürlich. Alles komplett zuckerfrei, außerdem ohne Gluten und mit ganz wenig Fett, wusstest du das? Und damit niemand was reinschmuggelt, werden die Zimmer regelmäßig kontrolliert." Mom kichert. Es klingt beinahe schadenfroh. „Außerdem gibt es da ein straffes Sportprogramm. Sie darf das Knie noch nicht belasten, aber du glaubst gar nicht, was man alles im Sitzen machen kann. Die haben da ein eigenes Fitnessstudio. Und sogar ein Schwimmbad. Schwimmen ist für Rachel ja sowieso das Beste, wegen der Gelenke und so. Da kommen jeden Tag zwei bis drei Stunden Training zusammen. Rachel macht zwei Stunden Sport am Tag, kannst du dir das vorstellen, Spätzchen? Dazu noch Massagen, Lymphdrainage und ein Haufen anderes Wellness-Zeug. Sogar Reiki bieten die an. Super Konzept. Sehr gut durchdacht das Ganze. Charlotte und ich haben schon überlegt, ob das nicht auch was für dich wäre."

„Ach, habt ihr das?"

„Du darfst dir das jetzt nicht wie ein Krankenhaus vorstellen. Das ist mehr wie … Urlaub. Die haben eine ganz tolle Homepage, da kannst du dich …"

Ich lege den Hörer beiseite und beiße in ein Kissen, um nicht schreien zu müssen. Als ich ihn zwei Minuten später wieder ans Ohr halte, plappert Mom immer noch. Sie hat nicht mal gemerkt, dass ich weg war. So geht das noch eine halbe Stunde weiter. Sie erzählt von Charlotte, Max und Teddy, den neuen Nachbarn und deren kläffendem Hund, der sie in den Wahnsinn treibt. Ich klemme mir den Hörer zwischen Ohr und Schulter, nehme eine Fertiglasagne aus dem Gefrierfach und stelle sie in die Mikrowelle. Während ich warte, esse ich Schokoladeneis. Mit einem großen Löffel. Direkt aus der Verpackung.

„Alles in Ordnung?“, will Jenny am nächsten Tag im Büro wissen.

„Ja, schon. Es ist nur …“

„Ja?“

„Ach, nichts.“

„Jetzt sag schon.“

„Meine Eltern wollten mich eigentlich zu meinem Geburtstag besuchen kommen“, antworte ich kopfwackelnd und mache eine abtuende Handbewegung.

„Und jetzt kommen sie doch nicht?“ fragt sie durch den Spalt unserer Schreibtisch-Trennwand.

Ich schüttle den Kopf. „Sie gehen auf Kreuzfahrt.“

„Oh nein“, Jenny verzieht mitleidig das Gesicht. „Das tut mir leid.“

„Schon gut.“

„Was hattet ihr denn vor?“

„Nichts Besonderes. Ich wollte ihnen ein bisschen was von der Stadt zeigen. Sie waren noch nie in New York. Times Square, Empire State Building, das übliche Touristenprogramm. Abends wollten wir Essen gehen und uns ein Musical ansehen.“

„Klingt gut.“

„Hmm“, antworte ich mit dem Blick auf den Computerbildschirm.

„Welches Musical?“

„Spielt das eine Rolle?“

„Ich würde es schon gern vorher wissen. Nicht, dass ich schon drin war.“

„Haha“, erwidere ich tippend.

„Nein, im Ernst. Lass uns das machen.“

Ich stutze. „Wie? Wir beide?“

„Warum denn nicht?“ Jenny grinst. Hinter den dicken Brillengläsern wirken ihre Augen riesig. Wie die einer Puppe.

„Wirklich?“

„Na klar. Das wird toll.“

„Okay“, ist alles, was ich herausbringe. Ein Lächeln breitet sich auf meinem Gesicht aus.

„Warum sehe ich Sie nicht telefonieren?“, faucht Dempsey aus seiner Bürotür.

Jenny kichert, ich verdrehe die Augen und greife zum Hörer.

Nachdem ich wenigstens eine Versicherung verkauft habe, lässt Dempsey mich zähneknirschend gehen. Wahrscheinlich überlegt er sich schon, wie er mir morgen eins reinwürgen kann.

Auf dem Nachhauseweg laufe ich Faye in die Arme.

„Na, endlich Feierabend?“, fragt sie mich.

„Ja. Und wo kommst du gerade her?“ Ich wundere mich, dass ich sie ganz allein antreffe. Normalerweise hat sie immer mindestens zwei ihrer Kinder dabei.

„Vom Gynäkologen.“ Sie legt die Hand auf ihren Bauch. „CTG.“

„Ist mit dem Baby denn alles in Ordnung?“

„Ja, alles bestens“, antwortet sie und wedelt mit der Hand durch die Luft. Offenbar will sie nicht näher darauf eingehen.

„Jetzt guck nicht so, es ist alles in Ordnung.“

„Wenn du das sagst.“

Der Fahrstuhl bringt uns ratternd nach oben. Als wir vor ihrer Wohnung stehen, zögert Faye.

„Willst du mit uns essen?“, fragt sie, und es klingt mehr wie ein Hilferuf als eine Einladung. Aus ihren Augen spricht ein einziges „Ich kann nicht mehr.“ Sie sieht sehr, sehr müde aus. Ich beschließe, ihr heute Abend ein bisschen mit Haushalt und Kindern zu helfen.

„Gern. Warum nicht?“ Ist ja nicht so, dass ich außer essen, lesen und fernsehen irgendwas vorhätte.

Als wir reinkommen, glaube ich, mitten in eine Party geplatzt zu sein. „*Old McDonald had a farm*“ schallt in ohrenbetäubender Lautstärke aus der Soundbar. Paul und alle vier Kinder singen aus voller Kehle.

„Was ist denn hier los?“, fragt Faye lachend. „Kaum ist der Captain nicht an Deck, tanzen die Mäuse auf dem Tisch, oder wie?“

„Hallo Schatz“, Paul stürmt auf Faye zu, schnappt sie bei den Hüften, wirbelt sie im Kreis und gibt ihr dann einen Kuss. „Was sagt der Arzt?“

„Alles in Ordnung. Nur Senkwehen."

„Jetzt schon?", fragt er skeptisch.

„Mach dir keine Sorgen."

„Wie du meinst. Du weißt es am besten."

„Hi, Molly."

„Hi, Paul."

„Mommy!", wird Faye nun auch von den Kindern stürmisch begrüßt. Leyla, June und Ben schlingen sich um Fayes Beine, Jaden tapst jauchzend auf sie zu. Vom Tanzen und Spielen sind die Kinder ganz verschwitzt. Als kurz darauf das Lied endet, schreien alle: „Nochmal!", woraufhin Paul sein Handy zückt, den Play Button drückt und den alten McDonald noch eine Runde drehen lässt.

Es gibt Makkaroni mit Käse und Salat. Als Paul sich im Unterhemd an den Tisch setzt, zieht Faye die Augenbrauen hoch.

„Wenn ich gewusst hätte, dass John McClane zum Essen kommt, hätte ich was Anständiges gekocht."

Ich muss so lachen, dass ich mich verschlucke. Fast vergesse ich, wie beschissen mein Tag war. Die Essen bei meinen Nachbarn genieße ich immer sehr. Bei den Duncans ist immer was los. Es wird gelacht, gescherzt, gezankt und geliebt, wie es sich für eine Familie gehört. Wenn ich bei ihnen am Tisch sitze, gehöre ich dazu. Bin Teil dieser wunderbaren, chaotischen Familie. Wenigstens für die Dauer des Augenblicks. So lange ich bei ihnen bin, vergesse ich meine Probleme. Negative Gedanken haben hier keinen Platz. Abgesehen davon, ist es einfach viel zu laut, um sich auf seine Sorgen zu konzentrieren. Oder auf irgendetwas anderes.

„So und jetzt entschuldigt mich. Papa braucht ein paar Minuten für sich", verkündet Paul und verschwindet kurzerhand im Badezimmer.

„Musst du mal?", fragt Ben stirnrunzelnd nach.

„Du hast es erfasst, mein Sohn", antwortet Paul und zieht entschlossen die Tür hinter sich zu, woraufhin auch die Kinder vom Tisch aufstehen.

„Halt! Zuerst wird abgeräumt", bestimmt Faye und klopft mit dem Zeigefingernagel auf die Holzplatte. Geräusche der Unmutsbekundung erfüllen den Raum. Faye ignoriert sie.

„Dann machen du und Jenny also einen drauf an deinem Geburtstag?", nimmt Faye unser Gesprächsthema von eben wieder auf.

„So würde ich das ja nicht nennen. Es ist eher ein netter Abend unter Freundinnen.“

„Habt ihr noch Platz für eine Dritte im Bunde?“

„Wie? Du willst mitkommen?“

„Wieso nicht? Das ist wahrscheinlich meine letzte Chance, bevor ich wieder ein halbes Jahr im Milchkuh-Modus versauere“, erwidert sie zwinkernd. „Meine Mom und Paul kümmern sich um die Kinder, und wir machen die Stadt unsicher. Na, wie klingt das?“

„Das klingt … GROSSARTIG!“ Stürmisch falle ich ihr um den Hals. „Danke Faye!“

„Doch nicht dafür.“

„Mama, was ist das für ein Geräusch?“, will Leyla stirnrunzelnd wissen. Geräusch? Ich horche auf, und dann höre ich es auch. So ein seltsames Stöhnen. Es klingt ganz nah, als käme es hier mitten aus dem Raum. Eine Frau, ein Mann und noch eine Frau. Das klingt wie …

Während ich noch überlege, hat Faye längst geschalten.

„Paul!“, brüllt sie in Richtung Badezimmer. „Dein Handy ist noch mit der Soundbar verbunden!“ Dann schüttelt sie den Kopf. „Was für ein Idiot …“

Ich weiß gar nicht, wann ich zuletzt so lachen musste. Das gibt bestimmt Muskelkater. Als ich kurz darauf zuhause auf dem Sofa liege, lege ich die Hand auf den Bauch. Gut zu wissen, dass sie noch da sind, die Muskeln. Irgendwo da drin.

Während der Fernseher im Hintergrund läuft, scrolle ich durch meinen Facebook-Feed. Schaue ein paar lustige Katzenvideos, gratuliere einer ehemaligen Kommilitonin zum Geburtstag, überfliege ein paar orthographisch fragliche Lebensweisheiten und lese ganz nebenbei die Worte *Chris Meyer ist in einer Beziehung mit Clary Berry*.

WIE BITTE – WAS?! Hab ich da gerade richtig gelesen? Chris hat seinen Beziehungsstatus auf Facebook geändert? Hat er mir nicht gesagt, dass das keinen was angeht und er nicht sein ganzes Leben im Internet ausbreiten will? So war das zumindest noch, als wir zusammen waren und ich ihn danach fragte, warum er seinen Status nicht ändert. Die beiden sind jetzt also zusammen. Hoch-Internet-offiziell. Na, das muss ja wirklich was Ernstes sein. Pah! Sogar meine Gedanken klingen sarkastisch. Ehe mir bewusst wird, was ich tue, habe ich Chris Profil angeklickt. Ach, sieh an, es gibt sogar ein Pärchen-Foto. Vor der Kulisse der nächtlich erleuchtenden Brooklyn Bridge schauen sich die beiden verliebt in die Augen. Ich muss gleich kotzen. Was fällt dem Mistkerl ein, so glücklich zu sein? Und was ist das überhaupt für ein Name? *Clary Berry*. Echt jetzt? Heißt die wirklich so? Ist das eine Art Kosename? Oder soll das irgendwie witzig sein? Wenn ja, dann verstehe ich es nicht. *Clary Berry* – klingt wie der Name einer Stripperin. Oder einer bescheuerten Zeichentrickfigur. Noch zwei neue Fotos. Scheint, als habe sie ihn zum Friseur geschickt und komplett neu eingekleidet. Er sieht gut aus. Verdammt gut. Ich würde mir zwar eher die Zunge abbeißen, als es auszusprechen, aber jetzt gerade, in diesem Moment, gehe ich vor lauter Neid und Eifersucht fast in Flammen auf. Warum vermisst er mich nicht? Warum hat er sich nie gemeldet? Warum wirkt er so glücklich? Und warum zum Teufel sieht er auf einmal so gut aus? Als wäre er neben ihr regelrecht aufgeblüht. Gepflegt. Rasiert. Hat richtig was aus sich gemacht. Ob ich will oder nicht, ich kann meine Augen nicht von ihm lösen. *Hör endlich auf, ihn anzustarren, blöde Kuh!*

Ja, warum ziehe ich mir das überhaupt ein? Es ist vorbei. Was Chris tut oder nicht tut und mit wem er zusammen ist, kann mir doch scheißegal sein. Schnell kneife ich die Augen zusammen. Verdammtes Facebook. Ich wische nach oben und wechsle zum Home Bildschirm. Na, dann lieber Instagram. Dort hat Chris wenigstens kein Profil. Aber wer weiß, vielleicht ist er neuerdings unter die Influencer gegangen. Zuzutrauen wäre es ihm ja, nachdem was ich gerade gesehen habe. Gut möglich, dass er plötzlich in einem der Fitness-Accounts und Hashtags auftaucht, denen ich folge. Oder vielleicht …? Und schon habe ich *Clary Berry* in die Suchleiste eingetippt. Tatsächlich. Da ist sie. Ihr Profil ist öffentlich. Man will also offenbar gesehen werden. Unter dem Namen *clary_cherry_berry* (Hallo?! Geht's eigentlich noch bescheuerter?!) hat sie unzählige bis zum Anschlag bearbeitete Bilder eingestellt. Ich scrolle mich durch. Allesamt inhaltsleere, gestellte, oberflächliche Fotos. Meine Fresse. Was findet er nur an ihr?

Plötzlich steigt Wut in mir auf. Wut auf Chris, seine bescheuerte neue Freundin, Wut auf mich selbst, dass ich mir das überhaupt antue. Und damit meine ich nicht nur das Stalken meines Exfreundes und seiner Neuen, sondern Social Media ganz allgemein. Vor allem

Instagram. Was für eine Scheinwelt. Ich bin sicher, mindestens die Hälfte all dessen, was man dort sieht oder liest, ist gelogen. Oder zumindest nicht die ganze Wahrheit. Ich meine, durch sechsunddreißig verschiedene Filter gejagt, sieht selbst ein Foto von Miss Piggy direkt nach dem Aufstehen aus wie das Cover der Bademoden-Ausgabe von Sports Illustrated. Und dieses ständige Vergleichen mit anderen – da ist Unzufriedenheit ja wohl vorprogrammiert. Ich meine, wie kommt sich schon die ganz normale Durchschnittsfrau vor, – und vom Durchschnitt bin ich Welten entfernt – wenn sie eine 1,74 Meter große, siebenundfünfzig Kilo schwere Dumpfbacke darüber jammern hört, dass sie sich in letzter Zeit so *furchtbar* hat gehen lassen und nun dringend *shredden* muss. Da kommt einem fast das Kotzen.

„Laut BMI bist du schon untergewichtig", möchte ich der vor dem Spiegel posenden Blondine in Leggings und Sport BH zurufen. „Wo willst du denn noch abnehmen? An den Ohrläppchen?!" Und da es offensichtlich auch Leute gibt, die das nicht nur denken, sondern auch direkt mitteilen, setzt Blondie schnell ein Video-Statement in ihrer Insta-Story hinterher. Das heiße natürlich nicht, dass sie sich dick fände, nur habe jeder einen eigenen Anspruch an sich und seinen Körper, es gehe ihr hauptsächlich um ihr Wohlbefinden und sowieso liegt Schönheit im Auge des Betrachters, bla, bla, bla. Man will die Likes bringende Community ja nicht vergraulen. Ich kann euch gar nicht sagen, wie sehr mir dieses Getue auf die Nerven geht! Jetzt mal ehrlich, was sind das für Leute? Das ist doch nicht normal. Das erste Selfie aus dem Bett, vorgeblich gerade aufgewacht. Ja klar, mit perfektem Makeup, und frisch gewellten Haaren oder wie? Dann muss man der treuen Followerschaft erst mal erzählen, was man geträumt hat. Hallo? Wen interessiert der Scheiß? Zum Frühstück gibt's dann einen Proteinshake (mit dessen Herstellerfirma man natürlich eine Kooperation hat), dazu vielleicht zwei Mandeln und eventuell eine Himbeere. Damit ist man dann bestens gerüstet für eineinhalb Stunden Krafttraining. Gefolgt vom obligatorischen Posen vor dem Spiegel – der krasse *Pump* will ja schließlich bejubelt werden. Mittags schnell noch ein Selfie mit Smoothie und Sonnenbrille, am frühen Nachmittag ein paar Ratschläge in Sachen Persönlichkeitsentwicklung. Oh ja, die Welt braucht dringend noch mehr tiefgreifende Lebensweisheiten zwanzigjähriger Rich-Kids! Sobald das Mindset passt, hängt man noch ein bisschen mit Freunden ab, dokumentiert alles wie in einer modernen Foto-Lovestory, und am Abend wird ein schöner Salat mit Avocado angerichtet, in siebzehn verschiedenen Winkeln fotografiert und ebenfalls mit der sich vor Schleimereien überschlagenen Gefolgschaft geteilt. Komplimente werden dann natürlich gleich als Screenshot in die Story gepostet, damit auch ja alle sehen, wie toll einen die Leute finden. Hashtag healthy, Hashtag fitgirl, Hashtag nofilter, Haaaaashtag leckmichamArsch! Was für eine oberflächliche Scheiße! Wissen diese Leute denn nicht, worum es im Leben wirklich geht? Aber … wer weiß das schon? Weiß ich es denn? Ist es wirklich alles nur oberflächlich, oder geht mir dieser Social-Media-Fitnesswahn nur deshalb so auf den Zeiger, weil ich es selbst nicht schaffe, den Arsch hochzukriegen, mich im Gym anzumelden, einen Spinning-Kurs zu belegen oder einfach nur die Treppen, statt den Aufzug zu nehmen. Und selbst wenn – es würde nicht annährend ausreichen. Was ich brauche, ist ein Wunder. Ein richtiges. Vielleicht sollte ich mich mal wieder in einer Kirche blicken lassen. Ich hatte schon mal einen besseren Draht nach oben. Beten wäre ein Anfang. Vielleicht schaffe ich es aber auch ganz allein. Nur durch die Kraft meiner Gedanken. Ich habe mal von jemandem gehört, der seine Wirbelsäule allein durch Willenskraft und Imagination selbst geheilt hat. Er ist bei einem Fahrradunfall schwer gestürzt und hat sich dabei eine schlimme Rückenverletzung zugezogen. Die Ärzte waren sich sicher, dass er den Rest seines Lebens im Rollstuhl sitzen würde. Doch er wollte das nicht akzeptieren. Sechs Wochen lang saß er mehrere Stunden täglich da, visualisierte seine Wirbelsäule vor seinem inneren Auge und setzte sie in Gedanken wieder zusammen. Und dann, eines Tages, machte es *Klack,* und das Ding war wieder ganz. Er konnte aufstehen und gehen. Ein Wunder! Geist über Materie. Vielleicht funktioniert es ja mit Fettzellen auch. Ich könnte mich hinsetzten, die Augen schließen, mein Fett visualisieren und mir vorstellen, wie es meinen Körper verlässt. Bye bye, Winkearme! Auf nimmer Wiedersehen, Speckschwarte! Macht‘s gut, Reiterhosen! Einfach so. Ohne jegliche körperliche Anstrengung. *Klack* – schlank! Klingt fast wie eines der Versprechen aus den Frauenzeitschriften am Kiosk. „Zehn Kilo in zehn Tagen“ – eine Ansage, die einem sofort ins Auge springt. Und wenn man erstmal näher hinsieht, triggern sie einen mit Begriffen wie „mühelos“, „ganz ohne Sport“, „schnell“ oder „ohne Verzicht“. Keine Ahnung wie viel Geld ich bereits in diese Art Zeitschriften investiert habe. Vielleicht ist es auch besser, es nicht zu wissen. Ich meine, das ist ja auch deren Marketingstrategie. Ein verlockender Titel, wahr oder nicht, verleitet eben eher zum Kauf als die traurige Wirklichkeit. Eine Zeitschrift mit dem Titel: „Stellen Sie Ihre Ernährung um, und machen Sie Sport“ hätte ich wahrscheinlich nicht gekauft.

Ich atme einmal tief durch und abonniere einen neuen Instagram-Account. Einen, der sich auf das Verzieren von Buttercremetorten spezialisiert hat.

KAPITEL 13

Wähle deine Wünsche mit Bedacht. Sie könnten in Erfüllung gehen.

00:00 Uhr. Ich starre auf die Digitalanzeige des Weckers auf meinem Nachttisch. Dann ist es jetzt also soweit. Dreißig. Drei-ßig. Das sind drei mal zehn. Oder sechs mal fünf. Fünf, das war mein Lieblingsalter, glaube ich. Jetzt bin ich dreißig. Obwohl, in Missouri bin ich immer noch neunundzwanzig, eine ganze Stunde lang. Aber das bisschen Zeitverschiebung kann den Lauf der Dinge auch nicht aufhalten. Meine Zwanziger sind hiermit offiziell beendet. Meine besten Jahre sind vorbei. Und womit habe ich sie verbracht? Netflix und Kartoffelchips. Da bin ich nun. Fett und alt. Fett und alt und einsam. Wahrscheinlich werde ich ganz allein sterben. Hier in meinem Zwei-Zimmer-Apartment, wo man mich erst Wochen später findet, weil die Nachbarn sich über den Geruch beschweren. Dann werden sie die Tür aufbrechen, und ich werde dort liegen. Tot.

Es klopft. Ich zucke vor Schreck zusammen. Da ist jemand an der Tür. Um diese Zeit? Schnell werfe ich meinen Morgenmantel über. Wo ist mein Baseballschläger?

„Molly“, flüstert eine Frauenstimme.

„Wer ist da?“, rufe ich hinüber zur Tür. Meine Stimme zittert.

„Ich bin‘s, Faye.“

Ich öffne die Tür.

„Faye, du hast mich zu Tode erschreckt, was w- …“

„Happy Birthday to you, happy Birthday to you, happy Birthday, liebe Molly, happy Birthday to you!“ Im Schlafanzug steht Faye auf dem Flur. Mit einem Muffin in der Hand. Das Gesicht vom Kerzenschein erleuchtet.

„Ach, Faye“, sage ich gerührt. Na gut, vielleicht sterbe ich doch nicht ganz allein.

„Wünsch dir was.“

Ich sehe sie noch einen Augenblick lang an, dann formuliere ich im Herzen einen Wunsch, den ich mit Worten nicht ausdrücken kann. Ein Wunsch voller Sehnsucht, ein Wunsch nach Liebe, Zufriedenheit und Zuversicht. Der Wunsch nach einem Leben, das mich erfüllt. Ganz tief in mir kann ich es fühlen. Ich hole tief Luft und puste die Kerze aus. Faye lächelt, dann umarmt sie mich.

„Happy Birthday, Molly. Mögen all deine Wünsche in Erfüllung gehen. Ich hab dich lieb.“

Als mein Wecker am nächsten Morgen klingelt, komme ich nur mühsam auf die Beine. Irgendwas ist anders als sonst. Die Nacht steckt mir noch in den Knochen. Ich bin erst spät eingeschlafen, und meine Träume waren mehr als sonderbar.

Egal, den Vormittag im Büro kriege ich schon irgendwie rum. Dann ziehen wir los. Faye, Jenny und ich werden heute jede Menge Spaß haben. Wir haben alles ganz genau geplant. Jenny und ich gehen zur Arbeit wie immer, und nach der Mittagspause kommen wir einfach nicht mehr zurück. Stattdessen treffen wir uns mit Faye. Wir haben sogar extra die WhatsApp-Gruppe *Mollys Dreißigster* gegründet.

Mein Geburtstagsoutfit wartet geduldig im Schrank auf seinen Einsatz. Es besteht aus einem schwarzen Bleistiftrock mit ordentlichem Stretch Anteil, einer hellgrauen Seidenbluse und einem sündhaft teuren Blazer. Dazu wollte ich heute Abend eigentlich meine roten Manolos anziehen. Von diesem Ziel trennen mich jedoch noch mindestens fünf Kilo. Egal, dann eben die schwarzen Chelsea Boots. Davon lasse mir die Stimmung jetzt nicht verderben. Doch der nächste Dämpfer lässt nicht lange auf sich warten. Den Rock bekomme ich gerade so über den Hintern. Zu kriege ich ihn nicht. Ich könnte es zwar versuchen, aber ich bezweifle, dass der Reißverschluss der Sprengkraft meines mittleren Rings lange standhält. Was soll das denn? Vor vier Wochen hat er noch perfekt gepasst. Hm. Was jetzt? Ich kann meinen Geburtstag ja schlecht in Leggings begehen. Ich hab‘s: Spanks! Ja, irgendwo müsste ich noch so eine Miederhose haben. Ja, da ist sie. Ich ziehe den hautfarbenen Liebestöter aus den Tiefen meines Kleiderschrankes. Ich hasse das Ding. Es ist so furchtbar unbequem. Aber entweder das oder Leggings. Und Bridget Jones hat so schließlich auch Marc Darcy rumgekriegt. Oder war es Daniel Cleaver? Ich muss die Luft anhalten, um mich hineinzupressen. Mhh … Uff … Ahh – Geschafft! Zwar wie eine Wurst in der Pelle, aber ich bin drin. Ich betrachte mich im Spiegel. Na also, geht doch. Mit Atmen ist es zwar erst mal vorbei, aber wenigstens bekomme ich den Rock zu. Die Bluse sitzt immer noch stramm, aber zumindest sind die Knöpfe jetzt nicht mehr gespannt wie winzige Katapulte, die nur darauf warten, jemandem ein Auge auszuschießen. Jetzt noch den Blazer drüber. Er kneift etwas an den Oberarmen. Ich hoffe das Material gibt beim Tragen noch ein bisschen nach. Ob ich mir vielleicht doch was anderes anziehen sollte?

Iced Soja Latte, Mandelaroma, doppelt Schokopulver.

Dempseys morgendliche Starbucks-Bestellung nimmt mir die Entscheidung ab. Ich muss los. Im Aufzug begegne ich meiner Nachbarin, wie immer samt Köter auf dem Arm.

„Guten Morgen, Mrs. Quinn", begrüße ich sie.

„Guten Morgen", krächzt sie zurück und schenkt mir ein breites Haftcreme-Lächeln.

Ich wundere mich gerade noch darüber, dass ich Paul nicht wie sonst auf dem Flur begegnet bin, da zieht Butterfly plötzlich die Nase kraus.

Oh nein, oh nein, oh nein, ich nein!

„Haatschi", macht die hässliche Töle. Ich schaffe es gerade noch, die Arme schützend vors Gesicht zu halten, da bin ich auch schon getroffen.

„Iiiirgh!" Ich würge. Meine linke Seite hat es voll erwischt. Klumpiger gelbgrüner Köterrotzschleim benetzen Revers und Ärmel meines Blazers. *Oh Gott!* Mrs. Quinn reicht mir ein Taschentuch. *Ein* Taschentuch! Was ich brauche, ist ein Vollbad. Und neue Sachen. Das war's mit meinem Geburtstagsoutfit.

„Alles in Ordnung, Butterfly?“, fragt sie das Vieh, während ich angewidert Schleimbrocken von meinem zu engen Designer-Teil klaube.

Unten angekommen steigt Mrs. Quinn aus. Als ich einfach im Aufzug stehen bleibe, dreht sie sich mit fragendem Blick zu mir um.

Was guckst du denn jetzt? Sieh dir die Sauerei an. Wegen dir und deinem Mistvieh kann ich mich jetzt nochmal umziehen.

„Hab was vergessen“, sage ich.

Sie nickt lächelnd. Butterfly kräuselt schon wieder die Nase. Schnell drücke ich den Knopf zu meiner Etage. „Schönen Tag, Mrs. Quinn“, wünsche ich und hämmere auf den Tür-Schließen-Knopf, ehe das fledermausgesichtige Scheusal mich nochmal erwischt.

Also doch umziehen. Was Bequemeres ist mir sowieso lieber. Dann muss ich aber echt … ich wühle in meiner Handtasche. Wo ist mein Schlüssel? Er müsste doch … hab ich ihn etwa … und plötzlich fällt es mir ein. Ich habe ihn auf dem Tisch liegen lassen!

Das darf doch nicht wahr sein! Ausgerechnet heute.

Okay, was jetzt? Faye! Sie hat einen Ersatzschlüssel. Ich hoffe es ist nicht zu früh, um zu klingeln. Nein, Paul müsste ja längst aus dem Haus sein und die Kinder schon fertig für Schule und Kindergarten. Ich gehe die zwei Türen weiter und klingle. Nichts tut sich. Ich klingle, klopfe, klingle. Komisch. Wo sind die denn alle? Ist Faye mit den Kindern schon weg? Ich sehe auf die Uhr. Verdammt! Ich bin spät dran. Muss ich jetzt wirklich so los? Mit dem Hunderotzblazer? Vielleicht kann ich im Büro noch was retten. Notdürftig wische ich mit dem Taschentuch nochmal drüber und mache mich auf den Weg zur U-Bahn.

Wo bleibt mein Kaffee?!

Ja, ich mach ja schon so schnell ich kann. Die U-Bahn ist noch voller als sonst. Liegt vielleicht daran, dass ich später dran bin. Dicht aneinander gepfercht wie in einem Viehtransport, der sofort Peta auf den Plan rufen würde, passieren wir Haltestelle um Haltestelle. Ich hasse es, die verbrauchte Luft fremder Leute einzuatmen. Davon wird mir immer ganz schwindlig. An meiner Station quetsche ich mich schnellstmöglich in Richtung Tür.

„Au!“ Der Ellbogen einer bissigen Brillenträgerin im Hosenanzug trifft mich genau zwischen die Rippen.

„Du bist nicht die Einzige, die es eilig hat, kapiert?“, kläfft sie mich an.

„Ist ja gut“, erwidere ich, hebe abwehrend die Hände und lasse der Furie den Vortritt. Mittlerweile bin ich eine halbe Stunde zu spät. So schnell es die Spannweite meines Rocks zulässt, laufe ich zu Starbucks, wo ich direkt auf der Toilette verschwinde, um den stinkenden Fleck mit Wasser und Seife auszuwaschen.

??????!!!!!!

Ich mach ja schon! So, besser wird's nicht. Ich wasche mir gründlich die Hände, atme tief durch, rücke meinen Blazer zurecht und stelle mich in Lisas Reihe. Toller Geburtstag! Es ist noch nicht mal neun, und meine Laune ist schon am Tiefpunkt. Ich frage mich, ob mich ein kleiner Donut etwas aufmuntern würde. Oder eines dieser marzipangefüllten Croissants? Ob ich etwas umsonst bekomme, wenn ich sage, dass ich heute Geburtstag habe? Da fällt mir plötzlich auf: Bis auf Faye heute Nacht hat mir noch niemand gratuliert. Na gut, es ist eine Stunde Zeitverschiebung zwischen Farmington und New York City – aber zumindest Max und Charlotte dürften schon auf den Beinen sein. Wo Mom und Dad gerade rumschippern, weiß ich nicht, aber sie werden doch nicht den Geburtstag ihrer Tochter vergessen. Oder? Na ja, wenigstens sehe ich Jenny gleich.

„Guten Morgen, John. Hier, ihr Kaffee.“

„Sie sind zu spät“, sagt er, ohne aufzusehen.

„Ja, tut mir leid.“

„Es tut Ihnen leid?“

Hab ich doch gerade gesagt. Hörst du schlecht, du Schwachmat?

„Kommt nicht wieder vor“, sage ich in der Hoffnung, mir eine längere Diskussion zu ersparen, und stelle ihm seinen Kaffee auf den Schreibtisch.

„Wo ist der her?“

Sag mal, willst du mich verarschen?!

Ich atme durch. „Von dem Starbucks Ecke 6th Avenue und 31st Street.“

„Ach ja?“

„Ja“, antworte ich, mache auf dem Absatz kehrt und gehe direkt zu meinem Schreibtisch. Freiwillig gebe ich mir das heute sicher nicht. Soll er sich jemand anders suchen, an dem er seinen Frust ablassen kann. Schnaufend lasse ich mich auf meinen Stuhl plumpsen. Mein Shaping Panty rollt sich in meiner Mitte zu einem dicken Wulst zusammen. Ich japse nach Luft.

„Alles in Ordnung“, fragt meine Kollegin Meryl.

„Ja“, erwidere ich und versuche, den verdammten Gummianzug wieder in die richtige Position zu zupfen. Meryl ist nett, aber richtig warm geworden sind wie nie miteinander. Sie redet über nichts anderes als ihre Katzen. Hinter ihrem Rücken nennen Jenny und ich sie deshalb Katzenlady. Apropos.

„Weißt du, wo Jenny ist?“ Normalerweise ist sie vor mir da.

„Sie hat einen Anruf gekriegt und musste schnell weg“, antwortet Meryl und erntet dafür einen strengen Blick aus dem Glaswandbüro. Sofort zieht sie den Kopf ein und sucht Deckung zwischen den Schreibtisch-Trennwänden. „Ein Notfall in der Familie, oder sowas“, fügt sie flüsternd hinzu.

„Oh nein!“

Meryl nickt. „Der Boss ist völlig ausgeratest, aber Jenny ist trotzdem gegangen.“

Ich hole mein Handy aus der Tasche und checke meine Nachrichten. Nichts. Ich schreibe ihr:

Alles In Ordnung? Wo bist du?

Dann öffne ich unseren Geburtstags-Gruppenchat. Noch immer keine Nachricht.

Steht unser Date heute?

Plötzlich taucht Dempsey neben mir auf.

„Ist das etwa ein privates Handy?“

„Äh, ja." Was denn sonst, Witzbold? Als hätten wir sowas wie Geschäftshandys.

„Sofort weg damit!", brüllt er.

Reflexhaft weiche ich zurück. „Ich hab mich nur bei Jenny erkundigt, ob alles-"

„Das ist mir doch scheißegal", schreit er. „An die Arbeit, na los!"

„Schon gut." Abwehrend hebe ich die Hände. Meine Güte! Der ist ja heute besonders gut gelaunt. Ich fahre meinen PC hoch und tue so, als würde ich arbeiten. Was mache ich denn jetzt? Woher weiß ich, ob Faye heute Mittag am vereinbarten Treffpunkt auf mich warten wird? Und was ist mit Jenny? Kommt sie? Geht es ihr gut? Vielleicht hat sie ja schon zurückgeschrieben. Heimlich schiele ich unter dem Tisch aufs Display. Immer noch keine neuen Nachrichten. Weder von Jenny noch von Faye. Und auch sonst von niemandem. Ist ja nicht so, dass ich heute Geburtstag hätte, oder so.

Danke für nichts, ihr Penner!

Jenny war zum letzten Mal heute Morgen online. Kurz nach halb acht – da war ich noch gar nicht im Büro. Und Faye? *Zuletzt online gestern um 04:16 Uhr.* Seltsame Uhrzeit. Besser, ich rufe die beiden mal an. Ich verschwinde auf die Toilette. Ich lasse zuerst bei Jenny und dann bei Faye so lange klingen, bis die Mailbox anspringt. Beiden hinterlasse ich eine Nachricht und schreibe dasselbe dann nochmal in unseren Chat.

Steht unser Treffen? 12:00 Uhr?

Ich schicke die Nachricht ab und gehe zurück zu meinem Arbeitsplatz – wo Dempsey bereits auf mich wartet. Wortlos knallt er mir eine Liste auf den Schreibtisch.

„Was ist das?", frage ich vorsichtig.

„Was das ist?", er schnaubt verächtlich. „Sie fragen mich allen Ernstes, was das ist?" Ein gespieltes Auflachen folgt. „Das ist Ihre Verkaufsbilanz der letzten zwölf Monate."

Ich werfe einen Blick auf das Papier. Alle Namen und Adressen der Kunden, denen ich innerhalb des letzten Jahres eine Versicherung verkauft habe, sind darauf aufgelistet. Ich muss zugeben, besonders viele sind es nicht.

„Sehen Sie diese Zahl? Ganz unten?“

Ich nicke.

„Das ist der Gesamtwert dessen, was sie dem Unternehmen eingebracht haben, seit Sie hier arbeiten.“ Dempsey beugt sich über mich, dann brüllt er: „Das ist ein Mückenschiss!“ Sein Mundgeruch schlägt mir entgegen. „Das reicht kaum, um Ihre Gehaltskosten zu decken!“

„Ich … ich …“, setze ich zu meiner Verteidigung an, doch ich habe keine Ahnung, was ich sagen soll. In Wahrheit bin ich froh, um jeden, der keine Versicherung bei dieser Halsabschneider-Firma abgeschlossen hat.

„Ich – ich“, äfft mich mein Boss mit Idiotenstimme nach, als wäre ich geistig behindert. Dann wird er todernst. „Wenn Sie bis heute Abend nicht mindestens zwei Abschlüsse vorzuweisen haben, sind Sie gefeuert! Comprende?“

Es ist nicht das erste Mal, dass er droht, mich zu feuern, aber irgendwas sagt mir, dass er es diesmal ernst meint. Wer weiß, vielleicht hat er ja selbst Druck von oben bekommen.

„Comprende?!“, wiederholt er spuckend.

„Ja.“

„Das gilt für Sie alle hier“, weitet er seine Drohung auf die gesamte Belegschaft aus. „An die Telefone! Sofort!“

Einen Moment lang überlege ich, einfach aufzustehen und zu gehen. Warum tue ich mir diese Scheiße nur an? Tag für Tag. Es gibt absolut nichts, was mir an diesem Job gefällt. Abgesehen davon, dass ich mit Jenny zusammenarbeite. Aber sonst? Jetzt, wo sie nicht da ist, wird es deutlicher denn je. Aber was ist die Alternative? Klar, ich habe einiges gespart. Ein paar Monate könnte ich sicher überbrücken. Aber das ist ja nicht Sinn der Sache. Habe ich wirklich eine solche Angst davor, arbeitslos zu sein, dass ich das hier vorziehe? So traurig es ist – ich denke schon. Ich bin nicht wie Meghan. Überstürzte Entscheidungen zu treffen, ist einfach nicht mein Ding. Das Beste wäre, ich bringe es einfach hinter mich. Lege dem Mistkerl bis zum Mittag zwei Unterschriften vor und verschwinde für heute. Dann kann ich den Rest des Tages wenigstens genießen, ohne mich gleich morgen nach einem neuen Job umsehen zu müssen. Irgendwann werde ich kündigen, das bin ich mir selbst schuldig. Aber erst, wenn ich etwas Neues habe. Nicht heute. Nicht so.

Ich nehme meine heutige Telefonliste und lege sie vor mich auf den Schreibtisch. Dann greife ich beherzt in meine Süßigkeitenschublade und ersticke mein schlechtes Gewissen mit einer Hand voll Schokodrops. Kauen, Augen zu, tief durch die Nase atmen. *Du schaffst das, Molly. Streng dich an. Zwei Abschlüsse, dann kannst du gehen. Tu es einfach.*

Ich setze mein Headset auf und wähle. Die ersten sechs Versuche führen ins Leere. Dann habe ich Mrs. Hollowitz in der Leitung. Ich gehe nach Leitfaden vor. Sie ist nett, lässt sich von meinen leeren Versprechungen täuschen und nach fünfundzwanzig Minuten verkaufe ich ihr eine Altersvorsorge.

„In Ordnung Mrs. Hollowitz. Der Kurier kommt in der nächsten Stunde mit den Unterlagen bei Ihnen vorbei. Vielen Dank für Ihr Vertrauen.“ Ich beiße mir auf die Zunge. Vertrauen? Warum zum Teufel habe ich das gesagt? Es ist, als wolle ich dem Karma selbst zurufen: „Hey, hier drüben. Ja, ich. Ich hab ganz schön was gutzumachen.“

Ich kneife die Augen zusammen, reibe mir die Schläfen und versuche, mein drückendes Gewissen zu ignorieren. Heute ist mein Geburtstag. Da darf es auch mal um mich gehen. Noch ein Abschluss, und ich bin hier raus. Es ist kurz nach elf. Mir läuft die Zeit davon. Ich wähle die nächste Nummer.

„Ja?“, krächzt es in den Hörer, im Hintergrund höre ich ein Grunzen.

„Guten Tag, Mrs. ...“, auf der Liste suche ich nach ihrem Namen. „Quinn. Mein Name ist Molly Bilton und ich rufe im Auftrag von AWK Ensurance an.“

„Molly?“

„Ja“, bestätige ich, und erst da merke ich, wen ich am Telefon habe. Ein Blick auf die Adresse räumt jeden Zweifel auf. Es ist meine eigene, die Adresse meines Wohnhauses. Das ist *meine* Mrs. Quinn.

„Mrs. Quinn“, sage ich und stutze. Im selben Moment spüre ich Dempsey hinter mir.

„Ja, was gibt’s denn, meine Liebe? Ist alles in Ordnung?“

Ich schlucke. „Ja.“

„Das im Aufzug heute Morgen tut mir leid. Schicken Sie mir doch bitte die Rechnung für die Reinigung Ihrer Jacke, ja."

„Das passt schon. Ich hab den Fleck leicht rausbekommen. Ist nicht weiter schlimm."

Ich weiß nicht, was ich sagen soll. Ich kann der lieben alten Mrs. Quinn, die nichts im Leben hat außer ihrer grunzenden französischen Bulldogge unmöglich eine unserer bescheuerten Versicherungen andrehen. Freundlich und gutgläubig wie sie ist, würde sie sicher alles unterschreiben. Aber mein Boss steht direkt hinter mir. Wenn ich nicht bald etwas sage, schmeißt er mich raus. Was soll ich tun? Was soll ich nur tun?

„Ich ...", setze ich an und wieder verschlägt es mir die Sprache. In diesem Augenblick tritt Dempsey gegen meinen Stuhl. Haltsuchend klammere ich mich an die Schreibtischkante. Das Headset rutscht mir vom Kopf. Hastig setze ich es wieder auf.

„Mrs. Quinn, schön, dass ich Sie erreiche. Wie Sie vielleicht wissen, arbeite ich bei einer Versicherungsagentur. Und ich ... ähm ..."

„Ja?"

„Na los! Kommen Sie endlich zum Punkt, Sie Dumpfbacke!", zischt Dempsey.

Für eine Sekunde bin ich wie erstarrt, dann fängt mein Mund ganz von allein an zu sprechen.

„Mrs. Quinn, ich rufe für AWK Ensurance an und möchte Sie ganz eindringlich warnen, niemals etwas bei dieser betrügerischen Firma zu unterschreiben. Sollte jemals wieder jemand von denen anrufen, legen Sie einfach auf, okay?"

„Okay", wiederholt Mrs. Quinn etwas verdattert.

„Gut, dann sehen wir uns heute Abend. Auf Wiedersehen."

Als ich mich umdrehe, ist Dempseys Kopf so rot, als würde er jeden Moment platzen.

„SIE! Wie können Sie es wagen ...! Das ist ...! Sowas hab ich noch nie ...! Sie werden nie wieder ...! SIE … SIE … SIE SIND GEFEUERT! GE-FEU-ERT! COMPRENDE?!"

KAPITEL 14

Der schlimmste Geburtstag aller Zeiten

„Pass doch auf, du fette Kuh!"

Ein Taxi. Quietschende Reifen. Nur wenige Zentimeter vor mir kommt es zum Stehen.

„Hast du keine Augen im Kopf?!", brüllt der wütende Fahrer aus dem heruntergelassenen Fenster. Ich bringe keinen Ton heraus. Nicke nur bescheuert und trete zurück auf die Bordsteinkante. Das Herz schlägt mir bis zum Hals. Der Karton in meinen Händen bebt, so sehr zittere ich. Das war knapp. Ich versuche, meine Atmung unter Kontrolle zu bringen. Ich habe keine Ahnung, wo ich bin. Als ich mich nach einem Anhaltspunkt umsehe, erspähe ich Grün zwischen den letzten beiden Gebäuden am Ende des Blocks. Der Park? Wie bin ich hierhergekommen? Das sind mindestens zwanzig Blocks.

Jenny und Faye sind nicht gekommen. Irgendwann bin ich dann einfach losgelaufen. Ziellos. Wie paralysiert. Mit einem Karton voller Habseligkeiten in den Händen.

Das ist der schlimmste Geburtstag aller Zeiten. Vergessen, versetzt, gefeuert, und, ach ja, ich bin immer noch ich. Vielleicht sollte ich einfach wieder zurück nach Hause, nach Farmington. Wie Meghan. Mit dem einzigen Unterscheid, dass auf mich kein gutaussehender Abschlussballkönig wartet, der mich innerhalb eines Jahres zur Ehefrau und Mutter seines Kindes macht. Fürs Erste müsste ich wieder bei meinen Eltern einziehen und – ach, stimmt. Da war ja was. Meine Eltern sind umgezogen. Jemand anderes wohnt jetzt in meinem alten Zimmer. Ich könnte also nicht mal ohne Weiteres die Reißleine ziehen. So langsam gehen mir die Optionen aus. Aber hierbleiben? Mich nochmal auf Jobsuche machen und nichts als Absagen kassieren? Gerade, als ich denke, dass es jetzt nicht mehr schlimmer kommen kann … Chris! Ach du Scheiße! Ich drehe mich weg. Hechte schutzsuchend in den nächsten Hauseingang und kneife die Augen zusammen, als würde mich das unsichtbar machen, wenn ich nur fest genug kneife.

„Molly?"

Verdammt! Er hat mich schon gesehen. Ich blicke auf. Er kommt direkt auf mich zu. Und er sieht so gut aus wie auf seinem Facebook-Foto. Vielleicht noch besser.

„Chris, hi", piepse ich heiser. „Ich wollte nur … etwas abgeben", lüge ich miserabel und gluckse verlegen. „Hehe, niemand da." Meine Stimme klingt, als bekäme ich keine Luft, und genauso fühlt es sich an. Ich versuche, ein Poker-Face aufzusetzen, mir den Schrecken nicht anmerken zu lassen. *Cool bleiben, Molly! Jetzt bloß keine Schwäche zeigen!*

Ich hebe das Kinn, strecke das Kreuz durch und werfe mein Haar zurück.

„Wie geht's Clary?", frage ich gönnerhaft. Im selben Moment bleibe ich mit dem Absatz an einem hervorstehenden Pflasterstein hängen – und stolpere direkt in Chris Arme. Der Karton rutscht mir aus den Händen und landet mit einem Scheppern auf dem Boden.

„Sorry", murmle ich und rapple mich so schnell wie möglich auf. Für den Bruchteil einer Sekunde bin ich versucht, meinem Fluchtreflex nachzugeben. Das Zeug einfach liegenzulassen, mich umzudrehen und davonzulaufen, so schnell ich nur kann.

Hunderte Male habe ich mir in Gedanken unser erstes Aufeinandertreffen nach der Trennung ausgemalt. In zig verschiedenen Variationen. In den meisten davon war ich schlank, trug ein enges schwarzes Kleid und meine roten Manolos. In keiner war ich gerade gefeuert worden, total verheult und dicker als jemals zuvor.

„Warte, ich helf dir", bietet Chris eilig an und streckt sich nach meiner Bürokiste aus.

„Nein, nein", ich bücke mich schnell, um sie selbst aufzuheben – da höre ich das unverkennbare *Ratsch* einer gesprengten Naht. In meinem Ohr hallt es nach wie ein Echo. Ich wage es kaum hinzusehen. Und das brauche ich auch nicht. Ich weiß es auch so. Die seitliche Rocknaht entlang meines linken Oberschenkels ist aufgerissen bis hoch zur Hüfte. Ich kneife die Augen zusammen und bete, der Böden möge sich auftun. Verdammter Rock! Verdammtes Fett! Chris Blick trifft auf meinen. Ich weiche ihm aus.

„Ich muss dann auch", sage ich und eile davon, so schnell ich kann.

Ich bin im Park. Die Bäume geben mir Deckung. Ich gehe noch ein paar Schritte, dann muss mich setzten. Ich bin völlig außer Atem. Abseits des Weges erspähe ich ein verstecktes Plätzchen. Eine Parkbank unter den tiefhängenden Ästen einer Trauerweide. Wie passend. Völlig erschöpft lasse ich mich darauf sinken. Am liebsten würde ich einfach für immer hier sitzen bleiben und mit der Umgebung verschmelzen. Einfach unsichtbar werden. Ich sitze da und atme. Ein und Aus. Meine Gedanken kreisen. Keiner ist greifbar, wirr und zusammenhangslos schwirren sie durch meinen Kopf. Und dann, wie aus dem Nichts und mit der Kraft einer Naturgewalt, strömen die Ereignisse des Tages auf mich ein. Die Erkenntnis trifft mich wie ein Schlag in die Magengrube. Ich habe alles verloren. Ich habe keinen Job, ich habe keinen Freund, und meiner Familie und meinen Freunden bin ich einen Scheißdreck wert. Die einen lassen mich einfach sitzen, und die anderen schaffen es nicht mal, mir zum Geburtstag zu gratulieren. Panik erfasst mich. Sie droht, mich zu ersticken. Was soll ich tun? Was soll ich nur tun? Das heißt – was *habe* ich getan? Ich reiße die Augen auf. Ich bin gefeuert! Wie konnte ich … bin ich denn völlig … *Was habe ich nur getan?* Ich springe auf. Ich muss zurück! Ich muss sofort zurück ins Büro. Dempsey um Verzeihung bitten und so lange betteln, bis er mir meinen Job zurückgibt. Auf Knien, wenn es sein muss. Behelfsmäßig schlinge ich mir meinen Blazer um die Hüften und knote die Ärmel vorn zusammen, um den Riss in meinem Rock zu verdecken. Die Haare fallen mir ins Gesicht. Wo ist die verdammte Kiste? Da.

„Keine Bewegung!"

Ich sehe auf – und blicke direkt in den Lauf einer Neunmillimeter.

„Gib mir den Karton", verlangt ein großer, blasser Mann in Kapuzensweatshirt und zerrissenen Jeans. Seine dunklen Augen funkeln mich an. Ich bin starr vor Angst, vergesse zu blinzeln.

„Na los, gib mir den Karton.“ Er richtet die Waffe auf meine Stirn.

„Okay“, presse ich tonlos hervor. Meine Hände zittern.

„Stell ihn hin.“

Ganz langsam, sehr darauf bedacht, keine hektische Bewegung zu machen, stelle ich den Karton auf den Boden.

„Und jetzt schieb ihn mit dem Fuß zu mir herüber und geh zwei Schritte zurück.“

Ich hebe die Hände und tue, was er sagt. Die Waffe nach wie vor auf mich gerichtet, wühlt er mit der anderen Hand in der Kiste herum.

„Was ist das für Zeug?“

„Das ist … ähm … vom Büro .. ich … äh … bin“

„Was?“, raunt er ungeduldig und kneift die Augen. “Hör auf, meine Zeit zu verschwenden, du fette Schlampe. Was ist das für Zeug?“

„Meine Sachen aus dem Büro. Ich … ich bin gerade gefeuert worden.“

Kurz scheint er irritiert, dann lacht er laut auf. „Scheint heute nicht dein Tag zu sein, was?“

Mit erhobenen Händen schüttle ich den Kopf.

„Sag mal, hast du einen Kiosk ausgeraubt? Da ist ja nur Süßkram drin!“ Dann fixiert er mich wieder. Mit seinem Blick und der Waffe. „Wo ist deine Kohle?“

„Ich hab nicht viel Bargeld bei mir-“

„Wo deine Kohle ist, hab ich gefragt.“ Unruhig sieht er sich um. Den nervösen Finger am Abzug.

„In meiner Handtasche“, erwidere ich schnell, um ihn nicht unnötig zu provozieren.

Suchend blickt er an mir herab und erst jetzt entdeckt er die kleine schwarze Handtasche, die von meiner Schulter baumelt und im Blazer-Wirrwarr um meine Hüfte verschwunden war.

„Her damit!“, befiehlt er und deutet mit der Waffe auf die Tasche. Hastig streife ich sie ab und strecke sie ihm entgegen.

„Was ist mit Schmuck? Hast du Schmuck? Fette Weiber haben doch immer Schmuck.“

Ich will gerade antworten, als ich Schritte höre. Es sind mehrere. Sie sind schnell. Jogger? Sie kommen direkt auf uns zu. Er hört es auch. Ich sehe es in seinen Augen. Unentschlossen huscht sein Blick umher. Die Schritte kommen näher. Plötzlich beißt er die Zähne zusammen, versteckt seine Waffe im Hosenbund, schnappt sich Karton und

Handtasche und macht sich aus dem Staub. Als er wegrennt, flattert etwas aus dem Karton zu Boden. Minutenlang stehe ich einfach da. Das Herz schlägt mir bis zum Hals. Mein Atem geht schnell und flach. *Beweg dich*, befehle ich mir. Dann, endlich, setzten sich meine Beine in Bewegung. Ich hebe das Stück Papier vom Boden auf. Es ist die Liste, die Tabelle mit Namen und Kontaktdaten all meiner AWK Kunden. Der Grund, warum ich gefeuert wurde. Mir war gar nicht klar, dass ich sie mitgenommen habe. Jetzt ist sie alles, was ich noch besitze. Ich halte sie, halte mich an ihr fest. Schüssel, Handy, Geld – alles weg. Verzweiflung überwältigt mich. Wenn ich mir vorstelle, dass dieser Typ in meiner Wohnung … Nein, warte. Mein Schlüssel! Ich hab ihn heute Morgen vergessen. Er liegt zuhause auf dem Tisch. Wenigstens das.

Ein Windstoß lässt die Blätter an den Bäumen tanzen. Ich werfe einen Blick nach oben. Der Himmel ist für diese Tageszeit ungewöhnlich dunkel. Ein Gewitter zieht auf. Spannung liegt in der Luft. Graugrüne Wolken türmen sich bedrohlich auf. Und plötzlich, ohne Vorwarnung, entlädt sie sich mit einem gewaltigen Knall. Donner und Blitz lassen die Stadt erbeben, und der Himmel öffnet seine Schleusen. Ich falte die Liste zusammen und stecke sie ein. Innerhalb von Sekunden bin ich vollkommen durchnässt. Zuerst will ich unter einem Baum Schutz suchen, doch dann fällt mir ein, dass man sich bei Gewitter nie unter einen Baum stellen soll. Also raus aus dem Park. Zusammen mit Dutzenden anderen Passanten suche ich Schutz unter den Vordächern der angrenzenden Geschäfte und Restaurants. Schnaufend und zitternd stehe ich da. In meinem Kopf trällert es: „Happy Birthday to me, Happy Birthday to me, Happy Birthday, liebe Mol-“ Was ist das? Ich lege die Stirn in Falten. Da, neben meinem rechten Fuß? Ich bücke mich. Da liegt ein nasser Zehn-Dollar-Schein. Ich hebe ihn auf, wringe ihn vorsichtig aus und betrachte ihn eingehend. Für eine Taxifahrt dürfte es reichen. Das ist im wahrsten Sinne des Wortes mein Ticket nach Hause. *Danke lieber Gott!* Ich sehe mich nach einem freien Taxi um, doch der Verkehr auf dem Parkdrive steht. Ich blicke nach oben. Der Wind dreht. Regen peitscht mir ins Gesicht. Er kommt aus allen Richtungen. Es sieht nicht danach aus, als würde es in absehbarer Zeit aufhören. Was soll's? Nasser kann ich jetzt auch nicht mehr werden. Ich ziehe den Kopf ein und renne los. Weiter in die Stadt hinein. Wo der Verkehr wieder fließt. Dort bekomme ich bestimmt ein Taxi. Das Gewitter wütet über mir, als stünde der Weltuntergang unmittelbar bevor. Ich spüre ein Stechen in der Seite. Carnegie Hall und noch immer kein Taxi in Sicht. Ich schleppe mich noch ein paar Meter weiter. Dann geht mir endgültig die Luft aus. Ich pfeife aus dem letzten Loch. Pause. Ich brauche dringend eine Pause. Mit letzter Kraft rette ich mich unter ein Vordach. Hinter mir ertönt das elektronische „Bing" einer Türglocke. Ich stehe direkt vor einer Morton-Williams-Filiale. Das ist meine Rettung. Ich warte einfach im Trockenen, bis der Regen nachlässt, und dann nehme ich ein Taxi nach Hause. Offenbar suchen mehrere Leute hier drin Schutz vor dem strömenden Regen. Ich falle also nicht weiter auf, wie ich so dastehe und den Boden volltropfe.

Eine Weile lang beobachte ich, wie der Regen gegen das Fenster prasselt. Dann denke ich, wenn ich schon mal hier bin, kann ich mich auch ein bisschen umsehen. Vorbei an der üppigen Obst- und Gemüseauslage schlendere ich durch die Gänge und lande, wie könnte es anders sein, direkt in der Süßigkeiten-Abteilung.

Reeses, Hershey's, Oreos, Twizzlers, Lay's – all meine Lieblinge sind vertreten. Meine Hand umschließt den Zehner in meiner Jackentasche.

Greif zu, das hast du dir verdient, flüstert mir eine innere Stimme zu. *Nein, das Geld ist fürs Taxi*, erwidert eine andere. Aber es ist mein Geburtstag. Heute ist mein dreißigster Geburtstag und gleichzeitig der schlimmste Tag meines Lebens. Wie aufs Stichwort knurrt mein Magen. Charlie kommt mir in den Sinn. Wie er Geld findet, sich eine Tafel Schokolade kauft und darin das letzte Goldene Ticket zu Willy Wonkas Schokoladenfabrik findet. Es ist wie ein Zeichen. Mir läuft das Wasser im Mund zusammen. Scheiß drauf! Es muss ja nicht gleich die Familienpackung sein, aber ein Riegel … Ein einzelner, winziger Riegel tut keinem weh. Dann reicht es fürs Taxi immer noch. Zur Not gehe ich die letzten Meter eben noch zu Fuß. Wenn ich mir heute nichts zur Aufmunterung verdient habe, dann weiß ich auch nicht. Ich kann nicht anders. Beherzt greife ich zu, und ehe ich mich versehe, halte ich einen Riegel erdnussgefüllter Schokolade in der Hand.

„Molls? Bist du das?"

Ich reiße die Augen auf, mein Herz setzt einen Schlag aus. Schnell lasse ich den Riegel in der Tasche meines Blazers verschwinden. Dann drehe ich mich um.

„Veronica“, presse ich ihren Namen hervor und fake ein Lächeln. Ja, genau die Veronica, die mich abgefüllt und dann völlig betrunken im Straßenschacht hat hängen lassen, aus dem Chris mich befreit hat.

„Molls“, begrüßt sie mich. Sie ist im Übrigen die Einzige, die mich so nennt. Küsschen links, Küsschen rechts – als wären wir alte Freundinnen. „Wie siehst du denn aus? Bist du auf dem Weg zu einem Wet-T-Shirt-Contest?“, sagt sie und lacht über ihren eigenen Witz.

„Der Regen hat mich überrascht“, antworte ich tonlos. Im Moment bin ich weder zu Humor noch zu Schlagfertigkeit in der Lage.

„Und was ist mit deinem Rock passiert? Dir scheint's ja nach wie vor zu schmecken, was?“ Sie lacht und wirft theatralisch die Haare zurück. „Wir haben uns so lange nicht gesehen. Aber du hast dich kein Stück verändert. Erzähl! Wie geht's dir? Arbeitest du noch für Dempsey?“

„Äh ... nein, ich ... ich arbeite dort nicht mehr.“ Das ist nicht mal gelogen.

„Na dann, herzlichen Glückwunsch. Da zu kündigen war die beste Entscheidung ever! Der Typ geht einfach mal gar nicht.“

„Mhh. Wie geht's Amy?“, frage ich schnell, ehe sie beschließt, der Sache auf den Grund zu gehen.

„Amy?“, fragte Veronica mit hochgezogenen Augenbrauen. „Von der Bitch hab ich seit Ewigkeiten nichts mehr gehört.“

„Ach, aber ihr beide wart doch unzertrennlich.“ Zumindest, wenn es darum ging, andere fertigzumachen.

„Das eifersüchtige Miststück kann mir gestohlen bleiben. Sowas braucht kein Mensch.“

„Eifersüchtig?“

„Total. Vor allem seit meine Schauspielkarriere so richtig läuft. Sie kann einfach nicht mehr mithalten, du verstehst?“ Mit gespitzten Lippen nuckelt sie am Strohhalm ihres Einweg-Bechers und verdreht die Augen.

„Dann bist du jetzt Schauspielerin?“

„Wusstest du das etwa nicht?“ Sie klingt ganz empört.

„Äh, nein. Sollte ich?“

“Hallo?! Das neue Video von Flashback. Fast eine Million Klicks auf YouTube.“ Veronica reißt die Augen auf und wackelt mit dem Kopf hin und her.

„Aha.“

„Sag bloß, du hast es noch nicht gesehen.“ Ihre Augen gehen tatsächlich noch weiter auf.

„Nein, sorry. Das sagt mir gar nichts. Ist das ein Musikvideo?“

„Na, was denn sonst?“

„Dann tanzt du da?“

„Tanzen ist nur ein Bruchteil meiner Rolle.“ Wieder nuckelt sie an ihrem Strohhalm.

„Du hast wirklich nicht viel Ahnung davon, Molls.“

„Scheint so“, erwidere ich. Ich hasse jede einzelne Sekunde dieses Gesprächs.

„Jedenfalls – mein Agent“, sie betont das Wort *Agent* so, dass man es unmöglich überhören kann, „– sein Name ist Fred – sagt, dass es bis zu meinem großen Durchbruch nicht mehr lange dauern kann.“ Dann lacht sie. Künstlich und eingebildet. „Und er muss es wissen. Fred kennt einfach jeden in der Branche.“

„Dann lebst du vom Schauspielern?“, frage ich ungläubig. Hat eigentlich jeder außer mir das große Los gezogen?!

Sie schnaubt und belächelt mich. „Na, was denkst du denn?“

Keine Ahnung, was ich denke. *Wäre ich doch heute Morgen einfach zuhause geblieben.* Ah, was für ein wunderbarer Gedanke. Ich könnte jetzt im Pyjama auf dem Sofa liegen, Pizza essen und einen Serien-Marathon veranstalten. Der perfekte Geburtstag. Aber nein, ich musste ja heute unbedingt etwas Besonderes machen. Mit Jenny und Faye. Dass die Beiden mich so gnadenlos versetzen … bei dem Gedanken spüre ich einen Stich in der Brust. Ich weiß nicht mal, was los ist. Und jetzt ist auch noch mein Handy weg. Veronica plappert unermüdlich vor sich hin. Ich höre nicht zu. Ich will einfach nur nach Hause. Raus aus den engen, nassen Klamotten. Eine heiße Dusche, etwas Bequemes zum Anziehen und ab auf die Couch.

„Letzte Woche haben wir Fotos für meine Mappe gemacht. Ich hab sie gerade abgeholt. Halt mal.“ Kurzerhand drückt mir Veronica ihren Plastikbecher in die Hand und beginnt in ihrer überdimensionalen Handtasche zu kramen.

„Mein Agent sagt, ich bin ein Naturtalent vor der Kamera. Unheimlich fotogen.“ Und schon zieht sie einen großen Umschlag aus der Tasche.

Oh, nein. Wenn ich mir jetzt auch noch diese Fotos ansehen muss, dann bringe ich mich um.

„Die Bilder sind ganz im Urban-Style gehalten. Mein Agent meint aber, wir müssen unbedingt noch am Strand shooten.“

Das halte ich nicht aus!

„Vielleicht ein anders Mal“, sage ich schnell und gebe ihr den Becher zurück. „Ich muss jetzt los. War schön, dich zu sehen“, sage ich noch, während ich bereits den Rückzug antrete. Wo geht’s hier raus? Ich muss hier weg. Und schon habe ich den gläsernen Ausgang im Visier. Da! Begleitet von einem elektrischen *Bing* öffnet sich die Tür und macht den Weg frei. Mit einem Bein bin ich schon draußen, als mich plötzlich jemand am Arm festhält.

„Kommen Sie bitte mit“, sagt eine Männerstimme und als ich mich zu ihr umdrehe, baumelt ein Security-Dienstausweis vor meinem Gesicht. Ich rühre mich nicht. Bin gedanklich voll damit beschäftigt, die Situation einzuordnen.

„Kommen Sie bitte mit“, wiederholt er stoisch. Völlig verdattert lasse ich mich ein paar Meter mitziehen, bis ich realisiere, was gerade geschieht.

„Was? Ich? Nein, nein, das ist ein Missverständnis“, versuche ich die Sache schnellstmöglich aufzuklären, bevor ich Aufsehen errege.

„Mitkommen“, beharrt er in militärischem Befehlston. Wahrscheinlich ein Ex-Marine. Ich spüre Veronicas Blick auf mir wie den Laserpointer eines Scharfschützengewehrs. Und die Blicke Dutzender anderer. Spinnt der, mich hier so vorzuführen?

„Was fällt Ihnen ein?! Lassen Sie mich sofort los! Ich habe nichts geklaut.“

„Dann finde ich also kein Snickers in ihrer Jackentasche, wenn ich gleich nachsehe?“

Fuck! Das Snickers! Das habe ich total vergessen. Mir wird ganz heiß. Mein Blick huscht hinüber zu Veronica, die mich mit Argusaugen beobachtet.

„Äh, nein?“, antworte ich mit glühenden Wangen. Der Riegel, dessen Existenz ich eben noch völlig verdrängt hatte, wird in meiner Tasche auf einmal schwer wie Blei.

„Das klären wir hinten. Kommen Sie bitte mit.“ Seine Geduld scheint langsam am Ende. Beinahe grob packt er mich am Oberarm.

„Nein, das ist ein Missverständnis! Ich habe nichts geklaut. Wirklich nicht“, protestiere ich flehend und versuche, mich aus seinem Griff zu befreien. Obwohl er kaum älter sein kann als ich, strahlt dieser Typ eine solche natürliche Autorität aus, dass mein körperlicher Widerstand sich in Grenzen hält. Würde ich anfangen zu kratzen und zu treten, würde er mir sicher einfach den Arm auf den Rücken drehen, um mich ruhigzustellen. Zielstrebig zieht und schiebt er mich durch die Regale. Vorbei an Veronica, deren herablassend amüsierter Blick mir unter die Haut geht.

„Du klaust Schokoriegel? Echt jetzt, Molls?“, fragt sie in unerträglicher Überheblichkeit.

„Nein! Ich … ich bin doch keine Diebin! Das ist nur ein dummes Missverständnis, sonst nichts. Ich kann das erklären.“

„Dazu bekommen Sie gleich Gelegenheit, wenn die Polizei da ist.“

„Polizei? Aber … aber, ich habe doch überhaupt nichts getan!“

Gnadenlos schiebt er mich durch die mit *Staff* beschriftete Tür.

„Wirklich. Ich schwöre es. Das war ein Versehen. Ich kann es erklären. Ich hätte doch nie … Sobald ich gemerkt hätte, dass ich den Riegel noch in der Tasche habe, hätte ich ihn sofort zurückgebracht. Sowas mache ich nicht. Das ist überhaupt nicht meine Art. Da können Sie jeden fragen, der mich kennt. Und überhaupt: Wer klaut denn Schokoriegel? Das … ich meine, das ist doch total irre.“ Meine Worte hallen ungehört von den Wänden des langen Flurs zurück. Er führt mich in ein Büro ganz am Ende des Korridors.

„Setzen Sie sich“, befiehlt er und schiebt mich zu einem Stuhl neben dem kleinen Schreibtisch, dann nimmt er das Telefon aus der Ladestation und drückt die Kurzwahltaste. Ich schiele zur zweiten Tür im Raum. Wie weit ich wohl kommen würde?

„O‘Sullivan hier. Ladendiebstahl bei Morton Williams in der 140 West 57th Street.“ Plötzlich sieht er mich an. „Nein, weiblich. Mitte dreißig. Mhh. Wie lange? Okay. Bis gleich.“ Er legt auf.

„Ich habe nichts geklaut“, beteuere ich zum hundertsten Mal.

„Die Faktenlage ist recht eindeutig“, erwidert er geübt.

„Jetzt hören Sie mir doch endlich zu. Ich versuche Ihnen schon die ganze Zeit zu erklären, dass es sich um ein Missverständnis handelt. Ich habe den Riegel versehentlich eingesteckt.“

„Die Videoüberwachung lässt da nicht besonders viel Spielraum.“

„Es war ein Versehen, ein Missverständnis, wie oft soll ich es Ihnen noch erklären!“

„Miss, Sie wollten mit Eigentum von Morton Williams den Laden verlassen, ohne es zu bezahlen“, sagt er. Seine Stimme klingt ruhig und routiniert. Man merkt ihm an, dass er diese Art Diskussion nicht zum ersten Mal führt.

„Aber das war doch nur, weil … Veronica, meine Kollegin, das heißt, sie war mal meine Kollegin. Sie hat gekündigt, aber das ist schon eine Weile her, und jetzt arbeite ich ja selbst nicht mehr da. Jedenfalls, ich hab sie ewig nicht gesehen, und dann stand sie auf einmal hinter mir, und da hab ich, na ja, ich hatte diesen Riegel in der Hand und muss ihn … irgendwie … versehentlich … in meine Tasche gesteckt haben.“ Ich rede mich um Kopf und Kragen. „Ich habe wirklich nicht … Hören Sie mir überhaupt zu?“ Sein Gesichtsausdruck beleibt ungerührt. Meine Erklärungsversuche stoßen auf taube Ohren.

„Und was jetzt?“, will ich wissen.

„Jetzt warten wir, bis die Polizei da ist.“

„Dann soll ich also wegen eines bescheuerten Snickers in den Knast?“, frage ich ihn direkt. „Hat die Polizei nichts Besseres zu tun? Ich meine, da draußen laufen Räuber frei herum! Ist Ihnen das klar?“

Ich suche in seinen Augen nach einer Antwort. Keine Regung. Nicht die geringste. Um dieses Pokerface würde ihn jeder Profispieler in Las Vegas beneiden.

„Und außerdem bin ich nicht *Mitte* dreißig“, platzt es patzig aus mir heraus. „Ich bin *genau* dreißig. Und das auch erst seit heute.“

Er zieht die Augenbrauen zusammen. Seit Minuten seine erste Reaktion.

„Ich habe heute Geburtstag“, lege ich nach. Keine Ahnung, warum ich ihm das erzähle. Vielleicht, weil es der letzte Trumpf ist, den ich noch spielen kann. Er atmet ruckartig ein, als wolle er etwas sagen, doch dann bleibt er stumm.

„Wirklich? Sie lassen mich wegen eines beknackten Schokoriegels verhaften? An meinem Geburtstag?!“

„Es gibt da keinerlei Spielraum, tut mir leid“, sagt er. Zwar klingt es tatsächlich, als täte es ihm leid, aber davon kann ich mich nichts kaufen, wenn er trotzdem die Cops antanzen lässt. Meine Verzweiflung scheint ihn nicht weiter zu kümmern. Und da, während ich hier sitze und darauf warte, dass die Polizei kommt, um mich zu verhaften, regt sich etwas in mir. Es beginnt in der Magengrube, breitet sich aus über meinen Brustkorb, fließt in Arme und Beine, kribbelt vom Scheitel bis in die Zehenspitzen. Etwas bricht auf, ganz tief in meinem Inneren. Ich kann es beinahe knacken hören. Und plötzlich packt es mich. Wut und Trotz und Zorn und Ärger. So heftig, dass es mich schüttelt. Unwillkürlich beiße ich die Zähne zusammen, balle meine Hände zu Fäusten. Etwas steigt in mir auf. Es will heraus. Ich will es zurückhalten. Versuche es zu unterdrücken. Aber es ist zu spät.

„ICH HABE NICHTS GEKLAUT, DU ARSCHLOCH!“, brülle ich ihm mitten ins Gesicht. Dann schreie ich. „AAAAAAAHHHHHHHHHH!!!!!!!“ Tief und kehlig. Schreie alles heraus. Jede Demütigung, jede Kränkung, all die Scham, den Zorn, die unzähligen Verletzungen. Und diesen beschissenen dreißigsten Geburtstag, an dem wirklich alles schief geht, was nur schief gehen kann. Ich schreie alles heraus. So laut ich kann. Es ist wie ein Urknall. Dann weine ich. Hemmungslos. Laut. Schluchzend. Ich breche völlig zusammen. Ich winsle, stampfe, heule Rotz und Wasser. Über Jahre habe ich es perfektioniert, mich in Gegenwart anderer Menschen zusammenzureißen. Aber in diesem Moment ist es mir scheißegal. Soll der Kerl über mich denken, was er will. Es vergehen Minuten, in denen ich zusammenbreche. Als wolle alles, was sich über Jahre angestaut hat, auf einmal heraus. Die Tür zu meinem Inneren steht wagenweit offen, und es gibt nichts, was es aufhalten kann. Hilflos steht er neben mir, fährt sich immer wieder durch die Haare, versucht, mich zu beruhigen, redet auf mich ein. Seine Worte verstehe ich zuerst nicht. Nur langsam dringen sie zu mir durch.

„Das ist doch kein Grund jetzt so zu ... nur weil Sie etwas geklaut haben ...“

„ICH HABE NICHTS GEKLAUT!“, brülle ich und schluchze herzzerreißend. „Ich ... ich ... ah ha ha ha.“

„Jetzt beruhigen Sie sich doch“, versucht er erneut.

„Mich beruhigen? Mich beruhigen?! Sie haben doch überhaupt keine Ahnung!“, heule ich und dann, aus irgendeinem Grund, den ich nicht verstehe, fange ich an zu erzählen. Es sprudelt nur so aus mir heraus. Ich erzähle ihm alles. Angefangen bei der Kreuzfahrt meiner Eltern, darüber wie ich gefeuert, versetzt und ausgelacht wurde, wie mir mitten auf der Straße vor meinem Ex der Rock gerissen ist, bis hin zu dem Überfall im Park. Er sagt kein Wort. Sitzt nur da und hört zu.

„Und dann habe ich einen Zehner auf der Straße gefunden, und anstatt damit ein Taxi nach Hause zu nehmen, bin ich dumme Kuh hier rein marschiert, um mir Schokolade zu kaufen! Ich meine, wie blöd kann man sein!?“ Ein Schluchzen lässt meinen Körper beben, gleich darauf schlage ich mir mit der flachen Hand gegen die Stirn, dass es nur so klatscht. Und gleich nochmal. Am liebsten würde ich meinen Kopf gegen die Wand donnern. Der Detektiv versucht, mich davon anzuhalten, hält meine Hände fest. Ich atme. Flach und eng. Viermal ein, viermal aus, erst dann kann ich weiterreden.

„Als mich meine bescheuerte Ex-Kollegin angesprochen hat, habe ich den Riegel ohne nachzudenken in die Tasche gesteckt, weil ich nicht wollte, dass sie mich damit sieht.“ Ich senke den Blick. „Und dann habe ich ihn einfach vergessen“, schließe ich mit meiner Geschichte, und von einer Sekunde zur nächsten kehrt Ruhe ein. Das war`s. Ein dumpfer Nachhall ist alles, was von dem Gefühlsausbruch bleibt. Als hätte jemand einfach den Stecker gezogen. Meine Beine sind schwer wie nach einem Langstreckenlauf. Ein emotionaler Marathon. Jetzt, wo er vorüber ist, kommt mir mein Ausbruch auf einmal merkwürdig vor. Übertrieben. Unverhältnismäßig. Ich schäme mich dafür. Ich bin völlig erschöpft. Ergebe mich meinem Schicksal. Dann verbringe ich die Nacht eben in einer Zelle. Wegen eines Schokoriegels. Eigentlich ist das ja ganz passend. Ich habe immer gewusst, dass mir das Zeug eines Tages zum Verhängnis würde. Dass es so passiert, damit hätte ich allerdings nicht gerechnet. In dem kleinen Raum ist es still. Bis auf unser Atmen und das leise Surren der Lüftung ist nichts zu hören.

„Es ist alles auf Band. Wenn ich Sie einfach gehen lasse, bin ich meinen Job los, verstehen Sie?“, sagt der Detektiv, als ich schon gar nicht mehr damit rechne, dass er überhaupt noch etwas sagt. Und er sagt es auf eine so ruhige und mitfühlende Weise, dass ich mich noch mehr schäme als ohnehin schon.

„Schon okay“, erwidere ich resigniert. Meine Stimme klingt ganz heiser. Er macht schließlich nur seinen Job. Und dann hat er auf einmal einen emotionalen Totalschaden wie mich hier sitzen. „Es tut mir leid. Sie sind kein Arschloch“, sage ich leise. „Und überhaupt, das alles. Wirklich. Ich … ich wollte Sie mit meinen Problemen nicht belästigen. Es tut mir leid.“

Da hebt er den Blick und sieht mich an. Seine Augen sind grün. Im selben Moment beginnt sein Funkgerät zu rauschen.

„Die Beamten sind da. Ich schicke sie nach hinten“, tönt es kratzend aus dem Lautsprecher. Unverwandt sehen wir einander an. Plötzlich atmet er ruckartig ein.

„Na los, raus hier.“

Ich blinzle. „Was?“

„Raus hier – bevor ich es mir anders überlege.“

„Aber ... was ist mit Ihrem Job?“

Schritte hallen durch den Flur. Gleich sind sie da.

„Na los, hauen Sie ab. Ich regle das.“ Er steht auf und zieht mich hoch.

„Da raus, die führt zum Hinterausgang“, sagt er noch, schiebt mich durch die Tür und zieht sie zu. Genau in dem Moment, in dem eine Uniform den Raum betritt.

KAPITEL 15

Wer bist du wirklich?

„Molly, um Himmels Willen, wie siehst du denn aus?“ Fayes Mutter Enid öffnet mir die Tür und versucht, gleichzeitig alle vier Kinder und Dogge Pablo im Auge zu behalten.

„Oh, hallo Enid. Ist Faye gar nicht da?“

Sie stutzt. „Weißt du es noch nicht?“

„Nein, was denn?“

„Bei Faye haben heute Nacht die Wehen eingesetzt.“

„Was? Aber es ist doch noch viel zu früh.“

Sie nickt. „Paul hat die Kinder zu mir gebracht und ist mit Faye ins Krankenhaus.“

„Oh mein Gott. Wie geht's ihr?“

„Sie haben versucht, die Geburt hinauszuzögern, aber dann haben sich die Herztöne des Babys verschlechtert, und am Ende mussten sie es per Notkaiserschnitt holen.“

„Was?“, frage ich entgeistert. „Und wie geht's ihr jetzt? Was ist mit dem Baby?“ Oh Gott! Und ich war sauer, weil sie mich versetzt hat.

„Mutter und Kind sind wohlauf“, verkündet Enid mit feuchten Augen. „Es ist ein Mädchen. Ihr Name ist Rose.“

In der Wohnung scheppert es, dann fängt Ben an zu weinen.

„Leyla, lass sofort deinen Bruder in Ruhe“, brüllt Enid. „Pablo, Pfui! Spuck das aus!“

„Ich will auch gar nicht weiter stören. Aber ich hab mich heute Morgen ausgesperrt, und Faye hat einen Ersatzschlüssel.“

„Ach so, ja, klar. Weißt du, wo er ist?“

„In der Kommode auf dem das Telefon steht, glaube ich."

Enid geht und sieht nach.

„Der hier?", fragt sie und hält ein rosa Schlüsselband hoch.

„Ja, das ist er. Danke."

„Kein Ursache."

„Falls du Faye heute noch sprichst, sag ihr bitte, dass mir heute Mittag mein Handy …, dass ich mein Handy verloren habe. Ich bin also vorerst nicht mehr unter meiner Nummer erreichbar."

„Mach ich."

„Und bitte sag ihr, dass ich sie sehr liebhabe und unheimlich stolz auf sie bin."

Enid lächelt gerührt. „Das werde ich."

Seufzend öffne ich die Tür und streife mir die Schuhe von den Füßen. Was für ein Tag. Drei Nachrichten blinken mir von meinem Anrufbeantworter entgegen. Die Erste ist von meinem Bruder.

„Happy Birthday, Schwesterchen!"

„Alles Liebe zum dreißigsten Geburtstag", ruft Charlotte im Hintergrund.

„Bappy Birdday", wünscht Teddy."

„Wir hoffen, du hast einen schönen Tag", sagt Max. „Melde dich doch mal, wenn du Zeit hast. Wir haben dich lieb!"

Die nächste ist von Jenny.

„Molly, es tut mir so leid. Ich bin in Connecticut. Meine Grandma hatte einen Schlaganfall. Ich musste so schnell wie möglich zu ihr. Es geht ihr wieder besser. Wieso gehst du nicht an dein Handy? Ich hoffe, du und Faye hattet einen schönen Tag. Sehen wir uns morgen im Büro? Alles Liebe zum Geburtstag. Bye."

Die dritte Nachricht ist erst ein paar Minuten alt.

„Alles Gute zum Geburtstag, Spätzchen. Auch von Dad. Wir sind gerade auf Barbados angekommen. Der Empfang ist ganz schlecht. Melde dich, sobald du das hörst, ja?"

Seltsam – ich bin weder besonders froh, dass am Ende doch noch jemand an meinen Geburtstag gedacht hat, noch besonders enttäuscht, dass es so lange gedauert hat. Ich fühle gar nichts. Außer Erschöpfung. Schlafen. Alles, was ich will ist schlafen. Aber zuerst tue ich, was getan werden muss – ich melde den Überfall im Park bei der Polizei, gebe eine Täterbeschreibung zu Protokoll, lasse meine Kreditkarte und die Sim-Karte in meinem Handy sperren. Dann atme ich durch. Ich muss aus diesen Sachen raus. Meine Augenlider sind ganz schwer. Ich gehe ins Schlafzimmer – und erschrecke mich beinah zu Tode. Kurz glaube ich, jemand ist in meiner Wohnung. Doch dann stelle ich beschämt fest, dass ich vor dem Spiegel stehe und in mein eigenes Gesicht blicke. Bin das wirklich ich? Ich sehe furchtbar aus. Mein Gesicht ist rot und geschwollen, die Mascara verschmiert bis zur Nasenspitze. Die nassen, zerrissenen Klamotten kleben mir klamm und unangenehm auf der Haut und meine vor Feuchtigkeit schweinsgelockten Haare brauchen eine eigene Postleitzahl.

Da stehe ich nun, an meinem dreißigsten Geburtstag – und bin die schlimmste Version meiner selbst. *Achten Sie besser auf sich, Molly*, hallen Dr. Millers Worte in meinen Gedanken nach. Ich lache auf. Bitter und hart. Was ich hier im Spiegel sehe, hat mit Selbstachtung rein gar nichts zu tun. Im Gegenteil. Selbstzerstörung – das ist es, was ich mit mir und meinem Körper anstelle. Den ganzen Tag über kreisen meine Gedanken ums Essen. Während das wahre Leben an mir vorbeizieht, bin ich gefangen in diesem ständigen inneren Kampf darum, was ich essen möchte, aber lieber nicht essen sollte. Ein nie endender Kreislauf aus Heißhunger, Befriedigung und Schuldgefühlen. Drückende Schuldgefühle. Aber warum eigentlich? Warum diese Schuldgefühle? Warum die Scham? Warum der Selbsthass? Warum die ganzen Diäten? Warum das alles? Um einem von Medien und Gesellschaft konstruierten Schönheitsideal zu entsprechen? Müssen wir alle Größe vierunddreißig tragen, um als Frauen schön, sexy und begehrenswert zu sein? Nein, Schönheit definiert sich nicht über eine Kleidergröße oder den Ausschlag des Zeigers auf der Waage. Schlank ist nicht gleichbedeutend mit sexy. Auch als dicke Frau habe ich ein Anrecht darauf, mich schön zu fühlen, begehrenswert. Doch alles mit Maß und Ziel. Tante Rachel ist ein lebendes Mahnmal dafür, was geschieht, wenn man jegliches Maß verloren hat. In unserer Gewichtsklasse geht es eben nicht mehr darum, sich selbst zu akzeptieren wie man ist, seinen Körper zu lieben, auch mit ein paar Kilos zu viel. Es geht nicht darum, einem medial aufgebauschten und gesellschaftlich hochstilisierten Schönheitsideal selbstbewusst zu widersagen. Und es geht auch nicht darum, Schlankheitswahn zu verteufeln oder dem Übergewicht die Magersucht als einzige Alternative gegenüberzustellen, wie die Fat-Acceptance Bewegung das gern tut. Alles, was ins Extreme geht, bedarf der Behandlung. Das gilt für Magersucht genauso wie für starkes Übergewicht. Und dabei geht es nicht nur um das Optische. Ich kann mich selbst nicht ausstehen. Nicht nur, weil ich fett bin, sondern weil ich jemand bin, der ich nicht sein möchte. Weil ich mich herumschubsen, demütigen und bevormunden lasse. Weil ich mich behandeln lasse, als wäre ich nichts wert. Weil ich mich selbst behandle, als wäre ich nichts wert. Weil ich für mich selbst weder Achtung noch Liebe empfinde. Wie sollte mich da jemand anders lieben können? Wie könnte ich mit jemandem eine Partnerschaft auf Augenhöhe eingehen, wenn ich selbst nicht besonders viel von mir halte? Ich habe mich nicht besonders gut behandelt, und das sieht man mir an. Nein. Es geht hier nicht um ein Schönheitsideal – es geht um mich. Darum, dass ich mich wohlfühle. In meinem Körper. In meinem Leben. So kann es nicht weitergehen, so darf es nicht weitergehen. Ich habe lange genug die Hände in den Schoß gelegt und gewartet. Einfach nur gewartet. Aber, auf was eigentlich? Dass ein strahlender Ritter auf einem weißen Pferd angeritten kommt? Dass ich eines Tages aufwache und einfach glücklich bin? Wie soll das gehen? Wer hätte die Macht dazu? Eine Fee? Ein Flaschengeist, der mir drei Wünsche gewährt? Das hier ist kein Märchen, das ist das wahre Leben. Mein Leben. Und auf der ganzen Welt gibt es nur eine Person, die mich glücklich machen kann. Die Frau im Spiegel. Ich hebe den Blick und sehe mir in die Augen. So lange und so tief, dass ich glaube, ich stünde mir wahrhaftig selbst gegenüber.

Und dann – gebe ich mir ein Versprechen.

KAPITEL 16

Der erste Tag vom Rest meines Lebens

Als ich aufwache kommt es mir vor, als hätte ich Jahre geschlafen. Oder Jahrzehnte, wie Dornröschen. Nur mit Mühe bekomme ich die Augen auf. Es ist längst hell. Die Sonne steht am Himmel schon weit oben. Sie flutet das Zimmer mit Licht. Man merkt, dass es heute warm ist draußen. Ich taste nach meinem Wecker auf dem Nachttisch. Es ist halb zehn. Ich kann mich nicht erinnern, wann ich zuletzt so lange geschlafen habe.

Ich setze mich auf. Recke meine steifen Glieder und tapse ins Badezimmer, wo ich mir eine heiße Dusche gönne. Nach und nach kehren die Lebensgeister zurück. Trotz all dem, was gestern passiert ist, fühle mich seltsam befreit – oder gerade deswegen? Es ist das erste Mal seit Jahren, dass ich nirgendwo hin muss. Ich muss nicht hetzen, muss mich nicht beeilen, muss mir keine Gedanken darüber machen, was ich anziehen, wie ich mich schminken, oder meine Haare machen soll. Ich habe keine Pläne, nichts vor, ich nehme diesen Tag an, wie er kommt. Bin offen für alles, was heute geschehen soll – und plötzlich ist sie in meinen Gedanken: *Die Liste.* Wo ist sie? Steckt sie noch in der Tasche meines Blazers? Ja, hier. Zerknittert und feucht zwar, aber immer noch lesbar. Alle Namen und Adressen meiner AWK Kunden. Nur eine fehlt noch. Ich nehme einen Kugelschreiber und notiere den Namen und die Adresse von Mrs. Hollowitz, der letzten alten Dame, der ich eine Versicherung verkauft habe. Es ist noch frisch. Ich habe die Daten noch im Kopf. So, jetzt ist die Liste komplett. Das sind sie also. All diesen Menschen habe ich Unrecht getan. Ich sollte sie anrufen und mich entschuldigen, ist mein erster Gedanke. Doch dann dämmert mir, dass ich ihnen auch dabei helfen könnte, bei AWK zu kündigen. Ja, das ist es! Den entstandenen Schaden kann ich ihnen zwar nicht ersetzen, aber wenigstens kann ich sie vor neuem bewahren. Wiedergutmachung. Wow. Ich kann mich nicht erinnern, wann sich das letzte Mal etwas so richtig angefühlt hat. Es überwältigt mich fast. Am besten fange ich gleich bei Mrs. Hollowitz an. Ob ich sie besuchen sollte? Sie hat erst gestern den Vertrag bekommen. Mit etwas Glück liegt er noch bei ihr zuhause, und sie hat ihn noch gar nicht unterschrieben.

Vor lauter Freude und Aufregung habe ich Schmetterlinge im Bauch. Im Bad mache ich nur das Nötigste, dann ziehe ich etwas Bequemes an und mache mich auf den Weg. Aber nicht mit der U-Bahn. Ich will heute nicht nach unten. Nicht an so einem sonnigen Morgen. Außerdem wohnt Mrs. Hollowitz gar nicht weit weg. Es sind nur vier oder fünf Blocks. Die gehe ich einfach zu Fuß. Es ist warm heute. Einer der ersten Tage des Jahres, an denen man kurzärmlig das Haus verlassen kann. Ich genieße die Sonnenstrahlen auf meiner Haut. Und während ich so durch die Straßen gehe, merke ich, dass es das erste Mal ist, dass ich meine Nachbarschaft ganz bewusst wahrnehme. Ich hetze nicht wie sonst von A nach B, um irgendwas zu erledigen und dann schnellstmöglich wieder zuhause zu sein. Zum ersten Mal spaziere ich ganz bewusst durch die Stadt. Trage ein Lächeln im Gesicht, schnuppere Lindenblütenduft, zwinkere einem Kind zu, das bei seinem Dad auf den Schultern sitzt und werde Teil des großen geschäftigen Brummens der Stadt, die niemals schläft. Seit gut eineinhalb Jahren wohne ich hier, doch erst in diesem Moment fange ich an, auch hier zu leben.

Ohne Handynavigation ist es zwar nicht ganz so einfach, die Adresse zu finden, aber dank des guten alten Nach-dem-Weg-Fragens komme ich an. Hier ist es. Als ich vor der Tür stehe, weicht die Vorfreude der Nervosität. Was jetzt kommt, gleicht einer Beichte. Ich muss mich kurz sammeln, meinen Mut zusammennehmen. Dann klinge ich.

„Hallo?“, tönt es aus der Gegensprechanlage.

„Hallo, Mrs. Hollowitz?”

„Ja.“

„Mein Name ist Molly Bilton. Wir haben gestern wegen einer Altersvorsorgeversicherung von AWK Ensurance telefoniert. Und ich würde Ihnen dazu gern noch etwas erklären. Persönlich."

„Ach so? Na gut, kommen Sie rein. Sechster Stock. Sie müssen die Treppe nehmen, der Aufzug ist leider defekt", sagt sie und lässt die Tür mit einem elektrischen Surren aufspringen.

Sechster Stock? Kein Aufzug? Ich seufze innerlich. Gestern hätte ich wohl noch auf dem Absatz kehrt gemacht. Aber heute ist nicht gestern. Ich hole tief Luft, dann packe ich es an. Die ersten Stufen bin ich noch ganz beschwingt, ab der zweiten Etage wird es zäh, und nach drei Stockwerken muss ich die erste Pause einlegen. Ich spüre jeden Knochen. Oh, Mann, ich hätte mir etwas zu trinken mitnehmen sollen. Meine Beine zittern vor Anstrengung. Schon jetzt bin ich total verschwitzt – und ich habe gerade mal die Hälfte geschafft.

Ja, ich hab's kapiert. Ich muss dringend an meiner Kondition arbeiten. Du kannst den Zaunpfahl wieder runternehmen.

Ich mobilisiere meine Kraftreserven und quäle mich nach oben. Als ich schließlich im sechsten Stock ankomme, bin ich kurz vorm Kollabieren.

„Guten – Tag, Mrs. – Hollo – witz", presse ich hervor, als sie mir die Tür öffnet, dann werde ich von einem Hustenanfall geschüttelt, der mich fast erbrechen lässt.

Mrs. Hollowitz sieht mich stirnrunzelnd an. „Kommen Sie rein", fordert sie mich auf. „Setzen Sie sich. Ich hole Ihnen ein Glas Wasser."

Mit letzter Kraft rette ich mich auf den Sessel, den sie mir anbietet und versuche einfach nur, am Leben zu bleiben. Mein Atem geht schwer und rasselnd. Der Schweiß tropft mir von der Kopfhaut ins Gesicht und brennt in meinen Augen.

„Hier. Nehmen Sie erst mal einen Schluck."

„Danke", erwidere ich, schnaufe durch die Nase wie ein wütender Stier und leere das Glas in einem Zug. „Tut mir leid", sage ich nach einer Weile. „Das ist mir furchtbar peinlich."

„Das muss es nicht", antwortet die alte Dame freundlich, und als sie sieht, dass ich allmählich imstande bin zu reden, fragt sie: „Was wollten Sie mir erklären?"

„Eigentlich möchte ich mich bei Ihnen entschuldigen."

„Das haben Sie bereits."

„Nicht deswegen. Für den Anruf gestern und dass ich Ihnen diese Versicherung verkauft habe.“

Verwundert sieht sie mich an. „Ich fürchte, das müssen Sie mir näher erklären.“

Ich muss kurz überlegen, wie ich anfange. „AWK Ensurance, die Versicherungsagentur, für die ich bis gestern gearbeitet habe, ist, wie soll ich sagen …“ *Na los, raus mit der Sprache!* „AWK Ensurance verkauft ausschließlich Versicherungen, deren Geschäftsbedingungen juristisch trickreich, voller Schlupflöcher und für den Kunden missverständlich formuliert sind. Der Kunde denkt im ersten Moment, er hat eine umfassende Versicherung zu einem sehr guten Preis abgeschlossen. Doch in neun von zehn Fällen haftet sie im Schadenfall nicht.“

Mrs. Hollowitz runzelt die Stirn. „Dann deckt diese Altersvorsorge also gar nicht die Leistungen ab, die Sie mir am Telefon versprochen haben?“

Ich zögere einen Augenblick. „Nein“, gestehe ich schließlich. „Eine Kostenübernahme für Pflege und Betreuungsleistungen können Sie erst nach zehn Beitragsjahren in Anspruch nehmen. Das steht im Kleingedruckten.“

„Oh“, sagt sie. „Das könnte knapp werden. Ich bin vierundachtzig.“

„Ich weiß“, erwidere ich und schäme mich in Grund und Boden.

Mrs. Hollowitz sieht mich eindringlich an.

„Und warum sagen Sie mir das, Miss Bilton? Warum sind Sie hier?“

„Um Ihnen zu sagen, wie leid es mir tut.“ Mir kommen die Tränen, dennoch hebe ich den Blick und sehe ihr in die Augen. „Es tut mir leid. Sie glauben gar nicht, wie leid mir das tut.“

Sie sieht mich lange an, dann nickt sie. „Okay. Und was jetzt?“

„Jetzt helfe ich Ihnen dabei, aus der Sache wieder rauszukommen. Haben Sie die Unterlagen noch hier?“

„Nein. Ich habe sie gleich unterschrieben und dem Kurier wieder mitgegeben.“

„Hm“, die Enttäuschung trifft mich heftiger als erwartet. Gerade wird mir klar, dass ich fest davon ausgegangen bin, diese Unterschrift noch verhindern zu können.

„Na gut. Dann helfe ich Ihnen eben dabei, sie wieder zu kündigen. Wenn ich mich beeile und eine Freundin im Büro anrufe, können wir die Verträge vielleicht noch abfangen, bevor sie im System landen und wir drei Monate Kündigungsfrist einhalten müssen. Je früher wir reagieren desto besser."

„Das Telefon steht im Flur."

„Oh, Sie meinen … jetzt gleich?"

„Sie sagten doch, je früher desto besser. Oder?"

„Ja. Na dann … geh ich mal telefonieren."

Ich bin so nervös, dass ich zwei Anläufe brauche, bis ich Jennys Nummer richtig eingegeben habe. Hoffentlich klappt es.

„AWK Ensurance, Sie sprechen mit Jennifer Orsen."

„Hi Jenny, hier ist Molly."

„Molly! Was ist denn das für eine Nummer? Ich hab mindestens hundertmal versucht, dich zu erreichen. Wie geht's dir? Meryl hat mir erzählt, was passiert ist. Oh Gott, und das an deinem Geburtstag! Wo bist du jetzt? Es tut mir so leid, Molly! Warum gehst du denn nicht ans Handy? Ich hab dir eine Nachricht auf dem AB hinterlassen. Hast du sie abgehört? Meine Grandma …"

„Beruhige dich, Jenny", unterbreche ich ihr Gestotter. „Ich hab deine Nachricht bekommen, ja. Es ist alles in Ordnung. Geht's deiner Grandma denn besser?"

„Ja. Sie muss noch ein paar Tage zur Beobachtung im Krankenhaus bleiben, aber sie wird wieder ganz die Alte. Wie geht's dir? Es tut mir so leid wegen gestern. Hatten du und Faye wenigstens einen schönen Tag? Ich hab dich so oft angerufen. Warst du so sauer, dass du nicht mal mit mir reden wolltest? Bitte sei nicht böse auf mich."

„Ich bin gestern im Park überfallen worden, mein Handy wurde geklaut. Darum konnte ich nicht rangehen."

„Was?! Um Himmels Willen! Wie ist das passiert?"

„Erzähl ich dir ein andermal. Zuerst musst du mir bei etwas helfen."

„Was immer du willst. Schieß los!"

„Eine Mrs. Hollowitz hat gestern eine Altersvorsorge bei mir abgeschlossen. Kannst du mal nachsehen, ob ihre Daten schon im System sind?"

„Hollowitz, sagtest du?“

„Ja.“

„Die habe ich eben eingegeben.“

„Hast du alles schon gespeichert? Oder kannst du den Vorgang noch stornieren?“

„Ist alles schon hochgeladen“, antwortet sie kleinlaut. „Irgendwas gibt mir das Gefühl, ich hätte das nicht tun sollen. Worauf willst du hinaus?“

„Ich hab gehofft, ich könnte den Auftrag noch canceln. Jetzt müssen wir ihn kündigen.“ Ich atme seufzend aus. „Kannst du mir ein Musterkündigungsschreiben schicken? Ein rechtssicheres?“

„Ja, klar. Aber du weißt, wir haben nach Unterzeichnung drei Monate Kündigungsfrist?“

„Ja, weiß ich. Verdammt!“

„Warum willst du sie überhaupt kündigen?“

„Weil ich es satt habe, die Leute zu bescheißen“, antworte ich schlicht.

„Oh.“ Jenny schweigt einen Moment. „Ich verstehe“, sagt sie dann und wieder kehrt bedächtige Stille ein. „Wie kann ich dir helfen?“

Ich verabrede mich mit Jenny für morgen in ihrer Mittagspause, um alles Weitere zu besprechen und wende mich wieder Mrs. Hollowitz zu.

„Sie wurden im Park überfallen und haben gestern ihren Job verloren?“, fragt sie mich aufmerksam. Ich hab gar nicht bemerkt, dass sie mitgehört hat.

Ich nicke. „Und ich hatte gestern Geburtstag. Dreißig.“

Mitleidig verzieht sie das Gesicht. „Alles Gute nachträglich.“

„Danke.“

Wir grinsen beide.

„Vielen Dank für Ihre Zeit, Mrs. Hollowitz. Sobald ich das Schreiben aufgesetzt habe, komme ich wieder bei Ihnen vorbei, wenn das in Ordnung ist. Es tut mir wirklich sehr leid, dass sie meinetwegen solche Umstände haben.“

„Jetzt sind Sie ja hier, nur das zählt.“

Ich nicke und für ein paar Augenblicke sehen wir uns schweigend an. Irgendwas gibt mir das Gefühl, ich bin hier noch nicht fertig. „Gibt es sonst noch irgendetwas, das ich für Sie tun kann?“

Mrs. Hollowitz zögert einen Moment. „Um ehrlich zu sein … ich war nicht mehr einkaufen, seit der Aufzug kaputt ist.“

„Wie lange ist er denn schon kaputt?“

„Drei Wochen. Ich teile mir meine Vorräte gut ein, aber so langsam gehen sie zu Neige. Ich habe niemanden, der für mich einkaufen gehen könnte, und die Treppen schaffe ich in meinem Alter einfach nicht mehr.“

„Was?“ Ich bin fassungslos. „Sie haben seit drei Wochen die Wohnung nicht verlassen?“

Mrs. Hollowitz nickt. Sie sieht aus, als würde sie sich dafür schämen. Gott bewahre!

„Wer ist hier Hausverwalter?“

„Gold Coast Real Estate.“

„Haben Sie eine Telefonnummer von denen?“

„Vergessen Sie es. Da hab ich schon viermal angerufen. Die haben mich jedes Mal vertröstet.“

„Das wollen wir noch mal sehen. Geben Sie mir die Nummer. Und dann schreiben Sie eine Einkaufsliste.“

Nachdem ich die Dame der Hausverwaltung am Telefon dermaßen rundgemacht habe, dass sie verspricht, noch heute Vormittag einen Monteur zu schicken, der sich den Aufzug ansieht, gehe ich für Mrs. Hollowitz einkaufen. Brot, Butter, Dosenpfirsiche, ein bisschen Fleisch, etwas Obst und Gemüse. Sie ist eine genügsame Frau. Das reicht ihr für zwei Wochen, sagt sie. Wenn ich mir vorstelle, welche Mengen ich im Vergleich dazu in mich hineinschaufle, kann einem schlecht werden. Als ich zurück bin, finde ich zu meiner Freude einen Monteur mit dem Kopf im Aufzugschacht vor.

„Oh, hallo“, grüße ich überschwänglich. „Sind Sie von der Hausverwaltung beauftragt worden, den Aufzug zu reparieren?“

„Jep“, erwidert er knapp. „Kann auch gleich losgehen.“

„Wie? Sind Sie schon fertig?“

„Jep, hab den Übeltäter gefunden“, sagt er und hält eine metallene Haarspange hoch. „Das Ding steckte in der Schwelle fest, darum konnte die Tür nicht mehr schließen. Dann bleibt der ganze Aufzug stehen. Ist so programmiert. Sicherheitsvorschrift.“

Unvermittelt falle ich ihm um den Hals.

„Oho! Langsam Lady, ich bin verheiratet“, sagt er und lacht.

„Sie glauben ja gar nicht, wie viel mir das bedeutet.“ Nicht nur, weil es mir für heute erspart bleibt, meinen müden Kadaver ein zweites Mal in den sechsten Stock hochhieven zu müssen – samt Einkauf diesmal, sondern weil endlich mal etwas in meinem Leben einfach geklappt hat. Weil es einfach mal rund läuft. Ich habe etwas in Angriff genommen und kann es mit positivem Ergebnis abschließen. Noch dazu habe ich jemandem sehr damit geholfen. Ich kann es kaum erwarten Mrs. Hollowitz die Nachricht zu überbringen.

„Darf ich?“, frage ich den Monteur.

„Die Jungfernfahrt gebührt normalerweise dem Mechaniker, aber in diesem Fall will ich mal eine Ausnahme machen. Lassen Sie mich nur mitfahren, um sicherzugehen, dass er keine Mätzchen mehr macht.“

„Aber gern.“ Ich steige ein, und der Aufzug bringt uns problemlos in den sechsten Stock.

„Ich danke Ihnen von ganzem Herzen“, sage ich beim Aussteigen. Ich würde ihn gern nochmal umarmen, aber das scheint mir dann doch einen Hauch übertrieben. „Ich wünsche Ihnen noch einen schönen Tag.“

„Den wünsche ich Ihnen auch, Lady“, erwidert er schmunzelnd und fährt wieder nach unten.

Als Mrs. Hollowitz mir die Tür öffnet, sieht sie mich verwundert an. „Sie schwitzen ja gar nicht.“

Ich muss lachen. Laut und schallend.

„Ich bin ja auch mit dem Aufzug gefahren. Ob Sie es glauben oder nicht, er geht wieder. Der Monteur war schon da.“

„Nein!“, ruft sie und schlägt sich die Hände vors Gesicht. „Wirklich?“

Ich nicke. „Schluss mit der Einzelhaft. Lust auf einen Spaziergang?“

Die alte Dame stößt ein Jauchzen aus. „Ich will mir nur schnell was anderes anziehen.“

Solange Mrs. Hollowitz sich umzieht, räume ich die Einkäufe ein. Als wir mit dem Aufzug nach unten fahren, hat sie Tränen in den Augen. Gemeinsam schlendern wir durch die Nachbarschaft und den nahegelegenen Park, trinken zusammen eine Tasse Kaffee, und als sie müde wird (ich auch!) setzen wir uns auf eine Bank. Mrs. Hollowitz erzählt mir aus ihrer Kindheit und wie ihre Familie mit ihr als Baby kurz vor Ausbruch des Zweiten Weltkrieges 1939 von Polen nach New York geflohen ist. Stundenlang höre ich ihr zu. Als wir uns verabschieden, dämmert es bereits. Wir haben den ganzen Tag zusammen verbracht.

„Das war sehr schön heute, Molly“, sagt sie gefühlvoll und schüttelt meine Hand.

„Ja, das fand ich auch. Und wenn ich darf, besuche ich Sie bald wieder.“

„Jederzeit. Ich würde mich sehr darüber freuen.“

„Sobald ich etwas wegen der Versicherung weiß, melde ich mich, ja?“

Sie nickt.

„Also dann – oh halt, bevor ich es vergesse: Ich habe immer noch ihr Wechselgeld vom Einkauf in der Tasche.“

„Behalten Sie es.“

„Nein, Mrs. Hollowitz, das kann ich nicht annehmen.“

„Doch, können Sie“, beharrt die alte Dame.

Ich schüttle den Kopf. Sie hat mir einen Hunderter mitgegeben, der Einkauf hat knapp die Hälfte gekostet. Das sind fünfzig Dollar, die sie mir schenken will. „Nein, wirklich ... deswegen bin ich nicht hier ... ich – darum geht es mir nicht. Ich möchte kein Geld von Ihnen.“

Mrs. Hollowitz wartet geduldig, bis ich ausgestottert habe, dann legt sie ihre Hand auf meine. Lächelnd sieht sie mich an.

„Geld habe ich genug, meine Liebe. Was ich nicht habe, ist jemand, der mir Gesellschaft leistet. So wie Sie das heute getan haben.“ Während sie das sagt, tippt sie mir liebevoll mit dem Zeigefinger auf die Nasenspitze.

Ich schlucke.

„Und nun stecken Sie das ein – als Dankeschön einer alten Frau für den schönsten Tag seit zwanzig Jahren.“

KAPITEL 17

Wie man erntet, was man sät.

Ich kann mich nicht daran erinnern, wann ich zuletzt so gut geschlafen habe. Vielleicht als ich noch ein Baby war. Vielleicht noch nie. Ich bin erfüllt von einem Gefühl tiefer Zufriedenheit. Das Wissen, einem anderen Menschen etwas Gutes getan zu haben, hinterlässt in meinem Herzen ein Echo aus Wärme und Glückseligkeit. Ich kann gar nicht anders, als es wieder zu tun. Ich will mehr davon.

Heute Morgen muss ich dringend ein paar Dinge erledigen. Ich muss bei der Bank meine neue EC-Karte abholen, und ein neues Handy brauche ich auch. Dann treffe ich mich mit Jenny zum Lunch, wo wir hoffentlich einen Masterplan dafür entwickeln, wie wir all meine AWK-Kunden schnellstmöglich zu Ex-Kunden machen. Und dann ist auch schon der nächste auf der Liste dran. Da ich bei Mrs. Hollowitz angefangen habe, habe ich beschlossen, die Liste rückwärts abzuarbeiten. Je nachdem, wie es läuft, könnte ich in sechs bis acht Wochen fertig sein.

Ich will gerade die Wohnung verlassen, als ich Paul hinter der Tür brüllen höre.

„Ich frage dich ein letztes Mal: Hast du das da reingeworfen?“

„Nein“, gibt Ben postenwendend zurück. „Und wenn ich es war, kann ich mich nicht mehr daran erinnern.“

Ich klopfe. Völlig abgekämpft macht Paul die Tür auf. Die Ringe unter seinen Augen sind dunkelblau. Wie lange hat er nicht geschlafen? Seine kurzen Haare stehen in alle Richtungen ab, und in der Wohnung sieht es aus, als wäre eine Bombe explodiert.

„Molly“, irgendwie schafft er es, ein Lächeln zustande zu bringen.

„Herzlichen Glückwunsch zum Baby, Paul“, sage ich und nehme ihn in den Arm.

„Danke. Und dir alles Liebe nachträglich zum Geburtstag.“

„Danke. Lief ein bisschen anders als geplant, was?“

„Das kannst du laut sagen.“

„Wie geht's den beiden?“

„Gut. Morgen dürfen sie schon nach Hause.“

„Oh“, erwidere ich und schweige einen Moment, ehe ich vorsichtig nachhake. „Faye muss sich bestimmt noch ein bisschen schonen, oder?“

Paul nickt, wirft einen Blick hinter sich in die Wohnung, dann schluckt er angestrengt. Und damit ist alles gesagt.

„Wann musst du wieder zur Arbeit?“, frage ich ihn.

„Übermorgen“, antwortet er und sieht dabei aus, als müsste er gleich heulen.

„Was ist mit Enid? Kommt sie vorbei?“

„Sie hat sich die nächste Zeit immer für die Spätschicht einplanen lassen, damit sie Faye morgens beim Fertigmachen der Kinder helfen kann.“

„Das ist ja schon mal gut. Und abends?“

„Das kriegen wir schon irgendwie hin“, sagt er, als müsse er sich selbst Mut zusprechen.

„Weißt du was? Ich helfe euch“, biete ich kurzentschlossen an. „Ich koche und kümmere mich um den Haushalt.“

Paul sieht verwirrt aus. „Was?“

„Ich komme abends vorbei, koche und kümmere mich um den Haushalt“, erkläre ich ganz langsam. „Dann kannst du dich auf die Kinder konzentrieren, und Faye kann sich von der Geburt erholen. Die nächsten, sagen wir, zwei Wochen könnt ihr mich fest einplanen. Danach sehen wir weiter.“

„Das ist lieb, Molly. Aber wie willst du das zeitlich unterbringen? Du musst doch selbst zur Arbeit.“

„Ach das, nein, ich bin vorgestern gefeuert worden“, erzähle ich und bin selbst ein wenig erstaunt, wie leicht es mir von den Lippen geht. „Von daher hab ich Zeit. Ich hab zwar noch ein paar andere Dinge zu erledigen, aber das kriege ich schon irgendwie unter einen Hut.“

„Du bist gefeuert worden?“, fragt Paul fassungslos.

„Mhm“, mache ich nur und grinse, woraufhin Paul mich ansieht, als hätte ich nicht mehr alle Tassen im Schrank.

„O-kay“, sagt er dann vorsichtig.

„Gut, dann komme ich heute gegen halb sieben und mache Abendessen für die Kinder. Bis dann.“

„Bis dann“, erwidert Paul und sieht mir verwundert nach, wie ich die Treppe anstatt des Aufzugs nehme.

„Molly!“, Jenny reißt mich in eine so feste Umarmung, dass mir kurz die Luft wegbleibt. „Es tut mir so leid.“

„Schon gut“, sage ich und tätschle ihr den Rücken. „Jetzt hör endlich auf, dich zu entschuldigen.“

Wir treffen uns in dem Burger-Restaurant, in dem wir regelmäßig unsere Mittagspause verbracht haben.

„Ich lade dich ein“, sagt sie, sobald wir Platz genommen haben.

„Das brauchst du nicht.“

„Ich bestehe darauf.

„Nur weil ich gefeuert wurde, bin ich doch nicht automatisch gleich pleite.“

„Doch nicht deswegen. Für deinen Geburtstag. Das ist ja wohl das Mindeste. Und unseren Musical-Abend holen wir auch nach.“

Im selben Moment kommt der Kellner. „Was darf ich Ihnen bringen?“

Während Jenny ihren üblichen Gemüseburger bestellt, fällt mir auf, dass ich heute noch gar nichts gegessen habe. Und genau wie gestern habe ich es nicht mal gemerkt. Auch gestern hatte ich den ganzen Tag keinen Hunger und abgesehen davon auch gar keine Zeit darüber nachzudenken, ob ich Hunger habe oder was ich als Nächstes essen könnte. Erst am Abend, als ich wieder zuhause war, knurrte mir der Magen. Ich musste improvisieren, denn alles, was sich noch da hatte, war eine Dose Thunfisch, passierte Tomaten, drei nicht mehr ganz so stramme Karotten, Reis, Knoblauch und Gewürze – und daraus zauberte ich das leckerste Abendessen seit Wochen. Durch die ganzen Fertiggerichte, von denen ich mich in den letzten Wochen fast ausschließlich ernährt habe, habe ich fast vergessen, dass ich eigentlich eine ganz passable Köchin bin.

„Für Sie auch das Übliche?“, fragt mich der Kellner und meint damit den Doppelcheeseburger mit extra Speck und Fritten, den ich hier normalerweise bestelle.

Ich werfe einen Blick auf die Karte. „Nein, heute nehme ich eine Ofenkartoffel und den gemischten Salat, bitte.“

Der Kellner sieht verwundert aus. Jenny auch.

„Was ist?“, frage ich.

„Ofenkartoffel und Salat?“

„Ja, wieso nicht?“

„Jetzt bestell dir was Richtiges. Ich hab doch gesagt, ich lade dich ein.“

„Ich weiß, aber ich habe gerade Lust darauf.“

„Du willst nur das essen?“

„Ja.“

„Sonst nichts?“

„Nein, sonst nichts.“

Jennys Augenbrauen wandern gleich über ihren Haaransatz, so weit hat sie sie hochgezogen.

„Also, was hast du herausgefunden“, frage ich, um das Thema zu wechseln.

„Ich warte noch auf die Antwort der Firmenanwältin.“

Ich stutze. „Die konntest du einfach fragen, wie man am besten aus dem Vertrag rauskommt?“

Jenny lächelt verschmitzt. „Nein, andersrum. Ich habe sie gefragt, ob unsere Verträge auch wirklich kündigungssicher sind oder ob es für die Kunden irgendwelche Schlupflöcher gibt, die wir stopfen müssen.“

„Clever“, gebe ich zu.

„Danke. Jetzt muss nur noch irgendwas dabei rauskommen.“

„Wann kriegst du Bescheid?“

„Sie hat mir bis Ende nächster Woche eine Antwort zugesichert.“

„Okay, dann warte ich mit der Kündigung noch ab, ob es doch eine andere Möglichkeit gibt.“

„Ja, am besten“, sagt Jenny und dann hält sie inne, als ob sie überlegt, ob sie mir etwas erzählen soll oder nicht.

„Was?“, frage ich, um die Sache ein bisschen zu beschleunigen.

„Ach, nichts“, erwidert sie mit einer abwehrenden Handbewegung. „Es ist nicht … ich glaube … es ist nicht der richtige Zeitpunkt dafür.

Genau genommen weiß ich ja nicht mal, ob es überhaupt was zu erzählen gibt."

Ich verdrehe die Augen. „Jetzt eier nicht so rum. Raus damit."

Jenny holt tief Luft. „Ich habe jemanden kennengelernt", stößt sie hervor. Und während sie das sagt, heben sich ihre Mundwinkel. Sie versucht, es zu unterdrücken, als wage sie es nicht, sich in meiner Gegenwart darüber zu freuen.

„Das ist ja großartig!"

„Und das macht dir auch nichts … aus?"

„Wieso sollte es das? Du bist meine Freundin. Ich freue mich, wenn du glücklich bist."

„Ich dachte nur, du weißt schon, das mit Chris ist ja noch nicht so lange her."

„Ach, Unsinn. Jetzt sag schon. Wer ist er? Wie habt ihr euch kennengelernt?"

„Er ist Arzt", beginnt Jenny mit leuchtenden Augen zu erzählen. „Er hatte Dienst in der Notaufnahme, als meine Grandma eingeliefert wurde."

„Oh, wow."

„Wir haben uns gesehen, und es hat sofort gefunkt. Es war Liebe auf den ersten Blick – ich kann es nicht anders erklären. Noch am gleichen Abend haben wir uns zum ersten Mal geküsst. Gestern waren wir zusammen im Kino, und dann haben wir … wir haben die Nacht zusammen verbracht."

Ich kann kaum glauben, was ich höre. Jenny und Sex beim ersten Date? Das passt irgendwie so gar nicht zusammen. Sie läuft rot an.

„Heute Abend sehen wir uns wieder."

„Wow. Ich weiß gar nicht, was ich sagen soll. Da legt ihr beide ja ein ziemliches Tempo vor. Nicht, dass das was Schlechtes wäre", schiebe ich schnell hinterher, falls es sich wie ein Vorwurf angehört haben sollte. „Es ist nur so … untypisch für dich. So kenne ich dich gar nicht."

„Ja, nicht?", sagt sie, offenbar selbst verwundert über ihr Verhalten. „Sein Name ist Naresh", fügt sie verliebt hinzu.

„Ich kann es kaum erwarten, ihn kennenzulernen."

Als unser Essen kommt, bin ich noch dabei, die Nachricht zu verdauen. Jenny wiederum kann sich einen weiteren Kommentar über meinen Salat nicht verkneifen. Ist das nicht seltsam? Für meine alten Ernährungsgewohnheiten erntete ich Unverständnis und jetzt, wo ich etwas ändern will und zum ersten Mal nicht das Größte und Fettigste auf der Karte bestelle, ist es auch nicht recht. Egal. Mir muss es ja schmecken. Und das tut es. Danach fühle ich mich auch nicht so vollgestopft und unbeweglich wie nach einem schweren Burger mit Pommes. Wie immer bin ich vor Jenny fertig, daran hat sich nichts geändert. Ich esse immer noch viel zu schnell. Wahrscheinlich dauert es einfach seine Zeit, über Jahre hinweg antrainierte Verhaltensweisen zu ändern. Wenigstens fällt es mir auf. Das ist immerhin ein Anfang. Außerdem gibt es mir Gelegenheit, Jenny beim Essen zu beobachten, ohne wie sonst, gierig auf ihre Reste zu schielen und jede Sekunde darauf zu warten, dass sie fertig ist, damit ich mich mit einem beiläufigen: „Isst du das noch?“ über ihre übriggebliebenen Pommes hermachen kann. Heute bin ich zum ersten Mal objektiver Beobachter. Und als ich ihr so zusehe, wird mir plötzlich etwas klar. Unzählige Male haben wir zusammen gegessen. In der Mittagspause, aber auch mal abends oder am Sonntagmorgen zum Brunch. Oft kam es mir so vor, dass Jenny essen kann, was sie will, ohne zuzunehmen. Ich bin nicht neidisch auf sie, Gott bewahre, Jenny hat andere Baustellen, aber nach meinem Empfinden haben wir, zumindest in etwa, das Gleiche gegessen, und nur eine von uns beiden ist dick. Klar hat Jenny immer ein bisschen was liegen lassen, aber es ist nicht so, dass sie nur an einem einzelnen Salatblatt genagt hätte. Sie hat auch immer Burger bestellt, oder Pizza, oder einen Donut. Ich hatte nie das Gefühl, sie verkneift sich etwas. Doch jetzt, als mir die Bilder durch den Kopf schießen, kann ich es erkennen. Jenny und ich saßen zwar am selben Tisch, haben aber nie auch nur annähernd das Gleiche gegessen. Beim Italiener bestellte Jenny eine Pizza mit gegrilltem Gemüse, ich eine mit Salami und Gorgonzola. Jenny trank Wasser, ich Cola. Sie nahm zum Nachtisch Zitronensorbet, ich Schokoladeneis mit Sahne. Sie nahm den glasierten Donut, ich den mit Cremefüllung und Streuseln. Im Kino gab’s für Jenny salziges Popcorn, ich musste Nachos mit Käse haben. Brachte jemand Süßigkeiten ins Büro mit, nahm Jenny ein Stück und aß es langsam. Ich nahm drei und steckte sie gleichzeitig in den Mund. Allein meine Essgeschwindigkeit. Jenny isst wirklich viel langsamer als ich. Und sie hört auf, wenn sie satt ist. Als sei jede Mahlzeit eine

Art Zeremonie. Jenny genießt und lässt sich Zeit beim Essen. Sie sucht sich ganz genau aus, was sie isst. Greift damit automatisch zu eher qualitativ hochwertigen Lebensmitteln, wo ich mal eben eine Tüte Cheetos aufreiße. Fast Food steht bei ihr generell nur selten auf dem Speiseplan. Bei Faye ist es ähnlich. Sie isst alles, worauf sie Lust hat. Aber da sie täglich frisch für die ganze Familie kocht und sehr genau darauf achtet, dass ihre Kinder genügend Vitamine und Mineralstoffe zu sich nehmen, ernährt auch sie selbst sich sehr gesund. Außerdem bewegt sie sich einfach viel mehr als ich. Ich habe immer mal wieder einen heimlichen Blick auf ihre Fitbit erhascht, die zuweilen fünfzehn- oder zwanzigtausend Schritte pro Tag zählt. Dazu das Kinderherumgeschleppe von morgens bis abends – Ausdauer und Krafttraining in einem. Ganz ohne sich im Fitnessstudio abzurackern. Darum hat sie auch so schöne Arme.

Eigentlich ist es doch ganz einfach: Fett ist nichts anders als ein körpereigener Energiespeicher, auf den wir jederzeit zugreifen können. Nimmt man weniger zu sich als man verbraucht, bedient sich der Körper seiner Reserven. So simpel ist das. Je mehr ich mich über die Jahre auf vermeintliche Wundermittel und Geheimtipps konzentriert habe, desto weiter habe ich mich von dem entfernt, was wirklich funktioniert.

Ich gebe Jenny meine neue Handynummer. Sie verspricht, sich bei mir zu melden, sobald sie etwas von der Juristin hört. Und während sie in die eine Richtung aufbricht, gehe ich in die andere. Um die Nummer zwei auf meiner Liste zu besuchen.

Mr. Thompson ist ein mürrischer alter Mann, der meine Entschuldigung nur zähneknirschend annimmt.

„Und woher weiß ich, dass das nicht schon wieder ein mieser Trick ist?“

„Ich verstehe Ihr Misstrauen. Aber ich kann Ihnen versichern, dass ich heute nicht mehr dieselbe Frau bin, wie die, die Ihnen diese Versicherungen verkauft hat.“

„Hm“, knurrt er mit nach unten hängenden Mundwinkeln.

„Lassen Sie es mich beweisen“, schlage ich spontan vor. „Gibt es irgendwas, das ich für Sie tun kann? Irgendeine Hausarbeit, die Ihnen zu anstrengend ist?“

„Zu anstrengend?“, fragt er abfällig. „Ich bin wahrscheinlich in besserer körperlicher Verfassung als Sie!“

Kurz bin ich gekränkt, doch ich kann nachvollziehen, warum er so reagiert. Ich denke, was er sagt, hat mehr mit ihm selbst zu tun, als mit mir. Und von jemandem Hilfe anzunehmen, geschweige denn um Hilfe zu bitten, hat diese Generation nie richtig gelernt. Das ist zumindest meine Erfahrung.

„Etwas, das Sie nicht gern tun und das trotzdem erledigt werden muss?“, formuliere ich die Frage um.

„Ich komme bestens allein klar“, speist er mich ab.

Ich lege den Kopf schräg und sehe ihn an. Harte Nuss, aber ich werde ihn schon noch knacken.

„Sehen Sie es einfach so: Die Beiträge, die Sie bereits an AWK überwiesen haben, die kann ich Ihnen nicht zurückerstatten. Aber ich könnte sie sozusagen … abarbeiten“

„Abarbeiten?“ Höre ich da einen Hauch von Interesse aus seinem Knurren heraus?

„Ja“, sage ich schnell, um das Gespräch am Laufen zu halten. „Ich könnte zum Beispiel den Abwasch erledigen, den Müll rausbringen, einkaufen gehen – keine Ahnung. Was eben so anfällt im Haushalt. Dafür nehme ich … sagen wir … zehn Dollar die Stunde. Und die verrechnen wir dann mit dem, was Sie AWK bis jetzt bezahlt haben.“

Er schweigt, sieht mich mit starrer Miene an.

„Was meinen Sie? Da gibt es doch bestimmt etwas, das ich tun kann. Kommen wir beide ins Geschäft?“

Ich suche in seinen Augen nach einer Antwort. Und plötzlich regt sich etwas. Seine Mine wird weicher.

„Na ja“, brummt er nuschelnd. „Der Rasen vielleicht. Der könnte mal wieder einen Schnitt vertragen.“

„Der Rasen? In Ordnung. Klar, wieso nicht“, antworte ich. Etwas überrascht zwar, aber dankbar, dass er sich auf mein Angebot einlässt. „Zeigen Sie mir nur wo, und dann kann es auch schon losgehen.“ Ich kann mir zwar nicht vorstellen, dass es hier, mitten in der City, irgendwo etwas zu mähen gibt, aber Mr. Thompson macht auf mich einen vollkommen klaren Eindruck, also wird schon was dran sein. Neugierig folge ich ihm, als er mich mit schlurfenden Pantoffelschritten durchs Haus bis zur Hintertür führt. Als er sie öffnet, traue ich meinen Augen kaum. Vor mir erstreckt sich, auf gut sechzig Quadratmetern, ein kleines, verwildertes Gartenparadies. Ein Ort wie aus einem Kinderbuch. Wild und ungebändigt und doch so voller Ruhe und Frieden. Ein echtes Refugium. Mitten in der Stadt. Es ist wunderschön.

„Ich hatte ja keine Ahnung, dass sich hier hinten etwas so Wunderbares verbirgt“, staune ich. „Das sieht man dem Haus von der Straße aus gar nicht an.“

„Wie sollte man auch?“, raunzt er. „Oder können Sie etwa durch Wände sehen?“

Du bockiger, alter Mistkerl.

„Und wieso sieht der Garten so aus, wie er aussieht?“, frage ich mit verschränkten Armen und passe meinen Ton seinem allmählich an.

„Weil“, beginnt er knurrend, verstummt dann aber für einen Augenblick. „Weil … meine Frau …“, er schluckt, räuspert sich, „sie hat sich immer um den Garten gekümmert.“

„Wo ist Ihre Frau jetzt?“, frage ich leise.

Er senkt den Blick. „Sie ist vor sechs Jahren gestorben.“

Ich drehe mich zu ihm, und als ich ihn ansehe, fällt die Fassade aus Griesgrämigkeit für einen kurzen Augenblick – und ich erkenne den einsamen, trauernden Ehemann, der sich dahinter versteckt.

„Sie müssen sie sehr geliebt haben.“

Er nickt knapp, hält den Kopf gesenkt. Und ob er will oder nicht: Ich nehme ihn in den Arm. Es gibt keinen großen Gefühlsausbruch. Keine spontane Heilung seines Kummers. Er weint nicht einmal. Aber er lässt sich von mir halten, und ich spüre, wenn auch nur für eine Sekunde, wie mein Herz seins berührt.

„Verschonen Sie mich mit Ihrer Gefühlsduseligkeit“, knurrt er plötzlich. „Mähen Sie den Rasen jetzt oder nicht?“ Ich werfe den Kopf in den Nacken uns lache laut auf.

Mit Rasenmähen allein ist es nicht getan. In jahrelangem Dornröschenschlaf ist der Garten so verwildert und zugewachsen, dass ich schon schwerere Geschütze auffahren muss. Mr. Thompson gibt mir den Schlüssel zu einem kleinen Geräteschuppen.

„Da drin finden Sie alles, was Sie brauchen“, sagt er. Und tatsächlich. Seine Frau war sehr gut ausgestattet. Heckenschere, Messer, Spaten, Hacke, Rechen, Kralle, Besen, Beil, sogar einen

Baumschneider finde ich. Ohne einen Plan zu haben, mache ich mich ans Werk. Schneide die Beete frei, zupfe Unkraut, stutze Halme und grabe Erde um. Die erste halbe Stunde versteckt er sich im Haus und beobachtet mich durchs Fenster. Wahrscheinlich denkt er, ich sehe ihn nicht. Dann wagt er sich allmählich nach draußen. Geht auf und ab und schaut dabei so bemüht finster drein, dass ich fast lachen muss. Dann beginnt er, mir Anweisungen zu geben. Wobei, Zurechtweisungen trifft es eher.

„Nicht da, nehmen Sie die Schere weg."

„Doch nicht so. Das sind Rosen, die haben tiefere Wurzeln."

„Bleiben Sie doch auf dem Weg, haben Sie keine Augen im Kopf?!"

„Das ist Lavendel, kein Unkraut. Wissen Sie überhaupt, was Sie tun?"

„Passen Sie doch auf, Sie Trampel."

Das höre ich mir fast eine Stunde an, dann platzt mir der Kragen.

„Jetzt hören Sie mal zu, Sie alter Spinner! Wenn Sie von der Seitenlinie aus Anweisungen geben wollen, dann gehen Sie, verdammt nochmal, auf ein Baseballfeld. Hier wird gearbeitet. Wenn es Ihnen nicht passt, wie ich das mache, dann nehmen Sie sich gefälligst eine Schaufel und packen mit an."

Er reißt die Augen auf, der Mund bleibt ihm offenstehen, dann murmelt er irgendwas von wegen „Unverschämtheit" und verschwindet im Haus. Ich denke schon, dass er nicht wiederkommt, als er wie aus dem Nichts vor mir steht. Mit Gartenschuhen und grünem Arbeitsanzug.

„Geben Sie das her", raunt er und nimmt mir die Hacke aus der Hand. Grinsend beobachte ich, wie er anfängt, das Beet von heruntergefallenen Blättern und Ästen zu befreien. Den ganzen Nachmittag mähen, schneiden, graben, rechen und jäten wir. Unser Umgangston ist rau. Ich liebe es. Er meckert ununterbrochen, und ich ziehe ihn damit auf.

Als die Sonne tief steht, betrachten wir unser Werk. Jetzt kann ich verstehen, warum Mom immer so viel Zeit im Garten verbracht hat. Diese Arbeit ist so erfüllend. Tagwerk.

„Morgen komme ich wieder“, sage ich zu Mr. Thompson, während ich mir gründlich die Hände wasche. „Dann fahren wir zusammen ins Gartencenter und besorgen ein paar Setzlinge.“

Er sieht mich an und dann – zum ersten Mal – lächelt er.

Um kurz vor halb sieben klopfe ich bei den Duncans.

„Du kommst ja wirklich“, sagt Paul, als er mir die Tür öffnet.

„Hab ich doch gesagt.“

„Und eingekauft hast du auch?“ Er deutet auf die beiden Tüten in meinen Händen.

„Mhm. Es gibt Lasagne.“

Paul schüttelt lächelnd den Kopf. „Komm rein“, sagt er laut, dann ganz leise: „danke, Molly.“

Während ich koche, Staub wische und die Wohnung sauge, badet Paul die Kinder, erledigt mit den Großen die letzten Hausaufgaben und baut dann noch das Beistellbettchen auf, in dem das Baby schlafen soll. Dann setzen wir uns alle an den Tisch.

„Morgen also“, sage ich. „Freut ihr euch, wenn Mom mit euerm Schwesterchen nach Hause kommt?“

„Jaaaaa“, rufen die Kinder im Chor.

Ich muss lachen. „Ich freue mich auch, die kleine Rose endlich kennenzulernen.“ Eine Weile essen wir schweigend. Den Kindern und Paul scheint es zu schmecken, und auch ich habe nach dem arbeitsintensiven Tag einen Bärenhunger. Morgen habe ich bestimmt den Muskelkater des Jahrhunderts.

„Du nimmst neuerdings die Treppe?“, fragt Paul unvermittelt.

„Mhm. Ich muss mir ein paar alte Angewohnheiten abgewöhnen. U-Bahn fahre ich auch nur noch, wenn es zu Fuß zu weit ist.“

„Nicht schlecht. Aber wieso nimmst du nicht einfach das Rad?“

„Ich hab gar keins, um ehrlich zu sein. Außerdem bin ich seit Jahren nicht gefahren. Ich weiß gar nicht, ob ich es noch kann.“

„Ach, das verlernt man nicht. Alles östlich und südlich des Parks erreicht man meistens sogar schneller, wenn man direkt durch den Park fährt.“

„Durch den Park?“, ein eiskalter Schauer läuft mir den Rücken runter.

„Ja, dann kannst du statt des hektischen Stadtverkehrs sogar noch die Natur genießen. Ich bin seit Jahren in keine U-Bahn mehr gestiegen.“

Ich überlege einen Moment. Na, was soll ich denn machen? Nie wieder in den Park zu gehen, ist auch keine Lösung. Dafür ist es viel zu schön dort. Wenn ich auf den vielbefahrenen Radwegen bleibe, kann eigentlich nichts passieren. Aber die dunklen, versteckten Ecken, die werde ich definitiv meiden.

Ich zucke nickend mit den Schultern. „Vielleicht lege ich mir tatsächlich eins zu.“

„Nimm doch erstmal Fayes Rad. Das steht seit der Geburt der Zwillinge im Keller, und in den nächsten Wochen braucht sie es ganz sicher nicht.“

Kurz stelle ich mir vor, wie sich Faye, das neue Baby umgeschnallt und vier Kinder auf kleinen Fahrrädern im Schlepptau, durch den Stadtverkehr kämpft wie eine Entenmama mit ihren Küken.

„Nein, das glaub ich auch nicht“, stimme ich ihm zu und schmunzle über das Bild der Entenfamilie auf Fahrrädern.

Während ich den Abwasch erledige, holt Paul das Rad aus dem Kellerabteil, stellt den Sattel auf meine Größe ein und pumpt die Reifen auf. Ich putze mit den Kindern noch die Zähne, und als Paul sie ins Bett bringt, verabschiede ich mich und falle zuhause todmüde ins Bett.

Als ich am nächsten Morgen aufwache, bin ich ganz aufgeregt. Paul hat das Rad wie versprochen unten im Flur abgestellt. Ich schiebe es nach draußen auf die Straße, dann wird es ernst. Eine Sekunde oder zwei, stehe ich ziemlich ratlos da, mit Fayes Rad in den Händen, und weiß nicht so recht, was ich damit anfangen soll. Wie lange ist es her, dass ich auf einem Fahrrad gesessen habe? *Na los, rauf mit dir*, ermutige ich mich selbst. Es heißt, Fahrradfahren verlernt man nicht wieder, wenn man es mal gelernt hat. Und was soll schon passieren? Gut, der New Yorker Verkehr ist etwas chaotisch und für Radfahrer mitunter auch gefährlich. Aber erstens bin ich keiner dieser durch die Stadt rasenden Fahrradkurire, bei denen es auf jede Sekunde ankommt und zweitens dürften Autos im Central Park keine Gefahr darstellen. Es braucht drei Versuche, bis ich den Drahtesel mit mir darauf zum Rollen bringe, doch zu meiner Überraschung scheint sich mein Gehirn problemlos an den Bewegungsablauf zu erinnern. Das Gleichgewicht zu halten, habe ich auch schnell raus, und ehe ich mich versehe, habe ich richtig Spaß an der Sache. Nur der Sattel könnte etwas breiter sein.

Als ich das Fahrrad vor Mr. Thompsons Haus ausrollen lasse, steht er schon vor der Tür. „Sie können es wohl nicht erwarten, mich wiederzusehen, was?“, frage ich ihn strahlend.

„Sie sind siebeneinhalb Minuten zu spät“, knurrt er zur Begrüßung. Ich lege den Kopf in den Nacken und lache schallend.

„Was gibt's da zu lachen? Und überhaupt: Wie haben Sie sich das vorgestellt? Soll ich auf dem Gepäckträger sitzen? Ich dachte, Sie hätten ein Auto.“

„Nein“, erwidere ich immer noch lachend. „Haben Sie denn eins?“

„Natürlich.“

„Ach ja?“

„Hören Sie schlecht?“

„Na, dann nehmen wir doch Ihr Auto.“

Plötzlich wird Mr. Thompson ganz still.

„Gibt es ein Problem?“

„Ich würde ja fahren, aber ich hab‘s mit dem Knie. Ich muss es mir gestern bei der Gartenarbeit verdreht haben.“ Eine Ausrede, die man auf den ersten Blick erkennt. Wahrscheinlich ist er seit Jahren nicht gefahren und traut sich nicht.

„Ich kann fahren“, schlage ich schnell vor.

„Sie?“, fragt er empört.

„Es sei denn, Sie möchten doch lieber selbst …-“

„Von mir aus“, sagt er schnell. „Aber fahren Sie mir ja keinen Kratzer rein.“

„Ich passe auf. Versprochen.“

Der Wagen steht in einer Garage auf der Rückseite des Gebäudes. Als Mr. Thompson das Tor öffnet, fällt mir die Kinnlade runter.

„Eine 1965er Convertible Corvette!“

Mr. Thompson sieht mich an, als wäre er gerade vom Glauben abgefallen.

„In Stahlblau. Das Traumauto meines Dads“, erkläre ich und seufze. „Was für eine Schönheit.“

„Das ist sie.“ Er schmunzelt eine Sekunde, dann wird er wieder streng. „Passen Sie ja beim Einsteigen auf den Lack auf!“

Wir verbringen den Vormittag im Gartencenter, wo ich Mr. Thompson das ein oder andere Mal über den Mund fahren muss, damit er die freundliche Mitarbeiterin, die uns durch das gesamte Center führt und uns geduldig alle Fragen beantwortet, nicht vergrault. Zurück in seinem Garten pflanzen wir die Setzlinge gleich ein.

„So, jetzt muss ich aber los“, sage ich mit einem Blick auf die Uhr. „Ich komme Sie bald wieder besuchen.“

„Aber rufen Sie vorher an. Ich habe schließlich auch meine Termine.“

„Aber natürlich. Sie sind ein vielbeschäftigter Mann. Machen Sie es gut, alter Kauz. Bis bald.“

Sein Gemecker im Ohr, ziehe ich die Haustür hinter mir zu. Höchste Zeit mit meiner Liste weiterzumachen. Gabriella Fernandez, ausnahmsweise keine LSC, sondern eine alleinerziehende Mutter. Obwohl ich mir echt Mühe gebe, werden wir nicht warm miteinander. Sie lässt mich nicht mal rein. Wahrscheinlich hat sie einfach schon genug um die Ohren und keine Zeit, sich mit mir und meinem Bußgang zu beschäftigen. Ich soll die Versicherung einfach wieder kündigen. Und das mache ich. Da die junge Mutter aber offenbar auf jeden Cent angewiesen ist, stecke ich ihr kurzerhand die fünfzig Dollar zu, die Mrs. Hollowitz mir geschenkt hat.

„Wir nehmen keine Almosen“, blockt sie.

„Das sind doch keine Almosen, das ist eine Rückerstattung. Wieviel haben Sie AWK bisher überwiesen?“

Sie überschlägt kurz. „Sieben Dollar monatlich. Das sind bis jetzt einundzwanzig Dollar.“

„Plus die drei Monate Kündigungsfrist, die wir einhalten müssen. Dann sind wir bei zweiundvierzig. Zuzüglich Zinsen – macht genau fünfzig Dollar. Hier. Um alles Weitere kümmere ich mich. Ich komme dann nochmal wegen der Unterschrift für das Kündigungsschreiben vorbei. Und bitte entschuldigen Sie die Unannehmlichkeiten.“

KAPITEL 18

Und was kommt dann?

Allmählich finde ich den Rhythmus in meinem neuen Alltag. Ich stehe morgens früh auf, schwinge mich aufs Fahrrad und klappere meine Liste ab. Die, die nicht zuhause sind, rücken auf der Liste nach hinten. Sobald ich einmal durch bin, versuche ich es nochmal bei ihnen.

Ich erlebe viel Schönes, aber es sind auch ein paar dabei, die von meiner Entschuldigung nichts hören wollen. Auch damit lerne ich umzugehen. Jeden Tag ein bisschen mehr. Vergebung ist etwas Wunderbares, aber man kann sie nicht erzwingen. Nur, weil mir leidtut, was ich getan habe und ich mich dafür entschuldige, heißt das nun mal nicht automatisch, dass diese Entschuldigung auch angenommen wird. Einer meiner ehemaligen Kunden weigert sich sogar vehement die Versicherung wieder zu kündigen. Er denkt, die von AWK sind die Guten und *ich* sei hier, um ihn abzuzocken. Er ruft sogar in der Zentrale in Michigan an und erzählt aufgebracht – in meinem Beisein –, dass hier „so eine Dicke" vor seiner Tür steht, die ihn um seine Altersabsicherung bringen will. Ich ahne schon, dass es keine fünf Minuten dauert, bis die AWK-Zentrale dem Büro in New York Bescheid gibt. Und tatsächlich, Mrs. Cohen, die nächste, dich ich besuche, ist bereits vorgewarnt. Es kostet mich einiges an Überzeugungsarbeit, dass sie mir überhaupt die Tür aufmacht. Erst als ich ihr in aller Ruhe ihre Verluste vorrechne und es schwarz auf weiß im Vertrag belege, glaubt sie mir und willigt in die Kündigung ein. Sie nimmt dann sogar noch mein Zusatzangebot an und lässt sich von mir zum Arzt fahren, wofür mir mein neuer Kumpel Mr. Thompson, den ich wie versprochen regelmäßig besuche, seine Corvette zur Verfügung stellt. Wenn auch nur unter wortreichen Drohungen, was passiert, wenn ich auch nur den Hauch eines Kratzers in das gute Stück fahre.

Abends koche ich dann bei den Duncans, wasche Wäsche, sauge Staub und schaue der kleinen Rose eine Weile verliebt in die Augen. Faye war wegen des Desasters an meinem Geburtstag zunächst untröstlich, aber als sie im Laufe der Woche sah, wie mich das alles zum Positiven verändert hat, hat auch sie ihren Frieden damit gemacht.

„Das Wichtigste ist, dass es euch beiden gutgeht", sage ich streichle Rose sanft über das weiche Köpfchen.

„Danke, dass du für uns da bist, Molly. Ohne dich würde ich es echt nicht schaffen."

„Doch, das würdest du", erwidere ich voller Überzeugung, „Aber ich helfe euch gern."

Sie lächelt.

„Bis Morgen dann."

„Bis Morgen, Molly."

Als ich mich an diesem Abend erschöpft aufs Sofa plumpsen lasse, klingelt das Telefon. Es ist Max. Nach dem üblichen Bericht über Teddys Entwicklung, Charlottes Schwangerschaft und seinem Stress bei der Arbeit, fragt er, was es bei mir Neues gibt und warum ich mich nicht gemeldet habe. Bisher weiß noch keiner aus meiner Familie Bescheid. Ich erzähle es ihm. Alles. Die ganze Wahrheit. Max hört aufmerksam zu. Fragt nur immer mal wieder nach, um sicherzugehen, ob er mich auch richtig verstanden hat.

„Ja, ich wurde gefeuert."

„Ja, Max, es war ein richtiger Überfall mit einer echten Waffe."

„Doch, wirklich, der Detektiv hat mich gehen lassen, in genau der Sekunde, in der die Polizei eintraf."

„Ja, meine Nachbarin hat wirklich fünf Kinder."

„Ja, ich hab bei Mr. Thompson den ganzen Garten umgegraben."

„Nein, ich habe dafür kein Geld genommen."

„Ja, ich verbringe meinen Tag damit, meinen ehemaligen Kunden zu helfen, bei was auch immer sie Hilfe benötigen."

„Und was berechnest du, wenn du, sagen wir mal, einen alten Herrn zum Arzt begleitest? Oder für eine ältere Dame einkaufen gehst?", will er wissen.

„Gar nichts.“

„Wie, gar nichts?“

„Na ja, Mrs. Hollowitz hat mir fünfzig Dollar gegeben, aber es ist nicht so, dass ich etwas dafür verlangen würde. Ich habe das Geld nur genommen, weil sie darauf bestanden hat. Und Mr. Thompson sagt, ich kann sein Auto ausleihen, wenn ich mal eins brauche. Eine 65er Corvette, genau so eine wie Dad immer haben wollte. Erinnerst du dich?“

„Eine fünfund- … w-warte mal, langsam.“ Ich kann beinah hören, wie mein Bruder die Stirn runzelt. „Dann machst du das alles … *umsonst*?“

„Äh ... Ja.“

„Was ist denn das für ein Geschäftsmodell?“, fragt er ungläubig.

„Gar keins – genau genommen.“

„Das kann nicht dein Ernst sein.“

„Ich mache das nicht, um reich zu werden – jedenfalls nicht in finanzieller Hinsicht“, entgegne ich und spüre, wie es mir widerstrebt, mich dafür rechtfertigen zu müssen, was ich tue.

„Aber du hast doch auch Rechnungen zu bezahlen. Miete, Nebenkosten, Lebensmittel. Wie willst du das denn machen?“

Ich bin versucht, ihm zu sagen, dass das meine Sache ist und ihn das nichts angeht, aber er hat ja Recht. Noch kann ich von meinen Ersparnissen leben. Aber was kommt danach?

„Ich finde schon was Neues. Mach dir keine Sorgen“, sage ich und bekomme schon allein bei dem Gedanken, wieder in einem miefigen Büro zu hocken, Beklemmung.

Auch am nächsten Morgen lässt mich die Sorge um das Danach, nicht los. Was ist, wenn all meine Ersparnisse aufgebraucht sind? Wovon soll ich dann leben? Das Vernünftigste wäre, mich jetzt sofort auf meinen Hintern zu setzen und Bewerbungen zu schreiben, aber ich habe Mrs. Di Vittorio versprochen, heute mit ihr ein paar Sachen auszumisten. Sie hat viel zu viel Zeug, sagt sie. Und alles, was sie nicht mehr braucht, will sie spenden. Wie könnte ich so ein Vorhaben boykottieren? Die Jobsuche kann warten, wenigstens noch einen Tag.

Ich will gerade meine Jacke anziehen, als das Telefon klingelt. Ich werfe einen Blick auf das Display. Es ist Mom. Sie hat mir die letzten Tage sechs Nachrichten auf dem Anrufbeantworter hinterlassen. Eine vorwurfsvoller als die andere. Um einen Rückruf habe ich mich bisher gedrückt. Ich schließe einen Moment die Augen, dann hebe ich ab.

„Molly, Spätzchen! Du bist ja schwerer zu erreichen als der Papst!"

„Hi Mom, wie war die Kreuzfahrt?"

„Ach, naja, du weißt schon."

„Hat es euch nicht gefallen?"

Sie druckst ein bisschen herum, erst als ich nochmal nachfrage, rückt sie raus mit der Sprache. Es stellte sich wohl schon kurz nach dem Ablegen heraus, dass Mom nur den Aufenthalt in der Kabine auf dem Schiff gewonnen hatte. Für alles andere, vom Fläschchen Mineralwasser bis zum Frühstücksei, mussten sie und Dad extra bezahlen. Diese gewonnene Kreuzfahrt hat sie am Ende also mehr gekostet, als ein Fünf-Sterne-All-inclusive-Urlaub in Mexico.

„Lass uns nicht mehr darüber reden, dein Vater hat es schon wieder mit dem Magen vor lauter Ärger. Jetzt zu dir", beschließt sie diktatorisch und fügt voll empörter Überraschung hinzu: „Max sagt, du bist arbeitslos?!"

„Ja, das stimmt."

„Na, dann pack deine sieben Sachen, buch dir einen Flug, und komm zurück nach Hause. Fürs Erste kannst du bei uns auf der Couch schlafen. Ich habe schon mit Dad geredet. Er will sich gleich nächste Woche mit Carter zum Lunch treffen und ihn nach deiner alten Stelle fragen. Mit der neuen Sekretärin hat er nur Scherereien. Sicher nimmt er dich mit Handkuss zu-…"

„Das ist nicht nötig, Mom", unterbreche ich, bevor sie richtig in Fahrt kommt. „Ich bleibe in New York. Jedenfalls fürs Erste."

„Du bleibst in … und wie willst du das machen, ohne Job?"

„Ich finde schon was Neues."

„Ist es wegen dieses Alte-Leute-Dings? Max hat mir davon erzählt. Das ist ja alles lobenswert. Aber wenn du unbedingt ehrenamtlich was machen willst, kannst du bestimmt auch hier im Seniorenheim aushelfen."

„Alte-Leute-Dings?" Ich muss lachen. „Mom, ich schulde diesen Menschen etwas. Ich habe ihnen Unrecht getan, und das will ich wiedergutmachen. Von Farmington aus kann ich das nicht."

„Hm“, macht sie beleidigt, und für sein paar Sekunden bleibt es still. „Und sonst?“, startet sie Runde zwei. „Hast du dir das mit der Kur mal überlegt?“

„Kur?“

„Na, dieses Reha-Zentrum, in dem Tante Rachel war. Ich sagte doch, du sollst dir mal die Homepage ansehen. Hast du das etwa noch immer nicht gemacht?“

„Äh, nein.“ Bin ich etwa wieder in der Schule und bekomme Hausaufgaben?

„Ach, Spätzchen, das musst du unbedingt machen. Am besten heute noch. Rachel hat mittlerweile vierzig Kilo abgenommen. VIERZIG! Nach, sagen wir, drei Wochen dort wärst du bestimmt zehn oder fünfzehn Kilo leichter. Ruf Rachel doch mal an. Sie kann dir das noch viel besser erklären, was die da alles anbieten.“

„Ich weiß deine Bemühung zu schätzen, Mom, aber ich will es nochmal allein versuchen.“

„Allein?“, ich sehe förmlich vor mir, wie sie die die Augen in Ungläubigkeit weit aufreißt.

„Ja. Ich denke, ich bin jetzt auf dem richtigen Weg.“

„Und wie diesmal? Nimm's mir nicht übel, Spätzchen, aber du hast es schon oft allein versucht, und dein Erfolg hielt sich jedes Mal in Grenzen.“

„Oh, vielen Dank für den Zuspruch, Mom. Schön zu sehen, dass du an mich glaubst.“

„Ach Spätzchen, so hab ich das doch gar nicht gemeint.“

Ich würde sie gern fragen, wie sie es denn dann gemeint hat, doch für diese sinnlose Diskussion ist mir meine Zeit zu schade. Ich bin spät dran.

„Ich muss jetzt los, Mom. Ich ruf in ein paar Tagen nochmal an, ja?“

„Ja“, stimmt sie widerwillig zu. „Ich hab dich lieb, Spätzchen.“

„Ich dich auch.“

Der Vormittag bei Mrs. Di Vittorio – „nennen Sie mich Sophia“ – vergeht wie im Flug. Sie hat wirklich viel Zeug. Von sehr gut erhaltener Designerkleidung bis hin zu antiken Möbelstücken, Schmuck und gefühlt hunderttausend Tassen, Bestecksets und

Glasschüsseln. Sophia führte ein Leben im Überfluss. Jetzt, im Alter, braucht sie das alles nicht mehr, sagt sie.

„Es gibt sicher Leute, die das alles besser gebrauchen können als ich."

Als alles, was sie spenden möchte, sortiert und geordnet in Kisten verpackt ist, kommen die Heilsarme und zwei private Spendenorganisationen, um die Sachen abzuholen. Nur im nahegelegenen Kinderheim will Sophia ihre Spende persönlich abgeben. Ich begleite sie gern. Neben einem Sack voll Kuscheltieren stellt die betagte Dame dem St.-Josephs-Heim für Kinder und Jugendliche einen Scheck über fünftausend Dollar aus. Die Leiterin nimmt ihn mit Freudentränen entgegen. Sie fragt Sophia, ob sie nicht Lust hätte, regelmäßig vorbei zu kommen und etwas Zeit mit den Kindern zu verbringen.

„Ich könnte ihnen vorlesen", überlegt Sophia laut.

„Das ist eine gute Idee", finde ich und die Leiterin nickt eifrig.

Der Moment ist so wunderschön und voll ehrlicher Nächstenliebe, dass ich darüber beinah meine Verabredung mit Jenny vergesse.

„Sorry, ich hab die Zeit völlig aus den Augen verloren", entschuldige ich mich, als ich fünfzehn Minuten zu spät zu unserem Treffen komme. Im Diner ist ganz schön was los um die Mittagszeit.

„Schon in Ordnung", sagt Jenny, „ich hab dir schon mal einen Kaffee bestellt."

„Danke." Ich nehme gleich einen Schluck, solange er noch warm ist. „Wie geht's Naresh?"

Jennys verliebter Blick genügt als Antwort. „Er ist einfach wunderbar."

„Ich freue mich so für dich."

„Danke Molly. Für dich kommt auch bald der Richtige, da bin ich sicher."

„Hm", erwidere ich wenig zuversichtlich. „Wir werden sehen. Aber jetzt erzähl mal, du sagtest, die Juristin hat sich bei dir gemeldet?"

Jenny lässt die Schultern sinken. Oh, nein, das ist kein gutes Zeichen.

„Ja, hat sie."

„Und?", frage ich vorsichtig.

Sie schüttelt langsam den Kopf. „Um die drei Monate Kündigungsfrist kommen wir nicht herum."

„Mist!"

Sie nickt.

„Und wenn wir klagen?", schlage ich vor. „Ich meine, das ist doch Täuschung, oder?"

Jenny presst die Lippen aufeinander und schüttelt den Kopf. „Inhaltlich ist die Police nicht anfechtbar. Es steht alles drin. Diese Juristensprache versteht zwar kaum einer, aber alle Bedingungen stehen im Vertrag. Schwarz auf weiß."

„Das gibt's doch nicht!"

„Ja, ich weiß. Es ist so ungerecht. Die lügen man den Leuten das Blaue vom Himmel herunter und kommen tatsächlich damit durch."

Ich lege den Kopf in die Hände und atme seufzend aus. „Was ich den Leuten alles versprochen habe, damit sie unterschreiben. Gerade bei der Altersvorsorge. Haushaltshilfe, Fahrdienst, Einkaufsservice, persönliche Betreuung. Und nichts davon bekommen sie."

„Na ja, jetzt schon. Von dir."

„Stimmt. Aber wer weiß, wie lange ich das noch machen kann. Irgendwann muss ich wieder arbeiten, wenn ich nicht unter der Brücke schlafen will."

Mutlos senke ich den Kopf und blicke auf meine Hände. Eine Weile lang hängt jede von uns ihren Gedanken nach.

„Moment …" Plötzlich reißt Jenny die Augen auf. Dann zieht sie krampfhaft Luft ein. „Ich hab eine Idee!"

„Ja?"

„Ja!" Jenny ist so aufgeregt, dass sie zuerst gar nicht in Worte fassen kann, was ihr eben eingefallen ist. Ich gebe ihr noch eine Minute, um ihre übersprudelnde Energie hinauszuzappeln, dann halte ich sie an beiden Armen fest.

„Na los, sag schon."

„Ich ... ich muss ins Büro", sagt sie nur und hat im nächsten Moment schon die Jacke übergestreift. „Wir treffen uns bei dir zuhause. Heute Abend. Um halb neun."

„O-okay", erwidere ich perplex. „Bis dann", rufe ich ihr noch nach, doch da ist Jenny auch schon zur Tür hinaus.

Um drei Minuten vor halb neun klingelt es an meiner Tür. Sofort springe ich auf. Jenny stürmt die Treppe hinauf, fast rennt sie mich über den Haufen.

„Ich hab's! Molly, ich hab's!"

„Komm erst mal rein", biete ich an. „Willst du was trinken?"

„Später. Zuerst will ich dir was zeigen."

„Schieß los."

Jenny räuspert sich. „Okay. Du kennst doch die *Premium Plus – Komfort im Alter*?"

„Ja, natürlich. Das ist die, um die es bei den meisten meiner Kunden geht." Weiß sie das etwa nicht? Wovon rede ich denn die ganze Zeit?

„Genau. Eine Altersvorsorge für Menschen jenseits der sechzig. Die aber erst nach zehn vollen Beitragsjahren greift. Und selbst das nur unter Berücksichtigung bestimmter Vorbehaltsklauseln und gewisser Bedingungen. Richtig?"

„Richtig."

„Kurzum: die wahrscheinlich sinnloseste und betrügerischste Versicherung bei AWK Ensurance – und das mag bei einer Firma, die generell nur unnützen Mist verkauft, schon was heißen."

Ich nicke. Soweit nichts Neues. „Worauf willst du hinaus?"

„Ich habe die ganze Zeit nach einer Möglichkeit gesucht, den Vertrag vorzeitig zu kündigen. Hab die Bedingungen von vorn bis hinten durchgelesen. Aber – keine Chance. Das Ding ist juristisch bombensicher formuliert."

„Klingt nicht besonders ermutigend", sage ich enttäuscht. Wo bleibt der tolle Einfall, von dem sie die ganze Zeit redet?

„Aber dann dachte ich mir: Was wäre, wenn wir die Versicherung, anstatt sie zu kündigen, einfach nutzen?" Jenny lächelt. Ihre Augen funkeln hinter der dicken Brille wie riesige Sterne.

Automatisch richte ich mich auf. „Wie meinst du das?"

„Was wäre, wenn wir die Versicherung dazu bringen könnten, für die Leistungen, mit denen wir auf Kundenfang gehen, auch tatsächlich zu bezahlen?"

„Pah", mache ich beinahe abfällig. Das war's? Das soll ihre tolle Idee gewesen sein? „Die bezahlen niemals. Niemals! Oder hast du jemals, in der ganzen Zeit, die du bei AWK arbeitest, auch nur einen einzigen Fall erlebt, bei dem diese Mistkerle gehalten haben, was man den Kunden versprochen hat?!“

„Nein“, gibt sie unumwunden zu.

„Also. Was soll das Ganze?“ Ich kann nicht verstehen, warum Jenny immer noch grinst. Zum Kotzen, dass diese Penner mit ihrer Abzocke einfach so durchkommen.

„Hast du dir die Police mal genauer angesehen?“, fragt sie und grinst nun noch breiter. Gleich werde ich echt sauer.

„Nein.“

„Nun, ich schon. Dempsey hat mich doch gezwungen, die Vertragsbedingungen Korrektur zu lesen, erinnerst du dich?“

„Ja, weil du mir beim Kopieren geholfen hast, nicht?“

„Genau. Tagelang habe ich mit einer Lupe darüber gehockt und bin das Ding Seite für Seite, Paragraph für Paragraph durchgegangen.“ In diesem Moment holt Jenny einen Ordner aus ihrer Tasche. Sie sieht mir in die Augen und tippt mit den Fingern darauf herum.

„Ja und?“ Die Spannung ist kaum auszuhalten, und Jenny ist geradezu elektrisiert von ihrem Einfall. Mit einem verschwörerischen Grinsen beugt sie sich zu mir hinüber und senkt die Stimme. Total unnötig, da wir ja allein sind in meiner Wohnung.

„Es gibt dort eine Klausel, die etwas ... sagen wir *missverständlich* formuliert ist. Wie man sie deutet, ist sozusagen Auslegungssache.“ Jenny blättert in dem mehrseitigen Machwerk herum. „Hier. Paragraph sechsundzwanzig: *Betreuungsleistungen bei vorübergehend eingeschränkter Bewegungsfähigkeit.*“ Sie sucht den richtigen Abschnitt und beginnt zu lesen. „Im Falle einer ärztlich bescheinigten vorübergehend eingeschränkten Bewegungsfähigkeit hat der/die Versicherte Anspruch auf Betreuungsleistungen.“ Sie blickt auf. „Diese Formulierung bildet die Grundlage für die Versprechungen, die wir den Kunden machen. Das Versprochene steht also im Vertrag – deswegen ist er inhaltlich auch nicht anfechtbar. Dagegen zu klagen wäre sinnlos. Aber nur wenn man auch das Kleingedruckte liest, wird klar, dass der Anspruch auf Betreuungsleistungen eben nur unter der Voraussetzung besteht, dass die eingeschränkte Bewegungsfähigkeit vorübergehend ist. Was praktisch ausgeschlossen ist. Wenn jemand jenseits der Siebzig einmal bewegungsunfähig ist, bleibt er es in der Regel auch. Ausgenommen er bricht sich ein Bein, trägt sechs Wochen einen Gips und ist dann wieder topfit. Aber das sind seltene Ausnahmen."

„Nur damit ich es richtig verstehe: Die Versicherung zahlt, wenn der oder die Versicherte nur für kurze Zeit eingeschränkt bewegungsfähig ist und danach wieder auf die Beine kommt?"

Jenny nickt.

„Also befinden sich sämtliche chronische Krankheiten und alterstypische Gebrechen wie Arthrose, Gicht, Rheuma, MS, Demenz, Diabetes oder auch die Folgen eines Schlaganfalls oder Herzinfarktes außerhalb der Haftung?"

„Ganz genau", bestätigt sie. „Aber hör dir das mal an. Weiter heißt es nämlich: *Auf Grundlage eines ärztlichen Attests werden Betreuungsleistungen in einem Umfang bewilligt, der es dem/der Versicherten ermöglicht, am täglichen Leben teilzunehmen.*" Mit hochgezogenen Augenbrauen sieht sie mich an. „Molly, diese Betreuungsleistungen sind nicht näher definiert. Das ist also reine Auslegungssache. Eine maximale Summe ist auch nicht festgesetzt."

Es dauert noch ein paar Sekunden, bis es ganz zu mir durchgedrungen ist. Dann dämmert mir endlich, worauf Jenny hinauswill. „Soll das heißen, dass ich meine Leistungen über AWK Ensurance abrechnen kann?"

„Genau das heißt es", stimmt sie mir breit grinsend zu. „Alles, was du tun musst, ist ein Gewerbe anzumelden. Dann brauchen wir nur noch einen Arzt, der deinen Kunden diese vorübergehend eingeschränkte Bewegungsfähigkeit attestiert. Vorübergehend – das ist das Entscheidende, wie gesagt. Und das wäre nicht mal gelogen. Bei meiner Recherche bin ich über etliche Fälle gestolpert, in denen die verschiedensten Krankheiten über Nacht verschwunden und die Patienten symptomlos aufgewacht sind. Wenn man es von dieser Warte aus betrachtet, ist jede *eingeschränkte Bewegungsfähigkeit* aus jetziger Sicht vorübergehend. Ich fand den Gedanken so interessant, dass ich mich ein bisschen eingelesen habe, und es stellte sich heraus, dass statistisch immer ein paar Prozent Wahrscheinlichkeit einer spontanen Heilung bestehen. Und genau auf die berufen wir uns. Bei Krebserkrankungen spricht man von Spontanremission. Wie das bei anderen Krankheiten heißt, weiß ich nicht, aber Naresh kennt da sicher irgendeinen allgemeinen Fachbegriff, den wir verwenden können. Ich habe schon mit ihm darüber gesprochen. Gleich morgen setzen wir ein Musterschreiben auf.“ Sie zwinkert verschwörerisch. „Und das hier“, sie zieht eine Liste aus ihren Unterlagen und wedelt damit vor meinem Gesicht herum. „Sind Namen, Adressen und Telefonnummern aller Kunden, die eine *Premium Plus – Komfort im Alter* abgeschlossen haben.“

„Alle?“

„Alle.“

Ich bin sprachlos. „Wenn das funktioniert, dann … dann …“

„Dann brauchst du dir keinen neuen Job zu suchen.“

„Jenny, ich … ich weiß gar nicht, was ich sagen soll.“

„Wie wär‘s mit: Gut gemacht, Jenny?“

„Gut gemacht, Jenny!“, mir stehen Tränen in den Augen, als ich ihr um den Hals falle.

„Jetzt zahlen wir es dem Mistkerl Dempsey endlich heim.“

„Oh ja!“

Jenny löst sich aus meiner Umarmung und sieht mich an. „So, jetzt hätte ich gern was zu trinken.“

KAPITEL 19

Ursache und Wirkung

Ich erwache voller Elan. Jennys Plan ist aufgegangen. Naresh hat noch am selben Abend eingewilligt, uns zu helfen. Er hat die Klinikleitung eingeweiht, die unser Musterschreiben bereitwillig geprüft hat. Vor zwei Monaten habe ich ein Kleingewerbe angemeldet und gestern ging die erste Zahlung von AWK Ensurance auf meinem Konto ein. Noch immer kann ich mein Glück kaum fassen. Ich liebe, was ich tue. Ich begegne den interessantesten Menschen, höre faszinierende Lebensgeschichten, tue Gutes, helfe, unterstütze und spreche Mut zu. Ich bin Mädchen für alles und Fels in der Brandung. Viele dieser Menschen sind zu Freunden geworden. Jeden Morgen weiß ich, warum ich aufstehe, und ich tue es gern. Es gibt keine Zweifel mehr, kein Hadern, keine Sinnfrage, mein Gewissen ist jetzt federleicht. Ich gehe vollkommen auf in dieser Arbeit. Und seit gestern werde ich auch dafür bezahlt.

Bevor ich meinen ersten Klienten besuche – das sind sie jetzt: meine Klienten, keine Kunden mehr –, gehe ich rüber zu den Duncans. Ich habe versprochen, die drei Großen zur Schule und zum Kindergarten zu bringen. Als ich hereinkomme, machen Faye und Paul gerade zusammen Frühstück. Der eine schenkt den Kaffee in zwei Tassen, der andere gibt jeweils einen Schluck Milch dazu. Faye legt die Brote auf der Arbeitsfläche aus, Paul bestreicht sie mit Erdnussbutter, bevor Faye Marmelade darauf gibt. Ihre Arme kreuzen sich, aber sie kommen sich nicht gegenseitig in die Quere. Ich muss schlucken. Dieser synchronisierte Ablauf ist wahrscheinlich das Romantischste, das ich je gesehen habe. Wie ein Tanz durch den Alltag. Ein perfekt aufeinander eingespieltes Team. Sie verstehen sich blind und stumm. Sehnsucht flackert in mir auf.

„Denkst du bitte an die Brille?“, erinnert Faye ihren Mann. „Paul braucht nämlich eine Lesebrille, weißt du“, erklärt sie mir mit einem verdrucksten Lachen. „Altersweitsichtigkeit.“

„Haha“, macht Paul. „Das haben viele Leute. Mit dem Alter hat das nichts zu tun.“

„Schon gut. Denk nur dran, ja? Zusätzlich zu deiner Altersweitsichtigkeit wirst du in letzter Zeit nämlich sehr vergesslich. Wenn das so weiter geht, kann Molly dich bald in ihre Klientendatei aufnehmen.“

Ich liebe es, wie die beiden sich gegenseitig foppen. Dabei könnte ich stundenlang zuschauen.

„Vergesslich? Von wegen. Die Brille hab ich längst besorgt“, verkündet Paul stolz.

„Ach echt? Zeig mal.“

„Ja, Daddy, zeig mal.“

Etwas widerwillig geht Paul ins Schlafzimmer und kommt mit kreisrunden Brillengläsern auf der Nase wieder raus.

Faye stutzt. „Wo hast du die her? Aus der Winkelgasse?“

Leyla prustet los. „Ja, Dad, da fehlt nur noch die blitzförmige Narbe auf der Stirn.“

„Ihr seid unmöglich“, findet Paul und nimmt die Brille schnell wieder ab. „Die Optikerin meinte, ich sehe damit um Jahre jünger aus“, murmelt er verlegen. „Außerdem trägt man das jetzt so.“

„Wo? In Hogwarts?“

„Ach, ihr habt ja alle keine Ahnung!“

„Ja, wir unwissenden Muggel.“

„Ich muss jetzt sowieso los“, sagt er genervt.

„Oh, ja, beeil dich“, grölt Faye und presst ihre Knie aneinander, vermutlich aus Angst, sich gleich in die Hose zu machen vor Lachen. „Nicht, dass du deinen Zug noch verpasst. Nicht vergessen: Gleis neundreiviertel.“

„Haha“, erwidert Paul trocken, doch gegen das schallende Gelächter seiner gesamten Familie inklusive Nachbarin kommt er nicht an. Sogar Jaden, der noch viel zu klein ist, um den Witz zu verstehen, kichert wie verrückt. Augenrollend geht Paul zur Tür hinaus.

„Und wag es ja nicht, mit einer weißen Eule nach Hause zu kommen, hörst du!“, ruft Faye ihm hinterher. Noch immer lachend, wirft sie einen Blick auf die Uhr.

„Trinkst du noch was? Wir haben noch fünfzehn Minuten.“

„Ja, warum nicht?“, ich muss mich kurz setzen. Mir tut der Bauch weh vor Lachen.

„Kakao?“, fragt sie mich wie üblich, wenn ich morgens bei den Duncans bin und ist schon auf dem Weg in die Küche.

„Nein danke. Heute nicht.“

Verdutzt blickt sie mich an. „Okay? Was anderes? Limo? Cola?“

Ich muss schmunzeln. Mann, ich hab echt keine Kalorienbombe ausgelassen.

„Wasser, bitte.“

„Wasser? Du meinst es echt ernst, oder?“

„Sieht ganz so aus.“

„Wieviel hast du denn schon abgenommen?“

„Keine Ahnung. Ich hab gar keine Waage.“

„Acht, neun Kilo sind es mindestens“, schätzt Faye.

„Neun Kilo? Niemals!“

Sie sieht mich abschätzend an. „Doch, ganz sicher. Vielleicht sind es auch zehn.“

„Ach komm, jetzt übertreib mal nicht so.“

„Wollen wir wetten“, fordert sie mich heraus. Die Waage steht im Bad.“

Sofort wird mir heiß. Ich schüttle den Kopf. „Nein, nein.“ Mein letztes Wiegeerlebnis ist mir noch lebhaft in Erinnerung.

„Jetzt zier dich doch nicht so. Ich muss ja nicht dabei sein. Geh einfach ins Bad und stell dich auf die Waage.“

„Meinst du?“

„Na los!“

„Ist ja gut.“ Abwehrend hebe ich die Hände. Ich gehe, wenn auch widerwillig, ins Bad und schließe die Tür hinter mir. Da steht das Ding. Hauptrolle meiner Alpträume und Grund unzähliger schlafloser Nächte. Aber ich bin neugierig. Mir ist schon auch aufgefallen, dass manche meiner alten Jeans wieder besser passen und meine Shirts nicht mehr so spannen. Ich hab mich auch schon vor dem Spiegel hin und hergedreht und festgestellt, dass ich an der einen oder anderen Stelle nicht mehr ganz so, wie soll ich sagen, *üppig* wirke. Und Mr. Thompson ist in letzter Zeit auch etwas zurückhaltender geworden, was spitze Bemerkungen über meine Figur angeht.

Na gut, tun wir's. Ich atme einmal durch und steige drauf.

„Und?", fragt Faye. Sie steht direkt vor der Tür.

„Tatsächlich!", rufe ich und verschlucke mich fast an meiner eigenen Spucke. „Zehn Kilo!"

„Sag ich doch."

Ich sehe es vor mir, und doch kann ich es kaum fassen. Zehn Kilo. Und das in was? Zehn Wochen? Und vor allem, ohne strikt Diät zu halten oder täglich ins Gym zu rennen. Ich hätte nie gedacht, dass sowas ohne strengen Plan überhaupt möglich ist.

Essen war immer mein Lebensmittelpunkt. Aber jetzt hat sich meine Perspektive vollkommen verschoben. Essen ist ein Bestandteil meines Lebens. Nicht mehr mein Lebensinhalt. Ich esse, wenn ich Hunger habe, worauf ich gerade Lust habe, und ich höre auf, wenn ich satt bin. Ich achte darauf, dass der Hauptbestandteil jeder meiner Mahlzeiten Gemüse ist. Aber ich verkneife mir nichts. Doch statt wie früher die ganze Tafel Schokolade zu inhalieren, esse ich jetzt ein Stück, genieße es, lasse es langsam im Mund zergehen, und wenn ich möchte, esse ich noch ein zweites. Und dann höre ich auf. Ich bewege mich außerdem viel mehr als früher. Ich fahre Fahrrad, statt die U-Bahn zu nehmen. Steige Treppen statt im Aufzug auf ein Knöpfchen zu drücken. Auch die nächtlichen Frust-Fressorgien habe ich nicht mehr nötig. Ich bin von Softdrinks auf Wasser umgestiegen und habe meinen Süßigkeiten-Konsum deutlich eingeschränkt. That's it! Es ist so einfach. Ich brauchte nur einen Schubs in die richtige Richtung. Zum ersten Mal in meinem Leben fühle ich mich wirklich mit meinem Körper verbunden. Obwohl ich vom Normalgewicht noch meilenweit entfernt bin, habe ich angefangen, meinen Körper zu akzeptieren. Er ist nicht länger mein Feind, den ich im Spiegel betrachte und nichts empfinde als Hass und Abscheu. Er ist nicht länger eine Hülle, die ich am liebsten gegen die nächstbeste tauschen würde. Er gehört nun zu mir. Und das fühlt sich verdammt gut an.

Die Erkenntnisse häufen sich. Es gibt so vieles, was ich über die Jahre durch mein Essverhalten verlernt oder vergessen habe. All der Zucker, das billige Fett, künstliche Geschmacksverstärker und Konservierungsstoffe haben meinen Geschmackssinn völlig vernebelt. Alles Natürliche schmeckte irgendwie fade. Ich wollte noch süßer, noch salziger, noch fettiger. Mehr, mehr, mehr – immer mehr von allem. *Sucht* schießt es mir durch den Kopf. Ja, das ist eindeutig Suchtverhalten. In dieser Hinsicht unterschied mich bis vor Kurzem nicht viel von einer Drogensüchtigen. Einzig, dass meine Droge legal war. Schon jetzt, nach nur wenigen Wochen, habe ich ein völlig neues Körpergefühl. Ich weiß intuitiv was ich brauche und was gut für mich ist. Wo ich früher unstillbaren Heißhunger auf Cheetos hatte, verspüre ich heute Lust auf eine Birne oder ein paar Himbeeren. Der ganze Mist, den ich die letzten Jahre in mich hineingestopft habe, hat meine Intuition gelähmt. Erst jetzt, wo ich mir vorstellen kann, wie sich ein gesunder, fitter Körper anfühlt, wird mir klar, was ich mir selbst angetan habe. Und damit meine ich nicht nur die zusätzlichen Kilos, die ich jahrelang mit mir herumgeschleppt habe. Ich meine auch Müdigkeit, Antrieblosigkeit, schlechte Haut, Verdauungsprobleme, Bauchschmerzen, Sodbrennen, Schweißausbrüche, Haarausfall. All das ist plötzlich wie weggeblasen.

Essen ist etwas Wundervolles. Etwas, das man in vollen Zügen genießen und für das man sich Zeit nehmen sollte. Sich im Vorbeigehen oder vor dem Bildschirm schnell etwas in den Mund zu schieben, damit der Magen aufhört zu knurren, ist nicht Sinn der Sache. Unsere Mahlzeiten verdienen unsere volle Aufmerksamkeit. Von einem knackigen Apfel, langsam und genüsslich gekaut, hat man in jeder Hinsicht mehr, als von einer Handvoll Gummibärchen die man sich geistesabwesend in den Mund steckt, während man sich am Handy durch Instagram-Stories klickt. Du bist, was du isst. Klingt abgedroschen, ich weiß. Aber es ist wahr. Behandle deinen Körper gut, und er wird es dir danken.

Als ich ein paar Wochen später zum Kindergeburtstag der Zwillinge rüber in die Nachbarwohnung gehe, gibt es für mich eine Premiere.

„Sieh mal“, mache ich Faye auf meine Körpermitte aufmerksam.

„Was denn?“

„Na hier."

„Sollte mir jetzt etwas auffallen?"

„Ich trage einen Gürtel."

„Oh, wow. Ist das … ein besonderer Gürtel oder so?"

„Ihr Dünnen habt echt keine Ahnung, was?"

Faye zuckt mit den Schultern.

„Das ist mein erster Gürtel seit über zehn Jahren. Und ich trage ihn, weil meine Hose sonst rutscht. Meine Hose rutscht! Das ist mir noch nie passiert."

Sie lacht. „Na dann, herzlichen Glückwunsch!"

„Hast du heute auch Geburtstag?", fragt June verwundert.

Ich muss lachen. „Nein, mein Schatz. Heute bist du die Hauptperson. Happy Birthday!"

„Hey", mault Ben.

„Und du natürlich auch. Herzlichen Glückwunsch zum Geburtstag, ihr beiden."

Als Faye die Torte anschneidet, bin ich noch satt vom Mittagessen.

„Für mich nicht, danke", lehne ich höflich ab.

June sieht mich verständnislos an. „Wirst du denn nie wieder Kuchen essen?" Sie klingt so empört, wie eine Sechsjährige eben klingen kann.

„Doch, natürlich werde ich das. Aber eben nicht mehr so viel." Ich streichle der Kleinen übers Haar. „Alles im Leben ist eine Frage der Balance, Junie."

„Hast du gar keine Angst vor dem Jo-Jo-Effekt?", will Enid wissen.

Ich muss lächeln. „Hättest du mich das vor ein paar Wochen gefragt, hätte ich ja gesagt."

Sie schmunzelt. „Und heute?"

„Heute weiß ich, dass es so etwas wie den Jo-Jo-Effekt überhaupt nicht gibt."

„Ach ja?"

„Die Leute reden davon, als sei es eine Naturgewalt oder ein Virus, etwas dem man, wenn es einen einmal erwischt hat, hilflos ausgeliefert ist. Aber der Jo-Jo-Effekt ist nichts, was einen plötzlich anspringt und auch keine Krankheit, er ist einfach nur ein netter Begriff für etwas, das man selbst zu verantworten hat. Fällt man nämlich wieder in genau die Gewohnheiten zurück, die überhaupt erst zum Übergewicht geführt haben, nimmt man zwangsläufig wieder zu. Das ist keine übermächtige Stoffwechsel-Diätfalle, sondern simple Mathematik."

„Dann hast du keine Angst, wieder in deine alten Muster zurückzufallen?"

Ich zucke mit den Schultern. „Ausschließen kann ich das natürlich nicht. Aber im Moment fühlt es sich gut an."

Als die Geburtstagsgäste weg sind, helfe ich Faye noch dabei, das Chaos im Wohnzimmer zu beseitigen. Paul bringt zuerst den kleinen Jaden und dann Leyla, die Große, ins Bett. Die Zwillinge dürfen zur Feier ihres Geburtstages noch ein bisschen fernsehen. Dann ist auch für sie Schlafenszeit.

„Nimmst du Rose einen Moment, solange ich die Zwillinge ins Bett bringe?"

„Klar, komm her, meine Kleine." Vorsichtig legt Faye mir das Baby in den Arm. Ihre Augen sind schon ganz müde. Ich habe das Gefühl, sie ist gern bei mir. Sie weint nur ganz selten, wenn ich sie auf dem Arm habe. Ich summe vor mich hin. Das Schlaflied, das Mom mir immer vorgesungen hat, als ich noch klein war. Sie blinzelt noch zweimal, dann sind die kleinen Äuglein zu. Und als ich der kleinen Rose so beim Schlafen zusehe, stelle ich mir vor, wie es sich wohl anfühlt, ein Baby zu sein. Dieses grenzenlose Vertrauen, dieses unbekümmerte Loslassen. Einfach irgendwo einzuschlafen, in der Gewissheit, dass man nach Hause getragen wird. Loslassen. Hingabe. Solange wir Kinder sind, sorgen unsere Eltern für uns. Sie tragen die Verantwortung. Für alles. Was wir essen, was wir anziehen, mit wem wir unsere Zeit verbringen, wie unser Tagesablauf aussieht. Unsere Eltern geben den Rahmen vor, in dem wir uns als Kinder entwickeln können. Das ist richtig und auch gut, so wie es ist. Schwierig wird es an dem Punkt, da wir Schritt für Schritt dazu übergehen müssen, unseren Eltern diese Verantwortung abzunehmen, um sie für uns selbst zu tragen. Es ist ein Prozess. Der beginnt schon im Kleinen. Bei der Vierjährigen beispielsweise, die ab sofort selbst entscheiden möchte, was sie anzieht. Oder dem Zweitklässler, der sich selbst aussucht, neben wem er sitzen möchte. Viele Eltern hadern schon mit diesem Loslassen im Kleinen. Ich weiß noch, wie meine Mutter plötzlich in Tränen ausgebrochen ist, als ich mir das erste Mal die Schnürsenkel selbst gebunden habe. Ich glaube, besonders den Müttern fällt er schwer zuzusehen, wie ihre Babys langsam groß werden. Wahrscheinlich hat sich die Natur, insbesondere bei Mädchen, deshalb diesen raffinierten Trick namens Pubertät einfallen lassen. Sie dachte sich wohl: Ich pumpe das süße kleine Ding jetzt mit Hormonen zu, bis sie so unausstehlich wird, damit die Eltern froh sind, wenn sie endlich auszieht. Selbst in den vornehmsten Familien fliegen in dieser Lebensphase ordentlich die Fetzen. Normalerweise. Bei mir lief das Ganze recht verhalten ab. Ein kleiner Disput hier, ein Türenknallen da, aber das war's im Großen und Ganzen. Eine richtige Abnabelung von meiner Mutter fand eigentlich nie wirklich statt. Nicht mal, als ich nach New York gezogen bin. Ich habe nie gelernt, für mich selbst Verantwortung zu übernehmen. Es musste erst alles zusammenbrechen, damit ich lerne, was es bedeutet, mein Leben selbst in die Hand zu nehmen. Ich, und nur ich ganz allein, trage die Verantwortung. Das weiß ich jetzt. Ich treffe die Entscheidungen. Jeden Tag aufs Neue. Was ich esse, welchen Job ich mache, mit wem ich meine Zeit verbringe.

Früher war ich fest davon überzeugt, wenn ich erst mal zwanzig, dreißig Kilo weniger hätte, dann führe ich das Leben, das ich schon immer führen wollte. Ich muss nur abnehmen, dachte ich, dann fliegt mir alles andere einfach zu. Aber Schlanksein bedeutet nicht automatisch glücklich sein. Es ist die Verantwortung. Verantwortung für sich und seinen Körper zu übernehmen – das ist der erste Schritt in ein selbstbestimmtes Leben.

Und Selbstbestimmung ist der Schlüssel zum Glück.

Kapitel 20

Happy Birthday!

„Tut uns leid, dass wir zu spät sind, aber Daddy war noch auf dem Klo“, entschuldigt sich die siebenjährige Leyla für die Verspätung.

„Schon okay“, lache ich. „Kommt rein, ich wollte gerade die Torte anschneiden.“

„Ist das wieder so eine Magerquarktorte?“, will Ben wissen und zieht die Nase kraus.

„Nein, mein Schatz. Das ist eine richtige Torte. Mit allen Drum und Dran. Hilfst du mir, sie anzuschneiden?“

„Herzlichen Glückwunsch zum Geburtstag, Molly“, Faye zieht mich in eine feste Umarmung.

„Danke. Und auch dir alles Gute zum Geburtstag, kleine Rose“, sage ich und küsse die Jüngste der Duncans auf die Stirn. Ich mag jedes von Fayes Kindern, aber Rose und ich verstehen uns ganz besonders gut. „Kaum zu glauben, dass sie schon ein Jahr alt ist.“

Faye nickt und seufzt wehmütig. „Und kaum zu glauben, dass du schon einunddreißig bist.“

„Ja, jetzt geht es steil auf die Vierzig zu“, scherze ich in die Runde. Lächelnde Gesichter wohin ich schaue. Alle sind gekommen. Mom und Dad, Max und Charlotte mit Teddy und den drei Monate alten Zwillinge Grace und George, meine Freunde Jenny und Naresh – sogar Tante Rachel hat sich meinetwegen in ein Flugzeug gesetzt. Und obwohl heute auch Rose heute ihren großen Tag hat, schauen die Duncans kurz vorbei. Mein winziges Apartment platzt aus allen Nähten.

„Lasst uns anstoßen", sagt Max, als jeder ein Glas in der Hand hält. „Auf Molly! Meine kleine Schwester, die in diesem Jahr über sich hinausgewachsen ist. Du hast es allen gezeigt, Schwesterchen. Wir sind sehr stolz auf dich. Cheers!"

„Cheers", erwidern alle im Chor, und ich verdrücke ein Tränchen.

Wir reden, lachen, trinken Champagner und essen Torte. Später steht noch ein bisschen Sightseeing auf dem Plan, und für heute Abend haben wir einen Tisch im meinem Lieblingsrestaurant reserviert. Der perfekte Geburtstag.

„Na los, raus mit der Sprache", verlangt Charlotte, als ich mich zu ihr aufs Sofa setze, während sie zuerst Grace und dann George stillt. „Wie hast du das angestellt?"

„Was angestellt?"

„Willst du mich veräppeln? Du hast wieviel? Zwanzig, fünfundzwanzig Kilo abgenommen?"

„Achtundzwanzig", antworte ich, und mein Stolz darüber lässt sich kaum verbergen.

Charlotte reißt die Augen auf. „Achtundzwanzig Kilo innerhalb eines Jahres. Wow, Molly. Meinen größten Respekt."

„Danke."

„Willst du noch weiter abnehmen?"

Ich zucke mit den Schultern. „Im Moment fühle ich mich wohl, so wie ich bin." Unwillkürlich wandert mein Blick hinüber zum Schuhregal im Flur, zu meinen roten Manolos, ganz oben, auf ihrem Ehrenplatz. Ich habe mir seit Wochen vorgenommen, sie heute Abend zu tragen. Endlich. Während ich sie betrachte, muss ich lächeln. Jetzt, wo es tatsächlich soweit ist, ist es mir auf einmal gar nicht mehr so wichtig. So, als brauchte ich sie nicht mehr – so, als wäre ich, auch ohne sie, einfach genug.

„Das ist schön", sagt Charlotte. „Ich freue mich so für dich." Ich sehe ihr an, dass sie es meint, wie sie es sagt. Keine Spur Missgunst, kein erhobener Zeigefinger und auch kein „Hättest du mal lieber früher auf mich gehört".

„Und was war der Auslöser?", will sie dann wissen.

Ich atme tief durch, ehe ich antworte. Ein Luftholen, mit dem ich alles vor meinem inneren Auge noch einmal Revue passieren lasse. „Es war einfach Zeit, etwas zu ändern", sage ich.

Charlotte nickt, dann lächelt sie. „Ich bin unheimlich stolz auf dich!“

„Jetzt fehlt dir nur noch der richtige Mann zum Glück.“ Rachel setzt sich zu uns aufs Sofa. Auch sie hat sich im letzten Jahr sehr verändert. Fast sechzig Kilo ist sie leichter. Nach der Reha ist sie drangeblieben, hat Sport in ihren Alltag integriert und hält sich beim Kochen an das, was sie in der Kur gelernt hat. Seit Kurzem ist sie sogar die Krücken los und kann das Knie wieder voll belasten.

„Ach, das lasse ich auf mich zukommen“, sage ich. „Erzwingen kann ich es sowieso nicht.“

„Du solltest es unbedingt mal mit Online Dating versuchen“, findet Rachel. „Da lernt man wirklich interessante Männer kennen. Nächste Woche habe ich wieder ein Date. Sein Name ist Harold. Er ist geschieden.“ Sie lächelt verschmitzt.

„Na, dann drücke ich dir die Daumen.“

„Molly, wo hast du die Liste?“, will Jenny wissen. „Deine Mom will sie mal sehen.“

„Die Liste?“

„Ja, die Kundenliste, mit der alles angefangen hat.“

„Ach so. Ich hab sie auf dem Handy, aber das Original müsste hier auch noch irgendwo …“, ich wühle in der Schublade meines Couchtischs, „…hier. Das ist sie.“

„Sieht ziemlich mitgenommen aus“, stellt Mom fest. „Und all diese Leute sind jetzt deine Klienten?“

„Ja. Außer diese hier. Siehst du? Ich hab sie blau markiert.“

„Und was bedeutet rot?“

„Rot mit einem Häkchen dran bedeutet, dass ich die Person beim ersten Mal nicht angetroffen habe und nochmal hinmusste.“

„Und was bedeutet nur rot, ohne Häkchen?“

Ich runzle die Stirn. „Die müssten alle ein Häkchen haben.“

„Nein, diese hier nicht. Siehst du? Bridget Langley.“

„Lass mal sehen.“

„Hier.“

Ich stutze. „Du hast Recht.“

„Und was heißt das jetzt?“

„Dass ich sie noch nicht angetroffen habe“, erwidere ich geistesabwesend. Und dann fällt es mir wieder ein. Mrs. Langley –

zweimal bin ich da gewesen. Habe ein paar Mal angerufen. Aber sie öffnete weder die Tür, noch ging sie ans Telefon. Irgendwann muss ich übersehen haben, dass ich ihren Namen noch nicht abgehakt habe. Das kann ich nicht auf mir sitzen lassen. Nicht heute. Sofort nehme ich das Telefon und wähle ihre Nummer. Sie geht nicht ran. Ich lege auf und versuche es nochmal. Wieder nichts.

„Ich fahre zu ihr“, beschließe ich.

„Heute?“, fragt Mom ganz entrüstet.

„Ja, jetzt gleich.“

„Aber doch nicht an deinem Geburtstag.“ Es klingt wie ein Vorwurf. Dass sie mich letztes Jahr hat im Regen stehen lassen, hat sie wohl vergessen.

„Gerade an meinem Geburtstag.“

„Und was wird aus unserer Stadtführung?“ Mom macht keinen Hehl aus ihrer Enttäuschung.

„Wir können das doch machen“, bietet Jenny schnell an und stößt Naresh mit dem Ellbogen in die Seite.

„Au! Äh, … ja, wir machen das gern“, stimmt er seiner Freundin zu und reibt sich die Seite.

„Ja, Molly“, bestärkt mich Charlotte. „Bring es zu Ende. Wir treffen uns heute Abend im Restaurant.“

Ich schwinge mich aufs Fahrrad und düse los. Zwanzig Minuten später bin ich da. Ich suche den richtigen Namen und klingle. Wie auch schon die letzten beiden Male, als ich hier war, geschieht nichts. Doch diesmal werde ich nicht einfach wieder gehen. Nicht heute. Und dann erinnere ich mich an einen Trick, den ich mal im Fernsehen gesehen habe. Mit der flachen Hand drücke ich gleichzeitig auf alle Klingeln des riesigen Apartmentkomplexes. Ein wildes Stimmgewirr schallt mir aus der Sprechanlage entgegen, dann springt die Tür mit einem Surren auf. Ich nehme die Treppe in den vierten Stock. Hier. Langley, lese ich auf dem Messingschild an der Tür. Ich klingle. Aus dem Inneren der Wohnung ist nichts zu hören. Ist die Klingel kaputt? Ich lausche. Als ich mein Ohr an die Tür drücke, bewegt sie sich ein paar Millimeter. Oh! Ich drehe den Knauf und – tatsächlich, die Tür steht offen.

„Mrs. Langley?“, rufe ich in die Wohnung. „Mrs. Langley, sind Sie da?“

Nichts. Kurz überlege ich, die Polizei zu rufen. Ich will schließlich nicht einfach unerlaubt in anderer Leute Wohnung herumspazieren, aber da glaube ich, etwas zu hören.

„Mrs. Langley? Sind Sie da?“

Ich schiebe die Tür auf – und mich trifft fast der Schlag. Die Wohnung ist total vermüllt. Ein übler Geruch drängt sich mir auf. Die Luft ist so dick, dass man sie schneiden könnte. Als würde man gegen eine unsichtbare Wand laufen. Ich gehe weiter in den Flur.

„Mrs. Langley, sind Sie da?“ Der Gestank brennt mir in der Nase. Es ist kaum auszuhalten.

„Mrs. Langley, mein Name ist Molly. Ich komme, um nach Ihnen zu sehen. Die Tür war offen.“ Der Gestank ist dermaßen penetrant, dass ich mir den Pulli über die Nase ziehe. Ich kämpfe mich weiter durch den Flur.

„Mrs. Langley?“ Als sie immer noch nicht antwortet, beschleicht mich ein ungutes Gefühl. Beim Gedanken daran, was mich hinter der Schlafzimmertür erwarten könnte, schlucke ich trocken. Ich fasse mir ein Herz und stemme sie auf. Sie geht schwer, wahrscheinlich ist sie auf der anderen Seite zugestellt. Und ja, als ich die Tür einen Spalt breit aufgeschoben habe, rutschen dutzende Zeitungen von einem mannshohen Stapel und schlittern über den Fußboden.

„Mrs. Langley?“, meine Stimme klingt ängstlich. Ich erwarte schon keine Antwort mehr, als ich ein kraftloses Stöhnen vernehme. Mit einem Ruck schiebe ich die Tür auf. Wie im Rest der Wohnung, herrscht auch im Schlafzimmer totales Chaos. Zeitungen stapeln sich fast bis zur Decke, leere Flaschen türmen sich in den Ecken, die Vorhänge sind zugezogen. Suchend gleitet mein Blick durch den Raum. Da! Eine zittrige Hand reckt sich nach oben.

„Mrs. Langley!“, erleichtert und entsetzt gleichermaßen stürme ich auf die arme Frau zu. Sie liegt im Bett und versucht, sich aufzurichten. Ihre Haare sind verklebt, ihr Gesicht völlig verdreckt. Ich helfe ihr, stütze sie. Das Elend, das sich in ihren braunen Augen spiegelt, spricht Bände. Mrs. Langley drückt meine Hand und als sie blinzelt, rinnen Tränen über ihre Wangen.

„Ich habe geträumt, ich bin gestorben“, flüstert sie.

„Oh, nein, Mrs. Langley, Sie sterben heute nicht“, sage ich und drücke ihre Hand. „Ich bin hier, um Ihnen zu helfen.“ Wasser, zuerst braucht sie Wasser. „Ich bin gleich wieder da.“ Ich kämpfe mich bis zur Küche durch, wo ich ein Glas gründlich ausspüle, mit Leitungswasser auffülle und ihr zu trinken gebe. Sie macht immer wieder kleine Schlucke, bis das Glas ganz leer ist. Okay, was jetzt? Als ich mich umsehe, bin ich im ersten Moment völlig überfordert. Ich habe keine Ahnung, wo ich anfangen soll. Ein Arzt? Ja, ich sollte einen Arzt rufen.

„Mrs. Langley, wer ist Ihr Hausarzt?“, frage ich, doch sie reißt die Augen auf und schüttelt heftig den Kopf. „Kein Arzt, kein Arzt“, murmelt sie vor sich hin.

„Kein Arzt?“

„Nein. Kein Arzt, kein Arzt, kein Arzt …“

„Okay, okay“, willige ich schnell ein, ehe sie in Panik ausbricht. Sofort wird sie wieder ruhiger.

„Sind Sie denn verletzt? Haben Sie Schmerzen?“, frage ich vorsichtig.

„Kein Arzt, kein Arzt, kein Arzt.“

„In Ordnung. Ich rufe keinen Arzt, versprochen. Aber Sie müssen mir sagen, ob Sie verletzt sind. Haben Sie irgendwo Schmerzen?“

„Nein“, antwortet sie mit schwacher Stimme. Es ist mir alles andere als recht, aber ich werde ihr erstmal glauben müssen.

„Gibt es jemanden, den ich anrufen könnte?“, frage ich dann. „Ein Verwandter oder eine Freundin?“

Wieder schüttelt sie den Kopf. Weniger energisch diesmal, dafür umso trauriger. Das also auch nicht. Bald gehen mir die Ideen aus.

„Was kann ich für Sie tun?“, frage ich sie direkt, aber anstatt mir eine Antwort zu geben, sieht sie mich nur mit großen Augen an. „Wie wär‘s mit einem Bad?“, schlage ich spontan vor. Sie scheint einen Augenblick zu überlegen, dann nickt sie. Okay, ein Bad also. Das ist ein Anfang. Aber … wie soll ich das machen? Das Badezimmer ist bis obenhin voll mit Müll. Ein Moment der Verzweiflung überkommt mich, am liebsten würde ich heulen. Was soll ich nur tun? Licht! Schießt es mir durch den Kopf. Und plötzlich bin ich wieder klar. Eines nach dem anderen. Ich zerre die Vorhänge zur Seite und reiße die Fenster auf. Frische Luft strömt herein. Aufatmen. Schon viel besser. Doch jetzt wird das Ausmaß des Durcheinanders erst so richtig deutlich. Ich verschaffe mir einen Überblick, und als mir in der Küche ein ganzer Korb voll leerer Plastiktüten und Müllsäcke in die Hände fällt, fange ich einfach an. Stück für Stück, Zimmer für Zimmer befreie ich diese Wohnung und ihre Bewohnerin aus ihrem Korsett aus Müll und Dreck. Es ist, als würden die Räume wieder atmen. Als ich zum sechsten oder siebten Mal den Müll nach unten trage, spricht mich eine Nachbarin an. Sie ist freundlich, fragt, was ich mache. Ich erkläre es ihr, und sie beschließt, mir zu helfen.

„Ich habe mich schon lange gefragt, wo der Gestank herkommt, habe mich aber nie getraut zu klopfen", gesteht sie mit sympathisch mexikanischem Akzent. Dann dreht sie sich um und brüllt in ihre Wohnung.

„José, Marco, Miguel – Vamos! Hoch mit euren faulen Ärschen!"

Auf ihr Kommando schlurfen drei Halbwüchsige mit hängenden Schultern den Flur entlang. Aus dem Schwall an spanischen Anweisungen, die sie ihren Söhnen entgegenbrüllt, verstehe ich nur die Worte „vamos" und „immediatamente".

„Ich bin Rosà", stellt sie sich vor.

„Ich bin Molly", sage ich und lache vor Erleichterung. „Es freut mich sehr, dich kennenzulernen, Rosà!"

Ich bitte die Helfer, sich vom Schlafzimmer fernzuhalten, um Mrs. Langley nicht zu verschrecken. Dann gehe ich zu ihr, gebe ihr nochmal zu trinken und eine Kleinigkeit zu essen. Ich erkläre, was in ihrer Wohnung vor sich geht. Sie ist einverstanden.

Rosà mobilisiert das ganze Haus. Immer mehr Nachbarn kommen dazu. Müllsack um Müllsack schleppen wir nach draußen. Mit den vielen helfenden Händen geht es rasch voran. Rosà hat das Kommando übernommen und koordiniert die Freiwilligen. Das Badezimmer ist als erstes fertig. Sobald wir es freigeräumt haben, mache ich mich mit Essigessenz und Rohrreiniger ans Werk. Ich mache so schnell ich kann. Wie dieser Raum noch vor knappen zwei Stunden aussah, kann man sich kaum noch vorstellen. Zusammen mit einem von Rosàs Söhnen und einem anderen Nachbarn, dessen Namen ich nicht kenne, hieve ich Mrs. Langley aus ihrem Bett, und wir tragen sie hinüber ins Badezimmer, wo ich ihr ein duftendes Schaumbad eingelassen habe. Die Männer lassen uns allein, ich schließe die Tür, und während draußen fleißig weiter geputzt, geräumt und aussortiert wird, ist das Badezimmer ein Ort der Ruhe. Behutsam helfe ich Mrs. Langley aus ihren Kleidern. Beim Anblick ihres schwachen, ausgemergelten Körpers schlucke ich meine Tränen herunter. An einer Stelle am unteren Rücken hat sie sich wundgelegen. Vorsichtig lasse ich die alte Dame ins Wasser gleiten. Sie seufzt wohlig, als das warme Wasser ihren Körper bedeckt. Nach ein paar Minuten setze ich mich an den Beckenrand und beginne, sie mit einem weichen Waschlappen zu waschen. Das Badewasser verwandelt sich schon nach kurzer Zeit in eine braune Brühe. Nachdem ich ihr die langen grauen Haare einmal grob abgespült habe, lasse ich das Wasser ab und neues ein. So ist es besser. Ganz sanft, da ich nicht weiß, ob sie nicht doch irgendwelche Verletzungen hat, schamponiere ich ihr das Haar, spüle es ab und fange von vorn an.

„Gut so?“, frage ich Mrs. Langley, als ich beschließe, dass sie nun sauber genug ist.

Sie lächelt. „Danke.“

Genau im richtigen Moment streckt Rosà den Kopf in die Tür.

„Kannst du mir kurz helfen?“, frage ich, und gemeinsam heben wir Mrs. Langley aus der Wanne und setzen sie auf einen kleinen Hocker.

„Ich hole etwas zum Anziehen“, sagt Rosà. Als ich Mrs. Langley abgetrocknet und ihre Haare geföhnt habe, kommt sie mit ein paar Sachen zurück, die mit Sicherheit nicht der alten Dame gehören.

„Es war nichts Sauberes im Schrank. Ich hab bei mir ein paar Sachen geholt.“

„Das ist lieb von dir, Rosà, danke.“

„Keine Ursache.“ Dann deutet sie mit zusammengezogenen Augenbrauen auf die wundgelegene Stelle an Mrs. Langleys Rücken. „Das muss sich ein Arzt ansehen.“

Ich nicke, dann wende ich mich direkt an Mrs. Langley. „Ich weiß, Sie wollen nicht, dass ich einen Arzt rufe, aber Sie haben eine wunde Stelle am Rücken, die sich dringend jemand ansehen sollte.“

„Nein, kein Arzt, kein Arzt“, beginnt sie von Neuem.

„Ich mache Ihnen einen Vorschlag“, sage ich mit sanfter Stimme. „Wir gehen zusammen ins Krankenhaus, da suchen Sie dann aus all den Ärzten dort den aus, der Ihnen am besten gefällt, und ich bleibe die ganze Zeit bei Ihnen.“

Mrs. Langley sieht mich skeptisch an.

„Ich verspreche, ich lasse Sie keine Sekunde allein. In Ordnung?"

Sie kräuselt die Lippen.

„Bitte, Mrs. Langley. Mir zuliebe." Und schließlich, wenn auch nur ganz zögerlich, nickt sie.

„Danke", stoße ich erleichtert hervor und wende mich wieder an Rosà. „Du hast nicht zufällig ein Auto?" Sie schüttelt den Kopf. Das wäre auch zu schön gewesen. Dann rufe ich eben ein Taxi.

„Warte", sagt Rosà plötzlich. „Miguel!", brüllt sie zur Badezimmertür hinaus. Sie wartet ein paar Sekunden, dann brüllt sie noch lauter. „Miguel! Estás sordo?!"

„Ja?", antwortet der Teenager schließlich.

„Geh nach unten und sieh nach, ob Gabriel schon zuhause ist. Sag ihm, er muss Mrs. Langley ins Krankenhaus fahren." Lustlos folgt der Junge den Anweisungen seiner Mutter. „Gabriel wohnt unten. Ich putze bei ihm. Er hat ein Auto. Normalerweise kommt er erst um sechs von der Arbeit, aber vielleicht haben wir ja Glück", erklärt Rosà, und fünf Minuten später ist Miguel wieder da.

„Er kommt", sagt er nur.

„Wunderbar!", freut sich Rosà. „Kommen Sie, Mrs. Langley, wir ziehen Ihnen schon mal die Schuhe an."

Ich bin noch über Mrs. Langleys Füße gebeugt, um ihr die Schuhe zuzubinden, als es klopft.

„Hallo?" ruft eine Männerstimme durch die offene Wohnungstür. Der Helfertrupp ist immer noch damit beschäftigt, säckeweise Müll und Dreck aus der Wohnung zu schaffen. „Was ist denn hier los?", fragt der Neuankömmling verwundert.

Ich stutze. Diese Stimme ... Langsam richte ich mich auf, mein Blick findet seinen – und mein Herz setzt einen Schlag aus.

OH MEIN GOTT!

Ihm scheint es ganz ähnlich zu gehen, denn er steht mir gegenüber und starrt mich mit offenem Mund an.

„Ah, Gabriel, danke, dass du kommst. Das ist ...", fährt Rosà dazwischen und stoppt dann mitten im Satz. Verwirrt sieht sie zu mir, dann zu ihm und wieder zurück. „Kennt ihr euch?", will sie wissen.

„Wir ... ähm ...", stottere ich.

„Kann man so sagen, ja", beantwortet schließlich Gabriel Rosàs Frage, und als er den ersten Schock überwunden zu haben scheint, breitet sich ein umwerfendes Lächeln auf seinem Gesicht aus. „Na, in letzter Zeit mal wieder einen Schokoriegel geklaut?“, fragt er neckisch.

„Geklaut?“, Rosà scheint verwundert.

„Ich habe nichts geklaut. Wie oft soll ich es denn noch sagen!“

„Schon gut. Schon gut“, abwehrend hebt er die Hände. „Das sollte nur ein Scherz sein.“

Oh mein Gott. Dieser Mann hat meinen Total-Zusammenbruch miterlebt. Ihm habe ich meine tiefsten Sorgen anvertraut. Alles habe ich ihm anvertraut! Eigentlich dachte ich, ich würde ihn nie wiedersehen. Ich spüre, wie ich rot anlaufe.

Rosà schüttelt den Kopf. „Wie auch immer. Ihr solltet jetzt los. Quatschen könnt ihr unterwegs noch genug.“

„Wie bitte? Ich soll ... mit ihm ...? Rosà willst nicht du ...“, möchte ich meine neue Freundin gerade bitten, ihn zu begleiten, als Mrs. Langley nach meinem Arm greift. Ich drehe mich zu ihr. Sie sieht mich an, als wolle sie sagen: *Lass mich nicht allein.*

„Natürlich nicht“, beantworte ich ihre unausgesprochene Bitte. Und dann, einfach so, werde ich ganz ruhig. Natürlich werde ich sie ins Krankenhaus begleiten. Natürlich werde ich bei ihr bleiben. Ich hab es ihr versprochen.

Zusammen helfen wir Mrs. Langley die Treppe hinunter und setzen sie auf den Rücksitz von Gabriels Chevy. Kurz überlege ich, ebenfalls hinten einzusteigen, aber dann nehme ich auf dem Beifahrersitz Platz. Als der Kaufhausdetektiv den Wagen anlässt, drehe ich mich noch einmal zu Mrs. Langley um, um mich zu vergewissern, dass alles in Ordnung ist. Dann fahren wir los. Die ersten Minuten der Fahrt verbringen wir schweigend. Gabriels Nähe bringt mich völlig durcheinander. Ein Teil von mir würde am liebsten aus dem fahrenden Auto springen, an anderer, weitaus stärkerer Teil von mir, berauscht sich geradezu an seiner Anwesenheit. Sein Lächeln, sein Geruch, seine ganze Präsenz. Ich bin wie gebannt.

„Sie haben sich verändert“, sagt er plötzlich.

Ich erschrecke fast, als er mich anspricht und mich meinem Tagtraum reißt.

„Wie lange ist es her, dass wir uns begegnet sind?“, will er wissen. „Etwa ein Jahr?“

„Exakt ein Jahr. Auf den Tag genau.“

„Dann haben Sie … Sie haben heute Geburtstag? Herzlichen Glückwunsch!“

Ich staune. „Das wissen Sie noch?“

Er neigt den Kopf zur Seite. „Sie gehen einem nicht so leicht aus dem Kopf.“

„Das glaub ich gern. Oder wie oft kommt es vor, dass Ihnen jemand heulend seine ganze Lebensgeschichte erzählt?“

„Nicht allzu oft“, gibt er zu. Er lächelt, ich lächle zurück. „Sie sehen so anders aus jetzt“, sagt er dann. „Vor einem Jahr waren Sie so …“

„Fett“, sage ich und lache. „Das Wort, das Sie suchen, ist fett.“

Sein Lächeln verstummt. „Nein“, sagt er nachdenklich, kneift die Augen ein wenig zusammen und sieht mich abschätzend an. „Verloren. Das Wort, das ich suche, ist *verloren.*“

Ich schäme mich ein bisschen, so plump vorgeprescht zu sein und sehe auf den Boden. „Seit unserer ersten Begegnung hat sich bei mir einiges verändert.“

„Ich hoffe zum Guten.“

Ich hebe den Blick und sehe ihn an. „Ja“, erwidere ich von Herzen. „Sie können das nicht wissen, aber Sie haben mir sehr geholfen. Damals. Und damit meine ich nicht nur, dass Sie die Polizisten abgewimmelt haben ... Sie ... Sie waren seit einer Ewigkeit der erste, der mir zugehört hat. Also ... Danke.“

Ein Lächeln huscht über sein Gesicht, die stoppeligen Wangen ziehen sich nach oben. Die Ampel ist rot. Er hält an. Sein Kopf dreht sich zu mir, wir sehen einander an. Lächeln für einen Moment dieses schräge Insider-Lächeln. Obwohl wir praktisch Fremde füreinander sind, verbindet uns etwas. Er hat mir dabei geholfen, die richtige Richtung einzuschlagen, als ich am Scheideweg stand. Und jetzt bin ich hier. Ein Jahr später. Und bin ein neuer Mensch. Dank diesem wissend grinsenden Fremden mit Drei-Tage-Bart und schlechtsitzender Krawatte, der, wie auch schon beim letzten Mal, aussieht, als wäre er eben erst aufgestanden – bin ich heute die beste Version meiner selbst.

„Es ist wirklich schön, Sie wiederzusehen“, sagt er.

„Ja, das finde ich auch.“ Ich bin fast beleidigt, als die Ampel wieder auf grün schaltet und er den Blick wieder auf die Straße richten muss.

„Sagen Sie, haben Sie heute Abend schon etwas vor?“, fängt mein Mund ganz von allein an zu sprechen.

Er lächelt, seine Augen leuchten. „Nein“, sagt er, „ich bin frei.“

„Es gibt da nämlich eine kleine Feier. Nichts Besonderes. Nur Essen. Familie und Freunde.“

Er runzelt die Stirn, dann nickt er langsam. „Ein Familienessen ist zwar nicht direkt das, was ich im Sinn hatte, aber – ja, ich komme gern.“

„Was hatten Sie denn im Sinn?“, frage ich und versuche gar nicht erst, das dämliche Grinsen aus dem Gesicht zu kriegen.

„Schon ein Essen, aber vielleicht in einem etwas kleineren Rahmen.“ Er zwinkert. „Aber das läuft uns ja nicht davon.“

Wieder hält er an einer Ampel und sieht mich an. Plötzlich lacht er laut auf.

„Was?“, will ich wissen und lasse mich von seinem Lachen anstecken.

„Mir ist gerade aufgefallen, dass ich nicht einmal Ihren Namen kenne.“ Er streckt mir seine Hand entgegen und sagt: „Ich bin Gabriel“.

„Freut mich, Sie kennenzulernen Gabriel“, erwidere ich und nehme seine Hand. “Ich bin M-“, ich schlucke, räuspere mich kurz. „Liz“, sage ich dann mit fester Stimme.

„Hi, mein Name ist Liz.“

DANKSAGUNG

Mein ganz besonderer Dank geht an Sophie. Obwohl es diesmal nicht geklappt hat, habe ich die Zusammenarbeit mit dir sehr genossen.

Außerdem möchte ich mich ganz herzlich bei Julia (@itsonlyme.julia) für ihren Zuspruch bedanken. Es bedeutet mir sehr viel, dass jemand, der weiß, wovon er spricht, mit Molly mitfühlen kann. Du bist für so viele ein Vorbild.

Vielen Dank, Holger, für drei wundervolle Mädchen und für alles andere. Du hast uns buchstäblich mit bloßen Händen ein Zuhause geschaffen.

Ich danke Anna, Eva und Helena dafür, dass ihr mich erwählt habt. Und dafür, dass ihr seid, wie ihr seid. Lasst euch niemals verbiegen.

Und natürlich danke ich meinen Lesern. Ganz besonders jenen, die sich die Mühe machen, eine Rezension zu verfassen. Ohne Austausch ist das Schreiben nämlich eine recht eiseitige Angelegenheit.

PLAYLIST

1. The Way I Am – Ingrid Michaelson
2. Maybe It's Time – Bradley Cooper
3. Girls Go Wild – LP
4. Night – Emily Roberts
5. XOXO – Beyoncé
6. Leiser – Lea
7. Broken – Jake Bugg
8. All This And Heaven Too – Florence And The Machine
9. Hold My Girl – George Ezra
10. One Thing Right – Marshmello & Kane Brown
11. Mut – Alexa Feser
12. The Git Up – Blanco Brown
13. True Colors – Cyndi Lauper
14. Berlin Song – Ludovico Einaudi

Printed in Great Britain
by Amazon

46621303R00137